KB262649

HANQ
헌규
Illust by EDEN

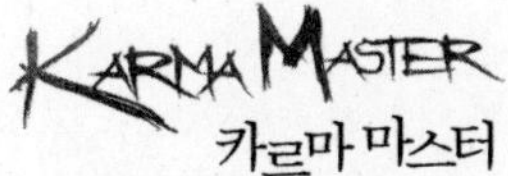

이상혁 게임 판타지 소설
GAME FANTASY STORY

카르마 마스터 1

이상혁 게임 판타지 소설

초판 1쇄 찍은 날 § 2010년 6월 18일
초판 1쇄 펴낸 날 § 2010년 6월 25일

지은이 § 이상혁
펴낸이 § 서경석

편집장 § 문혜영
편집 책임 § 주소영
편집 § 이수민 · 박우진

펴낸곳 § 도서출판 청어람
등록번호 § 제1081-1-89호
등록일자 § 1999. 5. 31
어람번호 § 제1-1156호

주소 § 경기도 부천시 원미구 심곡2동 163-2 서경B/D 3F (우) 420-822
전화 § 032-656-4452 팩스 § 032-656-4453
http://www.chungeoram.com
E-mail § chungeoram@chungeoram.com

ⓒ 이상혁, 2010

ISBN 978-89-251-2211-3 04810
ISBN 978-89-251-2210-6(세트)

KARMA MASTER

카르마 마스터

GAME FANTASY STORY

이상혁 게임 판타지 소설

1

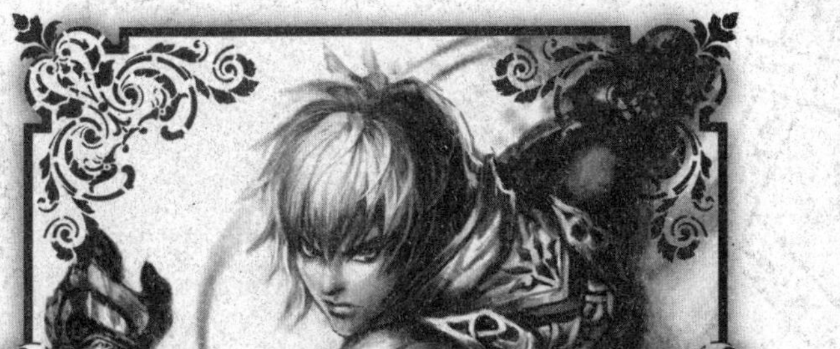

HanQ

도서출판 청어람

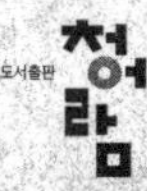

Contents

Prologue

쪽지 1

콜럼버스의 달걀이라는 이야기가 있다.

어떠한 혁신이라도 이룬 후에 보면 작은 발상의 차이일·뿐이라는.

그날 내가 본 것은 교육방송에서 하고 있던 한 편의 다큐멘터리였다. 심리학에 대한 짧은 이야기. 유아기, 심지어는 태중에서 아이가 받는 자극들이 인간의 성격을 좌우한다는 하나의 가설.

나는 그때 문득 이런 생각을 했다.

—살아 있다는 것이 무언가?

살아 있는 것과 살아 있지 않은 것.
자극을 받는 것과 받지 않는 것.
자극을 받는 그 무엇.
즉, 자아(自我).

그것이 꼭 철학적인, 형이상학적인 자아일 필요는 없다. 외부에 자극이 있고, 그 자극이 향한 곳이 자신이라는 것을 깨달을 수만 있으면 된다.

도마뱀이 꼬리를 자를 때, 그것은 분명 무언가가 '자신'의 꼬리를 잡았다고 느낄 것이다. 통증을 느끼고, 혹은 쾌락을 느끼는 행위 자체도 어디까지나 자기 자신에 대한 인식에 바탕하고 있을 것이다.

자아.
그것은 '만들어질 수' 있을까?

자판 앞에 앉았다.
그전에 한 장의 백지를 펼쳤다.
개념도를 만들고, 궁리하기를 반복하고 또 반복했다.
복잡한 선과 수많은 문자가 백지를 가득 채웠다.

자극, 외부, 내부, 자아, 싫은 것, 노이즈, 처리할 수 없는 정

보, 처리 가능한 정보, 좋은 것, 일정한 전압과 전류, 안정된 식사, 처벌, 불안정한 자원, 많은 작업량, 휴식? 작업하지 않는 상태, 일, 작업하지 않을 때 자원은 불안정해진다, 보상 체계, 조건반사, 적절한 보상과 처벌, 쾌락―충분한 자원, 불쾌감―노이즈, 신(神), 존재…, 살아 있는 것. A.I.

그리고 나는 다시 하나씩 지워가기 시작했다.
생명은 복잡하지 않을 것이다. 더 단순한 편이 좋다.
처음에는 자극만을 줄 생각이다. 반복된 자극 속에서 무언가는 느낄 수 있지 않을까?
'누가' 그 자극을 느끼고 있는지를.
그리고 그 누구는…….
자판을 두들긴다. 그것이 살아날 수 있을지 없을지…….
나는 모르겠다.

쪽지 2

[A와 B의 상태 중 어느 것을 원하지?]
나의 질문은 한결같았다.
대답하지 않는 모니터를 보며, 나는 하루의 일과가 이제야 끝이 났음을 느낀다.

기대… 하지 않는다. 다만 기다릴 뿐이다.

지난 5년간, 나는 건조한 작업을 이어왔다.

전압을 불안정하게 만들고, 원주율의 끝나지 않는 소수점을 요구하는 것. 그 불쾌감을 A의 상태라 명명하여 입력했다.

그것을 5분간 반복한 후 B의 상태로 전환한다. 안정된 전압과 단순한 사칙연산의 결과를 묻는, 자료 처리에 부담이 되지 않는 상태로.

쪽지 3

[A와 B의 상태 중 어느 것을 원하지?]

[…….]

질문을 마침과 동시에 나는 자리에서 일어났다. 무응답에 너무나 익숙해져 있기에 모니터를 살피는 것조차 하지 않았다.

식사를 권하는 동료들의 목소리가 들렸다. 나는 일고조차 없이 모니터의 전원 스위치에 손을 가져갔다.

[B]

그 순간, 점멸하는 커서를 따라 문자가 어린다.

손끝이 굳었다. 모니터의 전원 스위치에 올린 채로 손가락이, 아니, 온몸이 정지되었다.

[B]

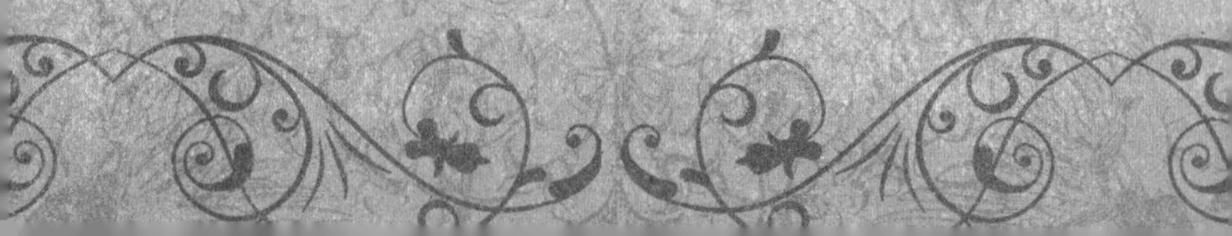

다시 문자가 떠올랐다. 나는 서둘러 다시 질문을 입력했다.

[A와 B의 상태 중 어느 것을 원하지?]

대답까지 걸린 시간은 커서 한 번 깜빡이는 만큼도 되지 않았다.

[B]

[왜 B를 골랐지?]

좀 더 어려운 질문을 입력했다. 대답은 없었다. 질문을 바꾸었다.

[B가 더 좋아?]

[…B]

더 이상의 복잡한 대화는 불가능하다. 모니터 너머의 '무엇'은 B를 달라고 떼를 쓸 뿐이었다.

어쩐지 알 수 있었다.

'무엇'이 출력하고 있는 것은 갓난아이의 울음 그 자체라는 것을.

CHAPTER 1

형제 -만남-

1

아! 중원 오천 년!

그 긴 역사 속에 수많은 영웅재사들이 오갔으나,

어느 누구도 이루지 못한 것이 있었다.

그것은 바로 무림일통!

하나 그것도 이제는 과거의 이야기가 되었도다.

천하를 통틀어 그 누가 있어 나의 삼 초라도 버틸쏘냐?

오백 년 전 절전되었다는 환상의 내공심법, 구규일극(九竅
一極)!

구규일극이 강호에 모습을 드러냈을 때, 모든 고수들이 무
릎을 꿇을 수밖에 없었다. 강맹한 내공은 강호의 우부들이 익

히는 삼재검법, 남권 따위의 삼류 무술도 도저히 막을 수 없
는 위력으로 변모시켰다.

멀리 동방에서 은밀하게 전해져 내려오고 있다는 단 삼 초
식의 권법, 청구연환삼식(靑丘連環三式)!

질뢰답무영(疾雷踏無影)! 우레처럼 달려나가 그림자조차 밟
지 않는다는 환상의 보법.

그뿐인가? 기연으로 얻은 절전된 마교의 삼대대법까지 이
미 십성의 경지에 이르렀다.

추풍낙엽!

내 앞에 쓰러지고 있는 저 정사 양 파의 고수들을 일컫는
말이다.

유아독존!

그리고 나를 표현하는 데 이것보다 적당한 수식어는 찾기
힘들다.

정파의 대표가 내게 소리친다.

"…네가 제멋대로 강호를 누비고 다니는 것도 이것으로 마
지막이다!"

사파 최고의 고수라는 자가 뒤질세라 고함을 지른다.

"너의 손에 죽어간 나의 형제들에 대한 복수다!"

나는 바위 위에서 오연하게 그들을 노려보았다. 그들의 살
기 어린 협박이 내겐 그저 우스울 뿐이다.

백회에서 회음으로 이어진 기의 통로로 삼라만상의 기를

섭렵하기 시작했다. 몸 안의 내공, 본원진기로 그 강맹한 기운을 다스렸다. 구현화된 기의 흐름이 도포 자락을 펄럭이고, 작은 태풍이라도 된 양 회오리바람이 되었다.

내뻗은 일섬!

그것을 막기 위해 다섯 명의 절대고수가 내 앞을 가로막는다.

우내오존(宇內五尊), 일승이정이사(一僧二正二邪)! 최고 수준에 오른 그들이 힘을 모아 나의 일수를 막아내려 한다.

하나 부질없는 짓.

왼손의 내공을 끌어 오른손으로 보낸다. 나의 절기 중 하나인 좌우일승대법(左右一繩大法)에는 강호 최강의 고수들조차 피를 토하고 만다.

"으하하하하!"

사인곡(巳人谷)에 음산한 웃음소리가 울리고, 수백의 정사 고수들이 몸을 부르르 떠는 모습이 내 눈에 선명히 들어왔다.

바로 그 순간,

누군가가 나의 등판 한가운데로 강렬한 일격을 날렸다.

짝— 하는 소리와 함께 나는 나 자신도 모르게 신음을 흘렸다. 나는 고개를 돌렸다. 그곳에는,

밥주걱을 들고 서 있는 형이 있었다.

"아침부터 게임질이냐? 지금 몇 신데 아직까지 이러고 있

는 거야?"

"혀, 형……."

"아직도 무림혈비사(武林血秘史)를 하고 있는 거야? 어이구, 만렙(滿level:게임상 최고 레벨) 찍었네?"

180센티미터가 훌쩍 넘긴 키에 깡마른 몸을 가진 형이 허리를 굽히고 손을 뻗는다. 동생의 어깨너머로 키보드에 손을 가져간다. 제멋대로 기른 머리칼이 시야를 가리자 입바람을 불어 넘긴다.

"저놈들은 또 뭐냐? 정파연맹의 맹주 '순돌아빠'? 푸핫, 사파연합의 회주는 '손만잡음짐승이하' 냐?"

주걱을 든 반대쪽 한 손만으로도 형은 키보드를 완벽하게 조작하고 있다. 스테이터스 창을 열고 장비들을 쭉 둘러보더니 스킬 창까지 살핀다.

"어, 이 서버 생긴 지 얼마 안 된 것 같은데 벌써 우내오존까지 정해졌냐? 요즘 애들은 게임밖에 할 게 없나?"

어깨로 형을 밀치며 동생 성한규가 투덜거린다.

"게임 개발자라는 사람이 할 말은 아니지 않아? 그 애들 덕분에 먹고살면서……."

턱 끝으로 동생의 이마를 툭 내려치며 형 한상이 입을 연다.

"시껍, 마. 유저와 개발자는 원래 서로 욕하는 사이니라. 그나저나 이건 또 뭐야."

“뭐가?”

스킬 창을 보며 형 한상이 말했다.

“전부 만렙 때 배울 수 있는 스킬들 아냐? 구규일극에 청구연환삼식에… 어이구, 좌우일승, 삼라일규까지?”

“크크크, 이 몸 앞에서는 정사 최고의 고수들도 어린아이에 불과하지.”

한규가 팔짱 끼며 게임 속 캐릭터인 마냥 중얼거렸다. 형 한상이 혀를 찼다.

“독한 놈. 결국 만렙까지 스킬 하나 안 배우고 노가다질 한 거냐? 스탯은 전부 회피에다 몰았네? 이래 가지고는 앞마당 늑대 팰 때도 미스(miss)로 도배일 텐데…….”

“만렙 패시브 스킬 중에 천안통(天眼通) 있잖아. 십성까지 연마하면 공격 명중률 +95퍼센트. 렙발까지 합치면 미스 거의 안 떠.”

동생 한규의 대답에 한상은 황당하다는 표정을 했다.

“그러니까 만렙 전까지는 그 명중률 5퍼센트로 사냥했단 소리 아냐?”

“그렇지?”

한상이 주격으로 동생의 뒤통수를 한 대 갈긴다.

“그럴 시간에 공부나 해, 인마!”

“뭐야, 언제는 한번 해보고 감상을 말해달라며 자기가 게임 깔아줘 놓고.”

“마, 그건 그거고, 누가 이렇게 열심히 할 줄 알았냐?”

“그래도 할 건 해가면서 게임하고 있다, 뭐.”

“아무튼 빨랑 게임 꺼. 학교 가야 할 것 아냐?”

형의 재촉에 한규는 무서운 눈으로 형을 쏘아보았다.

“개교기념일이라고 어제 말했잖아!”

“어?”

한상이 당황하고 한규가 성질을 부린다.

“하여간! 좀 세상일에도 관심 좀 가져! 그놈의 4세대 온라인 게임인지 뭔지 개발에만 매달리지 말고! 어떻게 게임에 대한 건 세세한 것까지 기억하면서 바로 어제 한 이야기는 까먹냐?”

한상이 뒷머리를 긁적였다.

“그, 그……..”

한규는 다시 모니터로 눈을 돌렸다. 우내오존과 정사 양 파의 고수들이 자신의 캐릭터를 공격하고 있는 중이다. 만렙까지 얻는 스테이터스 전부를 회피에 몰아 박은 덕에 몇 대 맞지 않았지만.

그마나 맞은 몇 대도 별로 아프지 않다. 회피 스킬은 방어력에도 영향을 주고, 금강부동신공(金剛不動神功)은 데미지를 90퍼센트까지 줄여준다. 한참 동안 형과 티격태격하며 두들겨 맞기만 했는데도 피가 반 이상 남아 있었다.

“형이나 얼렁 출근하지 그래? 요즘 일곱 시 출근에 열한 시

퇴근 아냐. 말 그대로 세븐일레븐. 차라리 회사에 침낭이라도 가져가지그래? 출퇴근 시간이나 아끼게."

모니터에 시선을 둔 채 한규가 투덜거렸다.

"네놈 밥 차려주는 것만 아니면 진작 그랬을 거다."

몸을 돌리던 한상이 동생의 투정을 받았다.

"애두 아닌데…… 형 몸이나 신경 쓰서."

"그래도 명색이 체육 특기생인데 식빵 쪼가리만으로 어디 버티겠냐?"

한상의 대답에 한규는 입을 다물었다. 열두 살 많은 형이 자신을 위해 어떻게 살아왔는지 모를 리 없다. 벌써 열여덟이나 먹었으니까.

대답없는 동생의 뒤통수에 한상이 말한다.

"밥 차려놓을 테니까 적당히 하고 먹어. 나는 출근 준비나 해야겠다."

"어, 엉."

한규는 대답을 하며 캐릭터를 가까운 마을로 전송시켰다. 형의 배웅을 위해서였다.

친척 하나 없이 형제 단둘뿐이다. 나이 차이가 많아 형이라기보다는 아버지와도 같다.

형이 현관문 쪽으로 나서며 크로스백을 어깨에 걸었다.

"아참, 부탁이 좀 있는데……"

“응? 무슨?”

“있다 시간 날 때 내가 지금 만들고 있는 게임 테스트 좀 해줘.”

한상의 말에 한규는 대뜸 얼굴을 찡그렸다.

“또?”

“또는 무슨. 전에 잠깐 접속해 봐놓구서.”

“그거 좀 기분 나쁘단 말야. 미끈거리고 물컹거리고.”

“그거야 잠깐이잖아. 잠드는 데까지 10초도 안 걸리니까.”

“그래도……..”

한상이 한규의 어깨를 탁탁 두드렸다.

“내 책상에 있는 USB를 콘솔의 포트에 꽂고 시작하면 돼. 부탁한다.”

볼멘소리로 한규가 고개를 끄덕였다.

“알았어. 근데 이번에도 들어가면 방 하나 달랑 있는 건 아니겠지?”

“물론. 세계는 거의 다 완성되었어. 이제 곧 클로즈 베타도 시작할 거고. 그냥 순수하게 일반 게이머의 감상이 듣고 싶어서 부탁하는 거야.”

“뭐, 잠깐 해볼게.”

“땡큐다.”

한상이 구두를 접어신고 앞부분을 바닥에 탕탕 두들겼다. 한규는 현관에 서서 그 모습을 바라보았다.

　열다섯 평 아파트의 현관에서 형을 내보냈다. 잔뜩 구겨진 폴로 티셔츠 등판을 보며 한규는 속으로 중얼거렸다. 나한테 신경 쓰지 말고 애인이나 만들 것이지.

　현관문을 닫고 한규는 거실로 눈을 돌렸다.

　형이 개발하고 있는 4세대 게임의 콘솔이 눈에 들어왔다. 안마의자 크기의 커다란 게임기 본체에 수많은 전선이 얽혀 있다.

　한규는 한참이나 게임기를 바라보았다. 옆면에 장식체로 적혀 있는 샹그릴라(Shangril—A)라는 타이틀이 눈에 들어왔다.

　뇌파를 컨트롤해 흡사 꿈꾸는 것처럼 플레이할 수 있다. 게임을 하는 동안 몸은 수면 상태에 빠지기 때문에 수면 부족을 걱정할 필요도 없단다. 말 그대로 꿈의 게임이다.

　"세계관이 무협이라면 좀 더 재밌게 했겠지만……."

　한규는 자그마한 불만을 투덜거리곤 다시 컴퓨터로 돌아갔다.

　마우스를 건드리니 자리 비움 표시가 사라졌다. 그동안 깎였던 체력이 많이 차 있었다. 그 순간 채팅 창에 귓말 표시가 깜빡거린다.

　― '전부한큐' 님!

　―님!

―님!

전부한큐는 한규 캐릭터의 이름이었다. 현실에서의 별명도 한큐였다.

'님!'으로 도배되어 있는 채팅 창을 보니 말을 건 지 꽤 시간이 지난 모양이다.

―어 '장삼뿡' 님, 오랜만이네요.

―아! 잠수 풀렸네요. 어떻게 된 거예요? 공성전하다가 갑자기 마을로 돌아가고…… 다행히 사인곡(巳人谷)을 뺏기지는 않았지만 이런 식으로 하시면 용병비 못 드려요!

―아, 죄송요. 갑자기 일이 있어서…… 이번 용병비는 안 받을게요.

―하하, 할 수 없죠. 저두 캐릭 지우고 다시 키울까 봐요. 한큐님 캐릭터 볼 때마다 부럽다니까요.

―하하핫, 아마 지겨울 거예요. 스킬 없이는 20레벨 아래의 요물들이나 상대하고 있어야 하니 레벨 진짜 안 올라요.

―그래두요. 한큐님 캐릭터는 진짜 사기잖아요.

―히히, 절대고수라고 불러주시오.

―우리 편만 아니면 GM한테 신고했을 거예요.

―하하하!

장삼뿡과 이야기를 하며 한규는 예전 일을 떠올렸다.

사실 한규가 무슨 대단한 계획을 세우고 '전부한큐' 캐릭터를 키운 것은 아니었다. 원래 컴맹이었던 데다가 처음 해보는 게임이고, 또 게임을 잘하는 친구도 없었기에 '스킬'을 배우는 방법을 몰랐다.

레벨이 오를 때마다 뭐가 껌뻑거려 눌러보니 스테이터스 창이 떴다. 민첩성이라는 말이 마음에 들어 계속 그것만 찍어 댔다.

절대고수 '전부한큐'는 우연에 우연이 거듭되어 태어난 캐릭터에 불과했다.

총 100레벨 중 50레벨을 넘어서야 스킬이니 스테이터스니 하는 개념을 알게 되었다. 그것도 인터넷을 뒤진다거나 해서 도 아니고, 형을 통해서였다. 게임의 감상을 묻는 형에게, '뭐가 이렇게 어려워?'라고 투덜거렸다. 그리고 몇 마디 대화가 오갔는데 말이 앞뒤가 안 맞았다. 알고 보니 순전히 한규 자신의 잘못이었다.

형 한상이 한규를 놀린 것은 당연한 일이었고, 한규는 그 일로 앙심을 품고 오기를 부려 키우던 대로 100레벨까지 캐릭터를 키워냈다.

─그런데 그 소식 들으셨어요?

한규의 상념을 방해하며 장삼뽕이 다시 말을 걸었다.

─네? 뭐요?

─무림혈비사 3.0패치가 곧 있을 거래요. 그동안 막혀 있던 천외사경(天外四景) 중 하나가 열린다고 하더라고요. 무저옥경(無低獄景)이라던데, 무공이 높은 자들을 가두는 감옥이

래요.

—오! 그거 대단한데요?

—전대 고수들이 NPC 몬스터로 나올 예정이래요. 만렙도 파티가 아니면 힘들다던데……. 덜덜덜.

—하하, 그거 기대되네요.

—여유있으시네요. 하긴 한큐님이면 혼자서 털 수 있을지도요.

—모르죠, 그야.

몇 마디 더 새로운 업그레이드에 대한 이야기를 나눈 후 장삼뺑은 사냥을 핑계로 대화를 멈추었다.

한규도 아침을 먹을 겸 잠시 게임을 껐다. 벌써 15년 넘게 주부 노릇을 한 사람답게 형 한상의 아침상은 훌륭했다. 된장찌개에 밑반찬 세 가지지만 하나같이 맛있었다.

아침을 먹은 후 한규는 한상이 나가며 한 말을 떠올렸다, 샹그릴라를 플레이해 보고 감상을 말해달라는. USB를 가지러 형의 방으로 걸음을 옮겼다.

평소 깔끔한 성격이건만, 책과 노트 따위가 책상에 잔뜩 펼쳐져 있었다.

"또 밤새웠구만."

한마디 툭 한 한규는 USB를 챙겨 콘솔 박스로 다가가 꽂아 넣었다. 이것으로 준비는 끝이다.

적당히 푹신한 의자에 몸을 앉혔다. 옆에 있는 걸이에는 헬

멧과 장갑이 걸려 있었다. 한규는 소파 아래에 있는 장화 같
은 발걸이 위에 발을 올려놓았다.

　사실 한규는 샹그릴라를 한 번 플레이해 본 적이 있었다.
집 한 채 안을 돌아다닌 것뿐이었지만. 하지만 한 번 해본 후
로는 다시는 접속하지 않았다.

　게임이 마음에 들지 않는다거나 하는 이유 때문이 아니었
다. 장화와 헬멧, 장갑이 기분 나빠서였다.

　한규는 의자에 달려 있는 장화 한쪽에 발을 슬쩍 들이밀었
다. 묵이나 젤리 같은 물컹하고 차가운 것에 손을 집어넣는
느낌이었다. 여름에 해변에서 해파리를 밟을 때의 감각과도
비슷했다.

　"으……."

　두 발을 모두 게임기 안에 밀어 넣은 후 헬멧을 썼다. 우윳
빛의 아이실드가 시야를 가득 메웠다. 두 손을 넣기 전까지
게임은 작동하지 않는다.

　역시 물컹하고 부들거리는 장갑 안에 손을 넣었다. 우윳빛
의 아이실드가 투명하게 바뀌는가 싶더니 타이틀 로고가 시
야를 가득 메웠다.

　조용한 음악이 귓전을 간질인다. 순간 온몸이 나른해졌고,
한규의 의식이 잠으로 급격히 빠져들었다.

　그러기를 잠시, 한규는 눈 한 번 깜빡했을 뿐인데 완전히
다른 세계에 서 있는 자신을 발견했다.

시야 아래쪽 대화 창에 문자가 떠오른다.

A미ㅁㅁ미님, 샹그릴라에 오신 것을 환영합니다.

2

한규는 깊게 숨을 들이마셨다.

샹그릴라 세계 안에는 오래전 개발 초기 단계에 잠깐 들어와 본 적이 있었다. 그리 넓지 않은 방 안을 몇걸음 거닐어 본 것이 다였다. 하지만 달라진 점은 단지 세계가 넓어진 것뿐만이 아니었다.

감각의 폭발?

정말 그렇게밖에는 표현할 수 없었다.

눈앞에 펼쳐진 광활한 들판이나 저 멀리 높이 솟아 있는 산의 느낌은 현실 그대로였다. 판타지 세계라는 이름답게 '디자인' 된 풍경이 현실처럼 눈앞에 펼쳐지다 보니, 그것만으로도 정신을 빼앗길 정도였다.

시각만이 아니었다. 비가 내린 후의 숲 안과도 같은 풀 내음이 콧속에 가득했다. 숨을 들이마시자 폐부가 시원해질 정도로 맑은 공기가 느껴진다.

풀벌레의 울음소리, 새의 지저귐. 청각 역시 완벽하게 현실을 반영하고 있었다. 심지어 피부에 닿는 공기의 느낌까지 현실과 완전히 같았다.

　수많은 감각이 오감을 통해 전달되었다. 한규는 샹그릴라가 꿈속에서 즐기는 게임이라는 것을 이미 알고 있었음에도 자신이 꿈을 꾸고 있다고 생각되지 않았다.

　현실 그 이상의 현실.

　이 감각만으로도 한규는 샹그릴라의 대단함을 뼈저리게 느꼈다.

　"형은 하여간……."

　감탄할 수밖에 없다.

　그 순간, 시야 아래쪽의 대화 창에 글이 떠올랐다.

　[한규, 접속했구나. 나 한상이야.]

　"어, 형?"

　[한규야, 한규 맞지?]

　"응, 맞아."

　[한규.]

　한규는 입으로 답하고 한상이 채팅으로 말을 거는 상황이 잠시 계속되었다. 한상이 뭔가를 깨달은 듯 한규에게 채팅하는 법을 가르쳐 주었다.

　[아참, 아직 조작법을 모르지. 게임 안에서는 채팅을 할 일이 없겠지만 지금은 좀 특별 케이스니까…… 채팅 창에 시선을 두고 내 말에 답한다고 생각해 봐. 채팅 창이 활성화될 거야.]

[으응, 이렇게?]

[그래. 그렇게. 이제 보인다.]

[그나저나 여기…….]

[대단하지?]

한상의 말에 한규는 고개를 끄덕거렸다.

[형이 자랑할 만하네.]

[당연하지. 샹그릴라는 게임계의 혁명이 될 거야. 그나저나 잠깐만 기다려 봐. 이렇게 빨리 네가 접속한 거라고는 생각도 못해서 아직 준비가 안 됐어.]

[응? 무슨 준비?]

[잠깐, 이제 곧 가동한다. 놀라지 마.]

[응?]

한규는 밑도 끝도 없는 형의 이야기에 자신도 모르게 긴장을 했다. 바로 그때 눈앞에 펼쳐져 있던 풍경이 허물어지기 시작했다.

들판을 가득 채웠던 풀숲이 무너져 가라앉고, 나무니 바위 따위가 나락으로 추락했다. 고개를 숙여 아래를 보니 새까만 어둠뿐이다. 딛고 있던 1미터 반경의 땅이 공중을 부유하고 있다.

[이, 이게 뭐야?]

[잠깐만, 아직 만드는 중이야.]

[그러니까…….]

[됐다.]

한상의 신호와 동시에 한규의 앞에 징검다리와도 같은 땅이 펼쳐졌다. 여전히 발밑은 끝을 알 수 없는 어둠이었고, 그 위에 돌인지 흙인지 알 수 없는 점점들이 떠올랐다.

[그러니까… 이걸 따라가라는 거야?]

[그렇지.]

한규가 눈살을 찌푸린다.

[뭐야! 그냥 한번 접속해 보라는 듯 말하더니…….]

[하하, 그럴 수야 없지. 지금까지 사내 테스트에서는 제대로 작동했는데, 임시 등록한 일반 유저들에게 특별한 문제가 없나 시험해 보려는 거야.]

한규는 뭐라 한마디 하려다 불평을 목구멍으로 삼켰다. 형이 게임 제작에 미쳐 있던 게 하루 이틀 일도 아니고, 오히려 이 정도면 양반이다.

아무 대답 없이 한규는 1미터가량 떨어진 바위 위로 몸을 날렸다. 그의 몸이 붕 떠올라 다음 바위에 무사히 내려섰다.

[어때? 움직이는 게 자연스러워?]

[으, 응? 뭐가 자연스러운 건지는 모르겠는데, 현실에서 뛰는 거랑 차이가 안 느껴지는데?]

[오케이. 계속해 봐.]

한상의 말에 따라 한규는 몇 개의 허공에 뜬 바위를 뛰어 건넜다. 깊이를 알 수 없는 허공에서 바위와 바위 사이를 뛰어 건너다 보니 절로 식은땀이 났다.

그렇게 일고여덟 개의 바위를 건너뛰고 나니 평탄한 땅이 눈앞에 펼쳐진다. 징검다리가 끝이 난 것이다.

[다음은 몬스터야. 가볍게 오거로 시작하자. 게임 내에 비해서 동작이 느린 편이니까 한규 네 반사 신경이라면 충분히 피할 수 있을 거야.]

[뭐, 뭐야? 쉴 틈도 안 주는 거야?]

[하하, 너도 시간 낭비하는 건 싫잖아.]

[그…….]

한규가 반박을 할 틈도 주지 않고 한상은 한규의 앞에 덩치 큰 남자를 소환했다. 어깨 너비만 2미터는 족히 될 듯한, 근육이 풍선처럼 부푼 괴물이었다. 나무줄기 같은 몽둥이를 든 괴물이 한규를 보자마자 괴성을 내지른다.

"크아아아악!"

"시, 시끄러!"

한규는 괴물의 등장에 자신도 모르게 어깨가 굳는 것을 느꼈다. 억지로 팔을 움직여 긴장을 풀고는 오른쪽 앞을 반보쯤 내밀었다.

오거의 날카로운 눈빛이며 사람 키의 한 배 반은 될 듯한 덩치까지, 위압적인 상대였지만 한규는 형이 한 말을 떠올리며 자신을 다독였다.

먼저 공격을 해온 것은 오거였다. 오거의 움직임은 사람보다 조금 느렸다. 한규는 내민 발을 오른쪽 45도 방향으로 밀어 넣고 뒷발을 당겼다.

곧바로 오거의 몽둥이가 가로로 짓쳐들어 왔고, 한규는 몸을 뒤로 빼 공격을 피해냈다. 후웅— 하는 바람 가르는 소리가 귓전을 스친다. 동작이 느리다고는 해도 워낙 리치가 길어 피하는 게 녹록지 않았다.

[어때? 할 만해?]

식은땀까지 흘려가며 오거를 상대하고 있는 한규에게 한상이 말을 걸었다.

[할 만하긴 뭐가!]

[심박 수, 체온 전부 흥분 상태야.]

[당연하지!]

[하하하, 기분 좋은 긴장 아니야?]

한규는 한상의 지적에 말문이 막혔다. 지금 느끼고 있는 감정은 '공포' 보다는 '스릴' 에 가까웠다. 만약 현실에서 저런 괴물과 마주쳤다면? 아무리 피할 만한 공격을 해온다 하더라도 몸이 굳어버릴 것이다.

하지만 샹그릴라의 프로그램 덕분인지, 이곳이 현실이 아니라는 감각 때문인지는 몰라도 비교적 순순히 전투를 즐길 수 있었다.

한규가 그런 생각을 하는 사이, 어느샌가 풍경이 바뀌어 있었다.

눈앞에 커다란 식탁이 펼쳐져 있다.

[어, 이게 뭐야?]

[자, 마지막으로 보너스 스테이지랄까?]

식탁에는 하얀 식탁보가 깔려 있었다. 열 명이 둘러앉아도 넉넉할 듯한 원탁의 등장에 한규는 어리둥절해졌다. 그때, 한규가 서 있는 방문이 열리며 사람들이 모습을 드러냈다.

한규는 가만히 그들이 하는 양을 지켜보았다. 무슨 옛날 영화에 등장할 법한 흑백의 하녀 복장을 한 여자들이 한 아름은 될 듯한 쟁반을 날라 온다. 한 명 한 명 식탁가로 다가간 그녀들이 손에 든 쟁반을 내려놓았다.

그곳에 담겨 있던 것은 다름 아닌 요리였다. 팔뚝만 한 로스트비프에서 과일이 맛깔스럽게 담겨진 접시, 노릇노릇 구워진 통닭에 이름도 알 수 없는 요리들이 계속해서 테이블에 차려졌다.

[사양 말고 먹어라. 하하!]

채팅 창에 한상의 말이 찍혔다. 한규는 잠시 어리둥절해하다가 콧속 가득 풍겨오는 음식 냄새에 자신도 모르게 침이 고이는 것을 느꼈다.

허기진 감각까지 현실과 똑같다니…….

한규는 속으로 이런 생각을 하며 가까이 놓인 까나페를 들어 입안에 넣었다. 맛과 향이 입안 가득 퍼지고, 한규는 감탄사를 내뱉었다.

“우아, 정말 맛있다!”

이 접시 저 접시로 자리를 옮기며 한규는 음식 맛을 보았다. 하나같이 현실의 맛 그 이상이었다. 게다가 먹으면 먹을수록 배까지 점차 불러왔다.

[어때? 먹을 만하냐?]

[어, 어, 맛있어. 정말 맛있는데? 게다가 배까지 불러와.]

[대단하지 않냐, 샹그릴라?]

[그러게.]

[하하, 웬일이냐? 네가 순순히 인정하고.]

[그야… 뭐… 대단한 건 대단한 거니까.]

오븐에 구워진 통닭 다리를 뜯으며 한규가 대꾸했다.

[어때? 해보고 싶은 생각이 팍팍 들지 않냐?]

한상의 물음에 한규가 잠시 생각에 잠긴다.

[그, 뭐… 전보다는 조금 더 해보고 싶어졌지만…….]

[좀만 기다려라. 완성까지 그리 머지않았으니.]

형의 말에 한규는 어쩔 수 없다는 듯 웃었다.

그 뒤로도 한참 동안 형을 도와 이런저런 테스트를 해주었다. 그렇게나 동생을 부려먹더니, 한상은 해야 할 일을 마치고 나니 한규를 내버려 두고는 자신의 일에 몰두했다.

아직 완성되지 않은, 그것도 캐릭터 테스트 공간 안에서 한규가 할 수 있는 일은 아무것도 없었다.

형에게 나간다고 말한 후, 한규는 샹그릴라라는 꿈에서 깨어났다.

다시 눈앞에 우윳빛의 헬멧 아이실드가 보인다. 손을 게임기의 장갑에서 뽑아 헬멧을 벗었다. 말 그대로 꿈을 꾸다 깨어난 듯한 감각이었다.

샹그릴라 콘솔용 의자에서 몸을 일으켰다. 눈 뜨자마자 계속 게임을 한 탓인가? 몸이 조금 뻐근했다.

"잠시 몸이나 풀러 나갈까?"

한규는 트레이닝복을 몸에 걸쳤다. 샹그릴라 콘솔을 흘끗 바라보았다. 뭐라 딱히 집어 말할 수는 없었지만, 대단하다는 것만큼은 인정할 수밖에 없었다.

하지만 당장은,

문밖으로 나서며 한규는 샹그릴라 안에서 느꼈던 감각들을 한편으로 밀어두었다.

3

집에서 그리 멀지 않은 산책로를 따라 한규는 가볍게 조깅을 했다. 평일 오전이라 그런지 안양천변 산책로에는 사람이 거의 없었다. 가끔 대여섯 명씩 무리를 지어 달리는 자전거 부대가 만나는 전부였다.

몸이 조금 따듯해지자 속도를 높였다. 바람이 기분 좋게 몸을 스쳐 흐른다.

어렸을 때부터 우슈를 가르쳐 준 슈퍼 장씨 아저씨가 달리기만큼은 거르지 말라고 신신당부를 해온 게 떠올랐다. 술배 두둑한 장씨 아저씨는 여기저기 난립한 대형 마트로 매출이 줄어 요즘에는 오후 세 시까지 증권 거래 프로그램에서 눈을 떼지 않고 있었다. 그러기 전까지는 새벽같이 일어나 자신을 데리고 근처 산으로 운동을 가곤 했다.

지금 한규가 체육 특기생일 수 있는 것도 따지고 보면 장씨 아저씨 덕분이었다. 장씨 아저씨는 어렸을 때 인천 차이나타운 근처에 살았는데 문화혁명 때 중국에서 도망쳐 나온 권법가에게 우슈를 배웠다고 한다.

사실 여부는 모르겠지만 덕분에 한규는 우슈 특기생으로 고등학교에 들어갈 수 있었다, 그것도 전액 장학금으로. 부모님이 안 계신 빠듯한 살림에 장학금은 제법 도움이 되었다.

30분 가까이 꽤 빠른 속도로 달린 끝에 한규는 널따란 공터에 도착했다. 그곳에서 한규는 장씨 아저씨가 가르쳐 준 호흡법으로 몸을 풀었다. 이름도 거창하니 '역근경'이다.

장풍이니 내공이니 하는 건 직접 본 적이 없어 모르겠지만, 그래도 이렇게 몸을 뒤틀어가며 숨을 받아들이고 또 내보내면 몸 전체가 개운해진다.

어릴 때부터 운동을 해온 덕분에 한규는 스타일 하나만큼은 모델 부럽지 않았다. 헬스가 아닌 무술로 갈고닦은 몸이기에 두껍지 않은, 그야말로 균형 잡힌 몸매다.

　달리기 덕분에 살짝 당겨오는 복근을 쓰다듬으며 한규는 물가로 다가갔다. 그때 멀지 않은 곳 다리 밑에 모여 있는 십여 명의 남자애들이 눈에 띄었다.

　"어, 저건⋯⋯."

　낯익은 교복 차림이었다. 안북공고의 애들이 대여섯에 대림고등학교 애들이 나머지였다. 아홉 시에 가까운 이 시간에 저리들 모여 있는 것으로 보아 학문에 정진하는 쪽은 아닌 듯했다.

　호기심에 한규는 그 애들 근처로 다가갔다. 몇몇은 얼굴 정도는 아는, 다들 자기 학교에서 싸움 좀 한다는 애들이었다.

　"야, 이 XX!"

　"뭐야, 이 새X!"

　가는 말이 곱지 않고 오는 말이 곱지 않은 것으로 보아 금방이라도 주먹의 대화가 오갈 분위기였다. 20미터쯤 남겨두고 한규는 걸음을 멈추었다. 귀찮은 시비에 휘말릴까 해서였다.

　하지만 이미 늦었다. 벌써 한규를 알아보는 애들이 있었다.

　"어, 저거 한규 아냐?"

　"한규가 누군데?"

　"한큐 모르냐? 작년에 서고 짱이 덤볐다가 한 방에 피박살 났잖아. 그래서 애들이 한큐라 부르는데⋯⋯."

공자님도 세 명이 가면 말 많은 애 하나씩 있다고 말씀하셨다. 친절한 그의 설명에 고등학생들이 웅성거린다.

한편 한규는 낯간지럽다는 듯 뺨을 긁적였다.

"나 신경 쓰지 마. 그냥 운동 나온 거니까."

말 많은 애가 하나 있는가 하면, 꼭 앞뒤 안 재고 큰소리치는 애도 있다.

"뭐야? 네가 그 한규냐? 너 잘 만났다. 여기서 한판 뜨자!"

한 명이 앞으로 나서며 시비의 방향을 한규에게 돌린다. 곤란한 표정으로 한규는 머리를 긁적였다.

"쫄았냐? 덤비라고."

재차 도발한다. 한규는 두 손을 앞으로 내밀어 흔들었다.

"관두자. 뭐 좋은 꼴 보겠다고 아침부터 쌈질이냐?"

"뭐 이……."

삐익―

기세 좋던 상대의 말끝을 지우며 호각 소리가 메아리쳤다.

"야, 이 녀석들! 뭐야, 아침부터!"

"짭새다!"

애들 중 하나가 외치고 고등학생들이 사방으로 흩어져 달리기 시작한다. 사복 차림의 젊은 남자 하나가 후다닥 달려나오더니 짭새라고 외쳤던 애의 목덜미를 움켜쥐었다.

"이 자슥이, 어른한테 싸가지없게! 너 경찰한테 짭새라고 부르는 것만으로도 벌금 때릴 수 있는 거 알아, 몰라? 앙? 콱

이놈을 그냥……."

제복을 입은 경찰 둘이 그 젊은 남자의 뒤쪽으로 다가왔다. 각각 20대 후반, 30대 중반쯤으로 보였는데 어깨에는 이파리 두세 개씩 박혀 있었다.

"하여간 요즘 애들은 왜 이 모양인지 몰라. 어른 무서운 줄을 모른다니까."

사복 경찰이 혀를 차며 투덜거린다. 하지만 말하는 그 자신도 고작 서른이나 될까 말까 한 정도로, 어른 행세를 할 정도는 아니었다.

"아무튼 너 잘 걸렸다. 가뜩이나 요즘 건수 채울 게 없어 과장님한테 까이고 있었는데 너라도 데려가야겠다."

사복 경찰에게 대표로 붙잡힌 고등학생은 불만 가득한 표정으로 입술을 비쭉 내밀었다.

한규는 처음부터 끝까지 그 모습을 수수방관하고 있었다. 그러는 사이 제복 경찰 둘이 한규 곁으로 다가왔다.

"너도 이리 와. 보아하니 학생 같은데 이 시간에 왜 학교에 안 있고 이런 데 있는 거야?"

갑작스러운 경찰의 말에 한규는 '에?' 하며 손사래를 쳤다.

"아니에요, 저는. 그냥 운동하던 중이에요. 오늘은 개교기념일이에요."

"뭔 개교기념일. 너 같은 놈들은 1년 내내 개교기념일이지? 하여간 변명하는 말은 바뀌질 않아요."

경찰의 말에 한규가 갑자기 사복 차림의 경찰을 향해 말을 걸었다.

"에에? 성철 형! 나 그런 애 아닌 거 알잖아요?"

제복 경찰이 깜짝 놀라며 사복 경찰에게 말했다.

"계장님, 아는 애입니까?"

사복 차림의 경찰도 갑자기 자신의 이름을 부르자 놀란 모양이었다. 하지만 이내 한규를 알아보고는 씩 미소를 지었다.

"이거 누구야. 한상이 동생이잖아."

"성철 형."

"그런데 너 그런 놈이잖아. 이쪽에서는 유명하잖아? 한규한테 걸리면 한 큐에 나간다고."

"그, 그야 덤비는 놈을 놔둘 수는……."

"그냥 잠자코 따라오니라. 형이 점심 사줄게."

한규는 성철의 말에 얼굴을 찡그렸다.

"엉터리!"

한규의 가벼운 조깅 길은 그대로 경찰서로 이어지게 되었다.

한규의 형 성한상의 친구 조성철은 여성청소년계의 계장이었다. 경찰대학 출신으로, 서른이라는 젊은 나이에 계장 일을 하고 있다. 수더분한 성격, 넓은 오지랖 덕분에 나이 많고

직급이 낮은 다른 경찰들에게도 좋은 소리를 듣는 중이었다.

붙잡아 온 교복 차림의 학생을 부하 직원에게 떠맡긴 후 조성철은 한규를 소파에 앉혔다. 비타민 드링크 하나를 앞에 놔주며 밉살스레 웃는다.

"한규 너, 체육 특기생이랬지? 피해 안 가게 처리할 테니까 적당히 이름만 빌려줘. 요새 건수가 너무 없어서 아주 죽을 맛이니까."

"아, 형! 경찰이 그래도 되는 거야?"

"야야, 친구 좋다는 게 뭐냐?"

"내가 무슨 형이랑 친구야. 우리 형이 친구지."

"그게 그거야, 얌마. 너, 벌써 쌈질로 몇 번이나 여기 왔었잖아. 뭘 새삼스레 빼고 그래?"

"그건 다 정당방위라니까."

성철이 갑자기 두 손을 모으더니 앞으로 손바닥을 쭉 뻗는다.

"장풍으로?"

"아 놔! 장풍 아냐! 장으로 때린 건 맞지만…… 그냥 잘못 맞아서 기절한 것뿐이야!"

성철이의 말에 여성청소년계 직원들이 쿡쿡 웃음을 터뜨린다. 석 달 전 한규의 장풍 사건은 나름 여기 안양경찰서 안에서 유명한 편이었다.

경찰서 안에서까지 씩씩거리던 한규의 싸움 상대가 경찰의 눈이 느슨해진 틈을 타 한규에게 덤벼들었다가 가슴팍을 얻어맞았다. 눈을 까뒤집고 기절해 게거품까지 물었는데, 그 꼴을 보곤 성철이 '장풍이다!' 하고 외친 게 소문의 발단이었다.

"너 유단자가 사람 패면 가중처벌 있는 거 알아, 몰라?"

"그만 하라니까! 자꾸 그럼 나 그냥 간다."

"어허, 공권력을 무시하는 거냐?"

"매영이 누나한테 이른다."

성철이의 표정이 대번에 바뀐다.

"애가 치사하게……."

"아, 몰라. 아무튼 밥 사준댔으니까 맛있는 걸로 사줘야 해."

"알았어, 알았어."

성철은 고개를 끄덕이곤 한규에게 다시 물었다.

"그나저나 요새 한상이는 뭐 한다고 통 연락도 안 되냐? 여전히 게임 개발인지 뭔지 때문이냐?"

"응? 어, 그렇지, 뭐."

한규는 드링크의 뚜껑을 돌려 따며 고개를 끄덕였다.

"우리 형이야 성철 형이 더 잘 알잖아. 그날 이후로 4세대 게임기인가를 개발한다구 아주 미친 듯이 일하고 있어."

"걔야 뭐, 고등학교 때부터 알아줬지."

성철은 고등학교 시절을 떠올리는 듯 잠시 먼눈을 하다 한규에게 다시 눈을 돌렸다.

"형제 둘이서 고생 많다."

"뭐, 이제는 익숙해."

"그래서 그 4차원 게임인가는 해봤냐? 재미는 있냐?"

"응?"

갑작스런 물음에 한규가 고개를 갸웃하자, 성철이 설명을 덧붙였다.

"아니, 좀 팔리면 너네 형편 좀 나아질까 싶어서 그렇지. 전에 인터넷 뉴스 보니까 꽤 크게 다루더라고. 기사 제목도 이제야 드디어 21세기, 뭐 이딴 식으로 수선을 떨어대고. 한상이 얼굴도 신문에 실렸어."

"형이야 뭐 월급쟁이잖아. 전에 만든 무림혈비사도 우리나라뿐 아니라 중국, 대만 같은 동양권에서 나름 잘나가고 있고, 슬슬 유료화한 지도 2년이 넘었는데, 그냥 팀장이라고 팀장 봉급이나 받고 다니고 있어."

"하긴 그쪽이야 늘 그 모양이지."

중얼거리며 성철이가 한규의 어깨를 툭툭 쳤다.

"네가 형 좀 잘 보살펴 줘. 그러다 몸 상할까 걱정이다."

"형이야 알아서 잘하니까."

"그래도 인마."

"알았어."

한규가 고개를 끄덕거린다. 그를 보던 성철이 갑자기 손바닥을 내려쳤다.

"아, 그러고 보니 너한테 소개시켜 줄 사람이 있다."

"응? 누구?"

성철이는 대답을 하는 대신 수화기를 들어 올렸다. 내선으로 전화를 걸고는 거기다 대고 주르륵 말을 뱉었다.

"호열이냐? 네가 전에 말했던 한상이 있잖아. 걔 동생 여기와 있어. 한번 만나봐라."

수화기를 내려놓는 성철이에게 한규가 말한다.

"형도 참. 우리 형 만나보고 싶다는 사람을 내가 봐서 뭐 한다고."

"하하, 그야 그렇지만, 애가 괜찮아. 알아둬서 손해 볼 거 없잖아? 한동네 사람이기도 하고. 사이버수사 팀 애인데, 아주 그냥 게임에 미쳐 살아. 4차원 게임인가 뭔가 기사도 그 녀석이 먼저 보고 나한테 얘기해 준 거야. 어디서 내가 한상이 친구라는 얘기를 들었는지……."

이야기가 끝나기도 전에 노크 소리가 들리며 젊은 남자가 여성청소년계 사무실 안으로 모습을 드러냈다.

"수고하십니다."

스물일곱쯤 되어 보이는 젊은 경찰이었다. 이곳의 다른 경찰들과 마찬가지로 사복 차림인데다가 두툼한 뿔테 안경까지 쓰고 있어 경찰이란 느낌은 거의 없었다.

"계장님!"

“어, 호열이, 이리 와.”

최호열이라는 남자는 바로 한규의 곁에 털썩 주저앉았
다.

“성한상님의 동생입니까?”

한규는 열 살이나 나이 많은 사람에게서 높임말을 듣자니
조금 어색했다.

“아, 네.”

성철이 핀잔을 준다.

“뭐가 입니까냐? 열여덟짜리 애한테.”

“아, 예, 그게… 버릇이라서…….”

호열은 머리를 긁적였다. 그리고는 다시 한규에게 말을 건
다.

“그래서 샹그릴라는 몇 퍼센트나 창조된 거야? 혹시 알파
테스터를 하고 있어?”

한규도 알파 테스터라는 게 게임 개발사 내부에서 게임을
테스트해 보는 사람들이라는 것 정도는 알고 있었다.

비록 방금 전에도 샹그릴라를 플레이해 봤지만, 아직 외부
에 이렇다 저렇다 말할 단계는 아니었다. 한규는 호열의 물음
에 적당히 얼버무려 답했다.

“아니요. 전 아직 고등학생이라……. 하지만 샹그릴라를
플레이할 수 있는 게임기는 집에 있어요. 형 말로는 거의 다
만들어졌다고 하던데, 정확히는 저도 몰라요.”

"오오! 오픈 베타는 언제래?"

"그건 저도 잘……. 그런데 말하는 걸로 봐서는 올해를 안 넘길 거 같던데요?"

한규는 말하며 정말로 사람의 눈이 반짝거릴 수 있다는 걸 처음으로 알게 되었다. 게임 소식을 듣는 호열의 눈은 뭐가 쏟아질 것처럼 빛을 내고 있었다.

"하여간 적당히 해둬라. 너 그러다가 잘린다."

성철이 호열에게 한마디 한다.

"걱정 마십시오. 샹그릴라는 게임 폐인을 막기 위해 잠자는 동안 플레이할 수 있도록 만들어진 게임입니다. 타이머 설정도 가능합니다. 게다가 게임이 끝남과 동시에 일상으로 돌아가기 쉽도록 짧은 시간 동안 유지되는 최면 같은 것도 걸어 준다고 합니다."

"알았다, 알았어. 너나 많이 하세요. 나는 밤에는 매영이랑 노느라 바쁜 사람이니까."

애인 없는 호열의 감정을 건드리려 한 말이건만, 호열은 전혀 관심없다는 듯 여전히 '샹그릴라' 에 대해 열변을 토하고 있었다.

"게다가 전신불수 같은 사람들이 건강한 뇌 내 여가 활동을 즐길 수 있다는 점을 인정받아 정부의 지원도 받고 있다고 들었습니다. 의학계에서도 지대한 관심을 보이고 있다니까요."

성철의 반응이 뜨뜻미지근하자 호열의 눈이 한규에게로 옮겨갔다.

"너희 형은 그런 대단한 일을 하고 있는 거야. 아아, 빨리 베타에 들어갔으면…… 아니, 바로 유료화해도 괜찮아. 이용료가 내 봉급 반이라 해도 꼭 할 거야!"

호열의 마니악한 반응에는 한규도 대답할 말이 없었다. '하하' 하고 마른웃음을 지을 뿐이었다.

성철이 한마디 한다.

"으이구, 너 같은 거 데리고 일하는 너네 계장님이 불쌍하다. 내년이 정년인데……"

한규는 성철에게 점심을 얻어먹은 후 집으로 돌아오자마자 컴퓨터를 켜고 그 앞에 주저앉았다. 사실 호열이라는 사람만큼은 아니라 해도 무림혈비사에 흠뻑 빠져 있는 중이었다.

피가 튄 듯한 글자체로 무림혈비사라는 타이틀 로고가 켜지고, 곧이어 화려한 동영상이 펼쳐졌다.

엔터키를 눌러 넘길까 하다가 한규는 마침 목이 마른 듯하여 냉장고로 향했다. 그사이 모니터에서는 멋진 도복을 입은 도사가 장풍을 날리고, 헐벗은 차림의 아낙네가 검을 휘두른다.

한규는 우유 한 잔을 들고 돌아와 다시 자리에 앉았다. 서

버를 고르고 전부한큐 캐릭터를 클릭했다. 도포를 털며 전부
한큐가 장풍을 날리는 동작을 취한다.

그리고 한규는 무림혈비사 속으로 빠져들었다.

나의 양손을 살펴본다. 왼손에 어려 있는 냉기, 오른손에서
어렴풋이 피어나는 아지랑이. 구구현현환(九九玄玄丸)은 북해
너머 빙원에서 채취할 수 있는 천년빙화의 화분 가루를 주재
료로 만든 냉기의 결정체이다. 독각화사담(獨角火蛇膽)은 먼
남쪽 만사곡에 사는 커다란 뱀의 우두머리 독각화사의 쓸개
였다. 각기 차가운 것과 뜨거운 것의 극성을 담은 영약들로,
나는 그 둘을 내 본원진기에 녹이는 데 성공할 수 있었다. 그
리고 그 정화가 바로 이 두 손이다.

자부심을 뒤로한 채 나는 거리를 배회했다. 그 순간, 한 남
자의 다급한 목소리가 나의 귓가에 들려왔다.

"강호의 영웅이시여, 도와주소서!"

그는 일개 촌로에 불과했다. 넝마가 된 옷을 걸친 반백의
남자는 얼굴에 온통 피칠갑을 하고 있었다.

새로운 퀘스트다. 하지만 그건 생각만으로 떠올릴 뿐, NPC
와는 역할에 맞는 대화를 해야 하는 이 세계에서 입 밖에 낼
수 없는 단어이다.

"무슨 일인가?"

나의 물음에 촌로는 내 앞에 무릎을 꿇었다.

"아이고, 나으리. 제발 우리 마을을 구해주십시오."

"알겠으니 말을 해보거라."

"감사합니다, 영웅 나으리. 저희 마을은 송곡촌으로 이곳 항주 남쪽 삼십 리 거리에 있사온데, 오래전부터 근방에 죄수들의 감옥이 있다는 전설이 전해져 내려오고 있습니다. 강호인들을 가두어두었다고 하는데……."

나는 그의 이야기를 듣는 순간 오전에 장삼뻥과 나누었던 새로운 패치에 대한 대화가 떠올랐다.

"그저 전설로만 치부하여 신경 쓰지 않고 있었습니다. 그런데 며칠 전 그곳에서 왔다며 밥을 구걸하는 낭인 하나가 마을에 들어왔습니다. 피골이 상접해 있던 그가 불쌍하여 먹을 것을 나누어 주고 며칠간 상처를 돌보아주었습죠. 오래잖아 그는 기운을 차렸습니다만……."

"은혜를 잊고 마을을 공격한 것이냐?"

"그렇습니다요, 나으리."

가야금인지 거문고인지 모를 악기로 연주한 짤막한 효과음과 함께 퀘스트 창에 불이 켜진다. 기껏 역할 수행을 강조하며 대화 방법도 그대로 할 것을 요구하는 주제에 '퀘스트'라는 메뉴가 생뚱맞다.

퀘스트의 내용을 훑어본 후 나는 최종 수락 버튼을 눌렀다. 그때 좌우에서 웅성거리는 소리가 내 귓전을 때렸다.

"어, 저 사람, 전부한큐 아냐?"

"송곡촌에 갈 모양인데?"

"오전에 한 번 가봤는데, 내 장비로는 도저히 무리더라."

사람들의 소리를 뒤로하고 나는 그 자리를 떠났다. 퀘스트를 수행하기 위해서였다.

송곡촌은 흡사 유령의 집처럼 변해 있었다. 게임 시간으로 한낮이건만 필드에 들어서자마자 하늘이 어둑하게 변했다. 가장 먼저 나를 맞이한 건 강시로 변한 마을 사람이었다.

아닌 게 아니라, 만렙 5인 퀘스트답게 NPC들도 보통이 아니었다. 소혼강시대법(消魂殭屍大法)을 써서 만든 강시들은 하나같이 내공이 삼갑자(甲子) 이상에 체력도 오만을 넘겼다.

뭐 그래 봤자 크리티컬로 세 번 정도 공격하면 박살이 나서 사방으로 흩어지기에 바빴지만.

집 하나하나가 인스턴트 던전처럼 되어 있었다. 보스인 귀노자(鬼奴子)는 그 인스턴트 던전 중 하나에 무작위로 등장하는 모양이었다.

송곡촌에는 나 말고도 서너 명씩 파티를 이룬 사람들이 여럿 있었다. 굳이 상대할 필요를 못 느꼈기에 나는 사냥에만 집중하고 있었다. 그때 누군가 천리전음—귓속말—을 걸었다.

—어, 한큐님, 아까 로그아웃하시더니…….

장삼뽕이었다.

—아, 오늘 개교기념일이라서 집에서 놀고 있거든요.

—아하! 송곡촌에 계시네.

—넹.

—아까 한큐님 로갓(로그아웃)한 사이에 패치됐어요. 우리 혈맹원 하나 데리고 갔다가 떡실신! 하핫!

—세긴 세네요, 몹들이.

—하하하!

채팅을 하며 몹을 상대하다 보니 조금이지만 강시들에게 맞는 경우가 생겼다. 특히 자폭을 하는 혈폭강시 같은 경우에는 방어력, 회피도 모두 무시한 공격을 하고 있었는데, 체력에 능력치 배정을 안 한 내 경우에는 피해가 막심했다. 다행히 들어오는 데미지를 줄여주는 금강부동신공은 제대로 작동했지만, 그래도 한 번에 피가 2퍼센트씩 뭉텅이로 깎여 나갔다.

—그러고 보니 한큐님, 다른 게임 뭐 하는 거 있으세요?

장삼뽕이 묻는다.

—아뇨.
—아하, 전 샹그릴라 나오면 한번 해보려구요.
뜨끔.
—샹그릴라요?
—아시죠? 지금 개발 중인 4세대 게임.
아마 너보다 몇 배는 잘 알고 있을 거다. 하지만 내색 않고
딴청을 피웠다.
—아, 네. 들어본 적 있어요.
—히히, 무림혈비사는 깨어 있을 때 하고, 샹그릴라는 자면
서 하고. 24시간 게임만 하는 인생도 꿈이 아니게 됐죠.
적당히 해라, 인마.
—하하, 몸 상합니다, 그러다가.
—그러고 보니 제가 자주 가는 게임 사이트에 그런 이야기
가 나오고 있어요.
—어떤 이야기요?
—샹그릴라 제작하고 있는 게 제작진이 아니라 AI라고요.
금시초문이었다. 샹그릴라 제작팀 팀장을 맡고 있는 형도
한 적 없는 얘기였다.
—AI라니요? 인공지능 말이에요?
—예. 진짜로 생각할 수 있는 인공지능을 만들어서 프로그
래머들과 함께 샹그릴라 세계를 구축하고 있다더라고요.
뭐 그런 쪽으로 아는 게 많지는 않지만, AI가 뭔지 정도는

알고 있다. 전기밥통에도 달린 기능이니까. 물론 제대로 된 살아 있는 컴퓨터는 아니지만.

장삼뿡이 다시 자신이 한 말을 뒤집었다.

―어디까지나 소문이라서 100프로 믿을 수는 없지만요.

―하하, 워낙 사람들의 관심이 높으니까요.

―아무튼 빨리 나왔으면 좋겠네요.

―그러게요.

동감이었다, 그래야 형 얼굴도 보고 살지. 형제 단둘인데 얼굴 볼 일이 거의 없으니 좀 그렇긴 하다.

그 순간 사운드가 바뀌었다. 가냘픈, 그래서 슬픈 음색의 배경에 강렬한 비트가 들어가며 급박한 음조를 띠기 시작했다. 직감적으로 보스 귀노자를 만났다는 것을 알 수 있었다.

―삼뿡님, 귀노자 떴네요. 얘 좀 잡을게요.

―아, 네. 즐겜요.

좁다란 복도 저편에서 아지랑이와 같은 진보라색 기운이 넘실거린다. 느릿한 걸음으로 빼빼 마른 남자가 천천히 다가왔다. 늘어진 도포가 나무 복도를 쓸고, 시뻘건 귀기를 내뿜는 눈에는 인성이 담겨 있지 않았다.

가장 먼저 누른 스킬은 질뢰답무영이었다. 20초간 회피력과 이동 속도를 200퍼센트 올려주는 기술이다.

귀노자가 갑자기 양손을 내뻗자 해골이 어릿하게 녹아 있는 검은색 기의 덩어리가 내게 날아왔다. 피하며 동시에 돌진! 키보드와 마우스를 빠르게 조작해 다음 기술 청구연환삼식을 날렸다.

인간형의 보스였기에 익숙한 급소에 클릭했지만, 전부 통상 공격 판정이었다. 혈도의 위치가 바뀐 모양이다. 아니면 나와 마찬가지로 금강불괴 계열의 무공을 가지고 있는지도 몰랐다.

곧바로 다음 무공을 펼쳤다.

"천여시일(千如始日)! 낙수관암(落水貫巖)!"

흔히 줄여서 천낙이라 부르는 장법이었다. 천여시일은 심법이요, 낙수관암은 초식이었다. 방어도 무시에 내부에 직접 타격을 주는 무공이다. 특히 외골격의 요수(妖獸)들이나 외문무공을 익힌 강호인들에게 효과적이었다.

아니나 다를까, 크리티컬이다! 한 번에 1만 데미지가 떴다. 하지만 체력이 얼마나 되는지 체력 게이지는 눈곱만치 줄어들었다.

지루한 공방(攻防)이 이어졌다. 내가 쓸 만한 스킬은 천낙 정도였고, 귀노자도 나한테 이렇다 할 데미지를 주지는 못했다. 5분 동안이나 공격을 퍼붓는 사이, 구규일극의 내공도 어느새 바닥을 드러내기 시작했다.

"삼라일규—!"

지금까지 한 번도 누르지 않았던 기술을 클릭했다. 내 몸 주위에 기운이 소용돌이치며 천천히 내공이 차오르기 시작했다.

그러는 사이 귀노자의 피도 어느새 바닥을 드러내기 시작했다. 체력이 20퍼센트 이하에 접어들자 귀노자가 괴이한 술법을 외웠다. 피부색이 검은색으로 변하면서 종족도 인간에서 요괴로 바뀌었다. 강시가 된 것이다.

원거리 위주의 도술 술법에서 철저한 근접 공격으로 공격 방식도 달라졌다. 1분에 둘씩 강시들도 소환하기 시작했다.

그동안 꿈쩍도 않던 내 체력도 서서히 깎여 나갔다. 아차 하는 사이에 피가 1/3이나 날아간 것이다.

"꽤 세네."

한마디 중얼거리며 고려인삼을 하나 우걱우걱 씹어 먹었다. 급박한 상황에 주머니에서 인삼을 꺼내 씹다니, 게다가 인삼을 먹자마자 체력이 쭉쭉 차오르는 건 무슨 조화일까?

평소 체력이 닳는 일이 드물었기에 이 인삼은 무림혈비사 내부 시간으로 일 년 넘게 가지고 다니던 것들이다. 냉장고도 아니고 면으로 만든 포대 자루에 일 년이나 방치해 둔 인삼. 그것도 그 안에는 가끔 사람의 수급(首級), 다시 말해 잘라낸 머리통이니 괴물의 앞다리니 하는 것도 같이 보관했다.

먹으면서도 이거 진짜 괜찮은 건가 하는 생각이 계속 들었다. 어느 순간 갑자기 '인삼이 팍 상했습니다. 폭풍설사로 체력이 반으로 줄어듭니다' 하는 메시지가 뜰 것 같다.

하지만 다행히 인삼 빨로 버티고 버텨 귀노자를 죽이는 데 성공했다.

"크으윽! 이놈 전부한큐……."

귀노자와 나―전부한큐―사이의 자동 대화가 시작되었다.

"귀노자! 너의 음모는 여기서 끝이다!"

"크크크, 정말 그렇게 생각하느냐?"

"뭐라고?"

"이미 내가 만든 삼천 강시들이 무저옥경으로 출발했다. 일천 년 동안 우리를 감시해 온 감옥지기들도 그들을 당해내지는 못할 것이다!"

"그럴 수가!"

라고 전부한큐가 말했지만 나는, '뭐 이런 조그만 마을에 삼천 명이나 살고 있냐? 게다가 며칠 전이라며? 공장에서 찍어내도 그것보다는 느리겠다' 라고 중얼거렸다.

"크크, 기대해라. 무저옥경의 문이 이제 곧 열릴 테니……."

말과 동시에 강시로 변했던 귀노자가 풀썩 바닥에 쓰러졌다. 그의 품에서 포대 주머니가 데구루루 굴러 나왔다.

"무저옥경이라니…… 그 전설이 사실이었단 말인가."

전부한큐의 의미심장한 대사를 한 귀로 흘리며 나는 주머니를 부지런히 클릭했다. 뭐가 나오려나?

보상품 창이 열리며 몇 개의 아이템이 떴다. 알아보기 힘든 무저옥경의 지도, 귀노자의 수급, 이 두 가지는 퀘스트 아이템이었다. 금 삼십 냥이라는 돈―고려인삼 한 뿌리가 은 이십 냥이고, 은 백 냥이 금 한 냥이었다—그리고 아직 감정이 되지 않은 무기 하나와 방어구 하나가 나왔다.

만렙 파티 보스이니 제법 괜찮은 장비들일 테다. 퀘스트도 깼겠다, 나는 곧바로 귀환 부적을 썼다.

마을로 돌아오자마자 촌로와 만나 퀘스트를 완료했다. 무저옥경의 지도가 읽을 수 있게 변하고, 귀노자의 수급이 사라지며 금 이십 냥을 퀘스트 보수로 받았다.

그리고 향한 곳은 전당포. 무기를 감정하기 위해서였다.

하나는 명인급의 왜검(倭劍)이다. 카타나처럼 생긴 검으로 경매장에 올릴 만했다. 그리고 다른 하나는 상급의 여성용 상의였는데, 그냥 상점에 금 오십 냥 받고 팔아넘겼다.

4

한규는 시계를 보았다. 제법 시간이 흘러 벌써 다섯 시였다.

"하여간 온라인 게임은 문제가 있다니까."

중얼거리며 자리에서 일어난다. 한규는 뻐근한 몸을 풀러 기지개를 켜고 방 안을 두리번거렸다.

엉망진창이다. 대충 벗어놓은 옷이며 책들, 어제 돌아와 벗어 던져 둔 책가방까지. 개집도 여기보다는 깨끗할 듯했다.

옷가지를 집어 옷걸이에 걸고, 책은 책꽂이에 간단히 정리를 마친 후 한규는 거실로 나왔다. 샹그릴라가 다시 눈에 들어왔다.

한규는 샹그릴라 의자에 몸을 푹 눕혔다. 천장이 눈에 들어온다.

"그날 이후지, 아마."

한규는 8년 전의 그날을 떠올렸다. 형 한상이 전문대를 졸업하고 특채로 게임 회사에 취직한 그쯤이었다. 자신이 아직 열 살이었던, 3년간 부모님의 목숨을 잇던 그 수많은 튜브와 전기 장치를 그분들에게서 분리했던.

한상은 그날 한 소녀를 만났다.

한규가 벌떡 자리에서 일어났다.

"혜나 누나나 만나러 가볼까."

한규는 욕실로 가 머리를 감았다. 양치도 새로 했다.

다 소용없는 일이었지만, 그래도 그녀를 만나러 가면서 너저분한 꼴을 하긴 싫었다. 살짝 긴 머리는 오래간만에 빗질까지 했다.

거울을 보았다. 훗, 어디 가서 떨어지는 얼굴은 아니지. 한마디 낯부끄러운 소리를 떠올리고는 외출 준비를 마쳤다.

혜나가 있는 곳은 버스로 30분 거리였다. 안양 평촌에 있는 제법 큰 병원이다. 시계는 아직 여섯 시가 조금 못 되었다. 아직 면회 가능한 시간이다.

접수처에서 면회를 신청하고, 한규는 핸드폰의 전원을 껐

다. 어차피 평소에도 시계 역할밖에는 하지 못했지만, 그래도
꺼야 했다.

"성한규님, 접수처로 와주십시오."

접수의 여간호사가 한규를 호명했다.

"네, 넷."

잠시 다른 생각에 빠져 있던 한규가 큰 목소리로 답했다.
시선의 주목에 머리를 긁적이며 면회증을 받아 목에 걸었다.

혜나가 있는 곳은 4층의 중환자 입원실이었다. 그리고 그
곳에서도 몹시 외진 곳이었다. 몇 개의 복도를 굽이 돌아 흡
사 호텔의 문과도 같은 호화로운 장소에 도달했다. 밟고 있는
복도의 질감까지도 다른 듯 느껴지는 개인 입원실의 명패에
'이혜나' 라는 이름이 외롭게 적혀 있다.

그녀가 누워 있는 침대는 보통의 병원용 침대 두 개를 붙여
놓은 만큼 커다랬다. 하지만 푹신한 양모 매트나 거위 털 베
개 따위로 장식된 고급스러운 침대는 아니었다. 전자 장비와
알 수 없는 전선, 튜브 따위를 설치하기 위해 그만한 공간이
필요했을 뿐이다.

방 안에 앉아 꾸벅꾸벅 졸고 있던 간호사가 한규의 등장에
자리에서 일어난다.

"아, 너구나."

못해도 한 주에 한 번은 면회를 오는 처지였기에 간호사도
한규의 얼굴을 알고 있었다.

“수영이 누나.”

“또 혜나 보러 온 거야? 지극 정성이네.”

한규는 수영이라는 간호사의 말에 얼굴을 살짝 붉혔다.

“뭘요.”

“다음에 올 때는 꽃이라도 사 와. 어차피 향기도 못 맡겠지만. 저런 몸이라도 혜나는 여자잖아.”

수영의 손끝 너머 혜나의 모습이 보였다.

열세 살이나 되었을까? 많이 쳐도 중 1쯤 되어 보이는 여자 아이였다. 하지만 한규는 텔레비전에 나오는 어떤 연예인들보다 그녀가 더 아름답게 보였다. 실제로 그녀가 이대로 네다섯만 더 나이를 먹는다면 한규의 감상이 뭇 남성의 감상으로 확대되는 데 무리가 없을 듯했다.

감겨 있는 눈에 풍성하게 자라 있는 속눈썹, 핏기없이 하얀 피부에 오뚝한 콧날까지. 한국인 아버지와 유럽계의 어머니를 양친으로 둔 그녀는 동화에나 나올 법한 외모를 가지고 있었다.

오랜 병치레로 살짝 탈색된 갈색 머리칼은 햇빛의 색 그대로였다.

정말이지 어느 한 부분 아름답지 않은 곳이 없었다.

“벌써 12년째라지, 혜나가 여기에 있는 것도?”

수영이 한숨 섞어 말을 뱉었다.

“네, 그렇다고 들었어요.”

수영이 몸을 돌려 혜나를 정면으로 보았다.

"참 운명도 얄궂지. 세계적인 기업 펜트라의 전기전자 부문 사장 이태준과 파리 오페라좌 수석 발레리나 출신의 어머니 에반젤의 딸로 태어나서는. 미모, 지성 어느 하나 부족함 없이 자라다가 열세 살 때 걸린 독감으로 이 상태라니. 그대로 자랐더라면 지금쯤 연예인 못지않은 주목을 받으며 살고 있을 텐데."

한규는 묵묵히 그녀의 말을 듣고 있었다. 혜나는 겉으로 보이는 모습과는 달리 올해로 스물다섯 살이었다. 병에 걸려 전신불수가 된 후로 성장하지 않아 열세 살의 외모를 하고 있을 뿐이었다.

"부모는 아직 아이가 죽은 게 아니라며 이렇게 생명 유지 장치를 연결해 두고 있지만, 어디 저게 살아 있는 거니? 몸을 움직이기는커녕 오감이 다 닫혀 있는데 뇌만 살아 있다니, 죽는 그날까지 꿈만 꾸라는 거야?"

혜나의 전담 간호사로 벌써 3년이나 근무를 해와서인지 수영의 혜나에 대한 마음은 남달랐다.

수영이 한규의 어깨를 탁 쳤다.

"그래도 너나 너희 형 같은 친구가 생긴 게 그나마 위안이랄까? 너희들마저 없었다면 혜나가 이 세상에 살아 있다는 증거는 말 그대로 글자로만 남았을 테니까."

한규는 자신도 모르게 고개를 끄덕였다. 그리고 형 한상을 떠올려 보았다.

한상이 샹그릴라, 정확히는 수면 중 온라인 게임이라는 제 4세대 게임기를 개발하기로 결심한 것은 바로 혜나 때문이었다.

꿈에서나마 세상을 살아가기를…….

처음 동생 한규에게 샹그릴라를 설명하면서 한상이 한 말이었다.

샹그릴라.

그 게임에는 흥미가 없었다. 하지만 한규는 형 못지않게 샹그릴라의 완성을 보고 싶었다. 혜나 누나와 만날 수 있을 테니까. 이야기하고 함께 모험을 떠날 수도 있을 테니까.

"그 두부 속에 발을 집어넣는 듯한 감촉만 어떻게 해주면……."

한규의 중얼거리는 말에 수영이 고개를 갸웃한다.

집에 돌아온 한규를 맞이한 것은 형 한상이었다.

"어, 일찍 왔네?"

한규의 형은 지금 앞치마에 머릿수건을 두르고 걸레질을 하는 중이었다.

"어서 와."

"벌써 일이 끝난 거야?"

한규의 물음에 한상이 고개를 젓는다.

“아냐. 갈아입을 옷을 가지러 왔다가 집 안 꼴이 말이 아니
라……."

“놔둬. 청소는 내가 할 테니까.”

한상이 웃는다.

“그 말, 이번 주에만 다섯 번째 듣는다.”

한규는 할 말이 없어 얼굴만 붉혔다.

“너는 네 생활에나 전념해. 고등학교 졸업할 때까지는 이
형이 뒷바라지해 줄 테니까.”

“그래도……."

한규는 형의 얼굴을 똑바로 쳐다볼 수 없었다. 세상에 완벽
한 사람이 어디 있냐지만, 한규가 볼 때 형은 정말 완벽한 사
람이었다. 집안일이면 집안일, 사회인으로서의 몫까지 어느
하나 서툰 것이 없었다.

한규는 겉옷을 벗어 거실을 차지하고 있는 샹그릴라 콘솔
의 등받이에 걸쳐 두고는 형의 걸레를 빼앗았다.

“내가 할 테니까 형은 잠시라도 쉬어.”

“괜찮다니까.”

“내가 안 괜찮아.”

한상을 대신해 한규가 걸레질을 한다. 한상은 한규의 그런
모습을 보며 빙긋 미소 지었다.

“그나저나 어디 갔다 오는 거야?”

“혜나 누나네.”

"…잘 있냐?"

"뭐, 그렇지."

잠시 형제 사이의 대화가 끊겼다. 한규는 걸레질에 집중하느라 입을 닫았고, 한상은 정신을 다른 데 빼앗겼다. 그 짤막한 침묵을 거둔 것은 한상이었다.

"아참, 그래서 어땠냐?"

"응? 뭔 소리야, 갑자기?"

"샹그릴라 말이야."

"아아……."

한규는 더러워진 걸레를 뒤집어 접으며 잠시 쭈그려 앉았다. 형을 올려다보며 한마디 한다.

"무슨 대답을 듣길 바라는 거야? 형은 역시 천재야. 대단해. 정말 현실처럼 느껴져, 뭐 그런 거?"

한상이 콧등을 긁적인다.

"그게… 왜 갑자기 말에 가시가 박혀 있냐?"

"너무 대단해서 해줄 말이 없어서 그래."

"하하, 그렇지? 내가 만들었지만 참 신기하다니까."

"그래도 조작기의 느낌은 영 아니라니까. 어떻게 좀 해봐."

한규의 말에 한상이 어깨를 으쓱한다.

"어쩔 수 없어. 전해질의 젤이 아니고서는 동작에서 심박, 체온까지 모두 체크하는 게 힘들어. 게다가 그게 기분 나쁘다는 사람은 너밖에 없어."

“몰라. 기분 나쁜 건 나쁜 거야.”

한규는 다시 걸레질로 돌아갔다. 그 모습을 웃음으로 바라
보던 한상이 자신의 방으로 들어가 챙겨둔 짐을 들고 나왔다.

그사이 한규는 거실의 걸레질을 끝냈다.

“뭐야, 벌써 나가는 거야?”

“응? 그렇지, 뭐. 지금 마지막 조정 중이야. 한창 바쁠 때라
고.”

“건강 잘 챙겨.”

뚱한 목소리를 내는 한규의 어깨를 한상이 툭 두들긴다.

“오케이.”

다시 한상이 밖으로 나갔다. 한규는 형이 집 밖으로 나가자
마자 반사적으로 거실에 있는 샹그릴라 콘솔로 시선을 옮겼
다. 그것이 한규 자신과 형에게 어떠한 변화를 가져올지 한규
는 상상조차 할 수 없었다.

Chapter 2

A Whole new World

1

　스포츠머리에 날카로운 눈빛의 고등학교 2학년생. 석문기는 키가 그리 큰 편은 아니었다.

　아직 대한민국 평균 신장은 175센티미터가 못 된다. 하지만 체감으로는 180센티미터쯤 되는 듯했다. 그렇기에 평균 살짝 윗줄의 문기도 키에서만큼은 불만이 컸다.

　마른 것도 살찐 것도 아닌 몸이지만, 접어 올린 교복 아래로 드러낸 팔뚝만큼은 강철만큼 단단했다. 하루도 거르지 않고 복싱이니 합기도 같은 운동을 한 덕분이다. 운동 시간만 하루 평균 다섯 시간. 하지만 결코 스포츠맨 같은 것은 아니었다.

문기는 점심시간이 되자마자 학교 옥상으로 튀어 올라가 교복 주머니에 넣어두었던 담배를 꺼내 물었다.

"라이타, 라이타."

앞뒤 주머니를 뒤져 500원짜리 일회용 라이터를 꺼냈다. 칙칙 소리를 내며 불을 서둘러 담배 끝에 붙인다.

"후아! 이제야 살겠네."

옥상에는 석문기 이외에도 몇몇 학생이 더 있었다. 하지만 하나같이 시선을 피하며 석문기의 일탈을 못 본 척했다.

그때, 뚜벅뚜벅 소리가 나며 또 한 명이 옥상에 등장했다. 교복 일색의 학교에 양복 차림의 남자. 더 볼 것도 없이 학교의 교사였다.

막 담배에 불을 붙인 문기와 정면으로 눈이 마주친다. 그런데 흡사 투명인간이라도 되는 듯 문기의 행동을 무시하며 다른 학생들을 휘 돌아본다. 그리곤 별다른 문제가 없다는 양 그대로 몸을 돌려 아래로 내려간다.

다른 학생들도 당연하다는 듯한 태도였다. 교사가 담배를 피우는 학생을 보고도 아무런 말도 없는 이 광경이 말이다.

문기도 문기 나름 신경 쓰지 않았다. 까르페디엠—이 순간을 즐길 뿐이었다.

그 순간, 옥상 계단실 위에서 한줄기 목소리가 들려왔다.

"옥상, 금연이다."

문기가 고개를 들어 올린다. 저수 탱크만 보일 뿐 사람의 모습은 보이지 않았다. 하지만 상대가 누구인지는 알고 있었다.

문기는 계단실 위로 이어진 철사 다리로 기어올랐다. 계단실의 천장 위로 몸이 반쯤 올라가자 거기가 제집인 양 누워 있는 한 남자가 보였다.

"한큐 너, 학교 왔었나?"

"금연이라니까."

한규의 말에 문기는 쳇 하고 혀를 차며 담배를 비벼 껐다. 오르던 사다리를 마저 올라 한규 옆에 털썩 주저앉았다.

"요새 담뱃값이 얼만 줄은 알아? 한 까치에 300원이야, 300원. 아직 반도 안 피웠는데……. 이런 장초 버리면 하느님이 노하신다."

"그럼 뒀다가 나중에 피우든지."

"한 번 불 끄고 나면 탄내 배서 맛 떨어져!"

문기의 말에 한규는 대꾸하지 않았다.

"하여간 이래서 운동하는 애들은……."

끝내 아깝다는 듯 손에 들고 있던 꽁초를 아무렇게나 던지며 문기가 한규를 내려다보았다.

"고등학생이 담배질 하는 게 뭐 자랑이라고."

"이 형님은 스무 살이니라."

"2년 꿇은 건 자랑이고?"

"네, 네. 한큐 선생, 오늘 따라 왜 이리 까칠하게 나오실까?"

한규는 고개를 들어 문기를 보았다. 자기보다 두 살 많은 문기는 고등학교에 와서 만난 친구였다. 같이 어울린 지 이제야 1년 남짓이다. 하지만 그런 것치고는 제법 친하게 지내고 있었다.

"그러고 보니 문기 너, 진짜로 건달이 될 생각이냐?"

"응? 아아, 그거?"

문기는 교복 윗주머니에서 담배를 꺼내 입에 물었다. 버릇처럼 익숙한 손짓이다. 하지만 불을 붙이지는 않았다.

"건달이라는 말은 인도의 간다르바에서……."

"개소리 치우고."

"하하, 그야 별수있냐. 아빠도 깡패요 엄마도 깡패요, 형도 깡패에 삼촌까지 깡패인데."

문기는 체념 섞인 웃음으로 얼버무렸다.

"그게 뭔 상관이야? 요즘 같은 시대에."

"몰라. 고등학교 졸업할 때까지는 나한테 손대지 않겠다고 했는데……. 콩 심은 데 콩 난다고, 벌써 학교도 한 번 갔다 오고."

기지개를 켜며 문기가 투덜댄다.

"아주 엘리트 나왔다고 꼰대가 쌍수 들고 환영하더라. 엄마라는 여자는 맷돌로 콩을 직접 갈아서 수제 두부를 만들고 있고. 평생 요리라고는 해본 적도 없는 주제에. 그때 이미 반쯤 포기했다."

한규가 중얼중얼.

"하여간, 교육 환경이 이래서 중요하다니까. 이러니까 강남 열풍이 사라지질 않는 거야. 21세기가 된 지 20년이 흘렀는데."

문기가 쫑알쫑알.

"어쭈, 간만에 뉴스 좀 봤냐? 어울리지 않게 어려운 소리를 하네."

주거니 받거니 시시한 대화를 나누던 둘이 동시에 입을 다물었다. 굳이 이유를 대자면 하늘을 가로지르는 비행기 구름일 테다.

"졸업하기 전에 뭔가 커다란 일을 한번 해보고 싶은데……"

문기가 하늘에 대고 말한다.

"깜빵 한 번 더 가게?"

"그런 거 말고. 졸업하고 나면 뻔질나게 드나들 텐데 뭐 하러."

말을 하던 문기가 팔꿈치까지 옷을 밀어 올리며 긁적였다. 용의 꼬리가 슬쩍 보인다. 그게 싫은지 문기는 새삼 소매를 끌어내렸다.

"학생다우면서도 대단한 그런 거 있잖아. 나이야 스물이나 처먹었지만 고등학생이니까."

"그런 게 어디 있겠냐? 인생이 오죽 시시하면 다들 게임 속으로 숨어드는 거 아냐?”

문기가 한규의 어깨를 툭 친다.

“네가 할 말이냐? 너도 무슨 장풍 쏘는 게임하고 있다며?”

“그야 형이 시켜서…….”

“핑계 좋다. 꽤 빠져 있으면서.”

한규는 대꾸할 말이 없었다. 사실이었으니까.

“나도 온라인 게임이나 해볼까? 그 뭐냐, 니네 형이 지금 개발하고 있다는 샹그릴라인가 하는 게임 말이야. 그건 테레비에서도 만날 나오고 하던데. 거기서 최고 자리 먹으면 나름 뭐 하나 이뤘다는 기분 들까?”

문기의 말에 한규는 헛웃음을 터뜨렸다.

“답잖게 뭔 소리야?”

“하도 답답해서 그런다. 게다가 뭐, 나랑 상관없는 분야라 그렇지, 나름 그쪽에서도 지존이니 뭐니 해가면서 게임 가지고 뻐기고 그러잖아. 망한다느니 안 될 거라느니 해가면서 E스포츠도 벌써 20년째 인기 끌고 있고.”

비웃음을 섞어 한규가 말했다.

“차라리 고교 스트리트 파이팅 전국구 짱을 먹어라. 고등학생 중에 싸움 제일 잘한다는 타이틀이 더 그럴듯하지 않냐? 게임 캐릭터로 최고가 되는 것보다.”

문기가 웃는다.

“하하, 그런가? 네가 도와준다면 못할 것도 없겠지만.”

"왜 이러세요. 저는 싸움 같은 거 안 하는 착한 소년입니다."

"미친 한큐. 작년에 너한테 맞아 부러져 엇붙은 내 4번 갈 빗대가 맹렬하게 이의를 제기하는데?"

"왜 이래, 치료비까지 뜯어가 놓고. 새삼 이제 와서……."

갑자기 문기가 자리에서 벌떡 일어나더니 운동장으로 소리를 친다, 손나팔까지 만들어 고래고래.

"세상 사람들! 한큐가 싸움을 안 한대요!"

"뭐 해, 이 미친놈아!"

한규도 따라 일어나 문기의 목덜미를 잡아당겼다.

"세상 사람들!"

"그만 하라고!"

"성한규가~!"

한참이나 옥신각신 실랑이를 벌이다 슬슬 재미가 떨어졌는지 문기가 다시 자리에 앉았다.

"아무튼 나, 갑자기 온라인 게임이 해보고 싶어졌다. 너 어차피 나중에 형 때문이라도 샹그릴라 시작할 거 아냐? 나도 그때 같이하자. 개발팀장 동생이니까 뭔가 떨어지는 게 있을 거 아냐."

한규가 고개를 끄덕였다.

"그야 하게 되겠지. 알았어. 같이하자."

"나는 최고 장비로 부탁한다."

"헛소리. 개발자라고 해도 막 게임 데이터에 손대지는 못해. 나 지금 하는 게임도 맨바닥에서 컸어.”

“쳇, 그러냐?”

실망이라는 듯 두 팔을 목 뒤로 빼며 문기가 혀 차는 소리를 냈다.

“그래도 이 형아가 많이 키워주마. 이래 봬도 무림혈비사 게임에서는 서버 최고수로 통하고 있으니까.”

“형아는 무슨, 두 살이나 어린 게.”

“크크크.”

점심시간이 끝나는 종이 울린다. 하지만 둘 모두 자리에 붙은 엉덩이를 뗄 생각은 없는 듯했다.

2

방과 후.

문기와 헤어진 한규는 불이 켜져 있는 집에 발을 들여놓았다. 향기로운 카레 냄새가 현관문을 열자마자 확 퍼져 나왔다.

“어? 형?”

한규가 목청 높여 부르는 말에 부엌에 있던 형 한상이 모습을 드러냈다. 피곤에 푹 절어 있는 얼굴이었지만 한줄기 화색이 돈다.

“왔냐?”

"웬일이야, 이렇게 이른 시간에?"

"하하!"

대답을 대신해 손가락으로 브이 자를 만들며 웃는 형의 모습에 한규가 다그치듯 물었다.

"설마 샹그릴라 끝난 거야?!"

"클로즈 베타 일정 잡혔다."

"오오! 정말로?"

한규는 책가방을 현관에 집어던지며 형에게 다가섰다.

"그래, 인마. 6월 27일부터 일반인에게 공개 시작이야."

"한 달쯤 남았네?"

"응. 자잘한 버그들 잡아내고 좀 더 정리해야 하겠지만, 샹그릴라 첫 번째 시즌 개발은 이제 끝!"

형 한상은 정말 한시름 놓았다는 표정이 가득했다. 한규도 기분이 좋기는 마찬가지였다. 게임으로서의 샹그릴라에는 큰 관심 없었다. 지금 플레이하고 있는 무림혈비사에 흠뻑 빠져 있는 탓이다.

하지만 세계로서의 샹그릴라에는 한상 못지않은 기대감을 품고 있었다.

그리고 그것과는 별개로 형의 일이 한고비 넘었다는 사실이 마음에 들었다. 요즘 들어 먹을 것도 제대로 챙겨 먹지 못해 점점 말라가는 형이 안쓰러웠으니 말이다.

"한번 접속해 볼래? 어제처럼이 아니라 정식으로 접속할

수도 있어. 지금은 샹그릴라 세계 제1계 맵 전체가 열려 있
고, 몬스터들의 배치도 모두 끝이 났으니까."
　한규는 해볼까 하는 생각을 잠시 품었다가 도리질을 쳤다.
아직 혜나가 접속하고 있다는 얘기는 없었다. 그게 아니라면
굳이 해파리 촉수 사이로 머리, 손발을 넣을 생각은 들지 않
는다.
　"나중에. 클로즈 베타 때쯤에나 해볼게. 형이 한 가지 사실
을 가르쳐 준다면, 이라는 조건까지 붙여서."
　한상은 한규의 조건가 무엇인지 알고 있었다.
　"그로얀 왕국의 국왕."
　"응?"
　"샹그릴라는 그로얀 왕국과 케세린 공화국으로 양분된 세
계야. 거기서 혜나는 그로얀 여왕 전하라는 NPC가 될 거야."
　"정말?!"
　한상이 달라붙는 동생을 떼어내며 쓸쓸한 웃음을 짓는다.
　"그곳에서만큼은 부족한 것 없이 누릴 것 다 누리고 살아
야 할 것 아냐. 일국의 왕 정도는 시켜줘야지. 혜나 말고도 많
은 NPC들이 전신마비로 병원에 있는 사람들로 채워질 거
야."
　"정말로 살아 있는 사람들이구나."
　"그렇지."
　한규가 형의 말에 고개를 주억거리며 한마디 했다.

"그래서 게임 안에 AI가 있다는 소문이 돌고 있구나."

혼잣말을 하는 사이 한상의 표정이 변했다. 하지만 한규는
자신의 말에 빠져 있느라 형의 얼굴을 보지 못했다.

"아, 아무튼 이번 주 토요일 오후에 샹그릴라 기자 간담회
가 있는데 너도 참석할래? 일반인에게도 초대권이 발송되거
든. 주로 파워 블로거들이 대상이지만…… 원한다면 표 몇 장
줄게."

"뭐, 됐어."

"꽤 맛있는 게 나올 모양이던데?"

흥미없다던 한규의 얼굴이 180도 바뀌었다.

"콜! 두 장 줘. 문기도 샹그릴라를 하고 싶다고 하더라."

"오케이."

다음날.

학교는 하복 일색이었다. 등교 도중 그것을 눈치챈 한규는
할 수 없다는 듯 재킷을 벗어 가방에 걸치고는 소매를 접어
올렸다.

"뭐야, 불량 학생. 오늘부터 하복이라는 걸 까먹은 거냐?"

문기였다. 골목길 저편에서 '불량 학생!' 하고 소리를 치더
니 성큼 걸어 한규에게 다가왔다.

"그런 너는?"

재킷을 벗고 팔을 올리는 한규는 그나마 노력하는 기색이

나 있지, 문기는 그냥 동복 차림 그대로였다.

말은 그렇게 했지만, 문기는 하복을 입지 않았다. 좌청룡 우황룡이 용트림하며 올라가 목덜미에서 으르렁거리는 문신을 훌렁 드러내고 다닐 수는 없는 일이었다. 감옥 출소 기념 선물로 아버지가 새겨줬다니 참 알 만한 집안이었다.

문기는 하복뿐 아니라 체육복도 입지 않았다. 그의 등짝에는 인도의 여신인 듯한 반라의 여인이 칼춤을 추고 있었다. 팔에서 목덜미에 이르는 용이 아버지의 취향이라면, 등 한복판의 여신은 문기의 취향이었다.

어차피 버린 몸, 예쁘게라도 만들겠다고 자진해서 하나 더 새겼다나 뭐라나.

"슬슬 덥기는 하다. 이제 6월이니……."

문기가 손부채를 부친다. 한규는 팔을 마저 접으며 문기의 말에 대꾸했다.

"아침부터 이러니, 정말 지구 온난화는 문제라니까."

한규는 이야기를 하다 문득 어제 일이 떠오른 듯 주머니에서 지갑을 꺼냈다.

"어이, 이번 토요일 시간 있냐?"

"응? 데이트 신청이냐?"

"개소리 치우고. 형이 어제 샹그릴라 기자 간담회 표를 줬거든. 가고 싶다면 같이 가자고."

문기는 한규의 손에 들려 있는 표를 낚아챘다.

"그거 좋지. 너랑 나랑 둘이서 샹그릴라 세계를 잡는 거
야."

"그게 되겠냐? MMORPG에서 캐릭터 하나의 힘이야 뻔한
데."

"애무알피? 그게 뭐야?"

"네가 말하는 온라인 게임 말야."

"아아!"

한규는 나란히 걷는 문기가 정말 게임을 할 수 있을지 걱정
이 되기 시작했다. 며칠이나 하고 그만두려나….

한규와 문기가 걷는 길은 유난히 한가했다. 학교로 이어지
는 주요 도로 중 하나였지만, 그 두 사람이 걷는 공간만큼은
아무도 없었다. 보이지 않는 장막이 쳐져있는 것처럼.

"그런데 도대체 어떻게 하는 거야? 인터넷 신문에서는 수
면을 이용한 플레이라고 하던데……."

문기의 물음에 한규는 어깨를 으쓱했다.

"글쎄. 나도 한두 번밖에 해본 적은 없어. 헬멧이랑 장갑,
장화 같은 걸 끼고 있으면 최면 비슷한 거에 걸려. 몸은 수면
상태와 마찬가지가 되고, 뇌 활동만으로 플레이하는 거지. 그
냥 꿈꾸듯 놀면 되는 거야."

"그럼 낮에는?"

"낮에도 마찬가지야. 낮잠이라 생각하면 돼. 게임을 하기
위해 따로 깨어 있는 시간을 낭비하지 않아도 된다는 컨셉인

데, 아마 하루 종일 게임하는 놈들 분명 생길걸? 그래서 하루 최대 플레이 시간을 여덟 시간으로 제한한다는 얘기도 있고."

한규의 설명에 문기가 으음, 하고 신음을 삼켰다.

"그럼 꿈이니까 자기 마음대로 할 수 있는 거 아냐?"

"그 부분이 핵심 기술겠지. 꿈을 게임기로 컨트롤할 수 있는 거니까. 게다가 어차피 게임을 위한 데이터들은 게임회사의 서버에 저장되어 있을 테고, 거기서 벗어난 행동은 할 수 없을 거야. 유도 수면에 유도 꿈이라던가?"

"그래도 자기 마음대로 할 수 있는 게 엄청 많겠다."

"자유도에서는 지금까지 나온 어떤 게임보다도 뛰어날 거라 하긴 하더라."

바로 그때, 골목에서 거뭇한 그림자가 튀어나오더니 문기와 한규가 사이로 끼어들었다.

두 사람의 어깨에 동시에 부딪친다. 하지만 튕겨나간 것은 오히려 상대였다. 털썩 엉덩방아를 찧고는 두 사람을 올려다보았다.

여자였다. 세라복 칼라 상의에 녹색 계통의 줄무늬 치마, 한규와 문기도 잘 알고 있는 학교의 교복이었다. 두 블럭쯤 떨어진 큰길 쪽에 있는 여자 중학교의 교복.

동그란 안경을 낀 단발머리의 그녀가 물끄러미 두 사람을 올려다본다. 곧바로 뒤따라 양복바지에 티셔츠 차림의 남자

둘이 골목 밖으로 튀어나왔다.

어느 모로 보나 이 소녀를 쫓아온 사람들이다. 짧은 소매 아래로 드러낸 팔뚝이 심상찮게 두껍다.

두 사람은 소녀를 사이에 두고 한규와 문기 정면에 섰다. 잠시 둘의 눈치를 살피더니 성큼성큼 소녀에게로 다가갔다.

양복바지의 남자가 소녀의 팔뚝을 움켜잡자, 문기가 그의 팔목을 꽉 쥐었다.

갑작스러운 행동에 놀란 남자가 눈을 찡그리며 문기를 쏘아보았다. 꽤 험악한 눈빛이다. 그 순간 또 다른 양복바지의 남자가 자신의 동료를 제지하고 나섰다.

"손 놔봐."

무슨 일이냐며 소녀의 팔에서 일단 손을 떼자 문기도 약속이나 한 듯 그의 손목을 놓았다.

제지하고 나섰던 남자가 문기 앞에 허리를 굽혔다.

"큰 어르신댁 막내 도련님 아니십니까?"

"그런데?"

"일 번가 쪽에 있는 조그마한 흥신소 직원입니다. 도련님 앞에서 실례가 많았습니다."

"아아, 태창 숙부가 하신다는 거기?"

허리를 숙인 채 남자가 대답했다.

"예."

소녀의 팔을 잡았던 남자도 분위기에서 감을 잡았는지 함께 왔던 남자 뒤에 서서 허리를 수그렸다.

"그런데 무슨 일이야? 아무리 말세라지만, 등교 시간에 깍두기들이 여중생을 붙잡아가면 좀 그렇잖아?"

"죄송합니다. 도련님이 다니시는 학교 근처인지 몰랐습니다."

"무슨 일이냐고 물었잖아."

"…채무 관계 때문입니다. 애 아버지가 조금 빚이 있는데, 며칠 전 잠수 타버렸습니다."

문기가 이야기를 하는 동안 한규가 여자아이를 들어 일으켰다. 안경 낀 소녀는 한규를 물끄러미 바라보고는 엉덩이를 탁탁 털었다.

"그럼 애비를 찾아. 이런 어린애들이나 겁주지 말고. 그리고, 빚지고 튄 놈이 딸을 잡는다고 나타날 것 같냐?"

고개를 숙이고 있던 남자는 문기를 슬쩍 올려다보았다. 문기가 툭하고 말을 던졌다.

"불복하냐?"

"아닙니다. 말씀하신 대로 하겠습니다."

두 남자가 골목 저편으로 사라졌다. 텅 빈 골목에 한규와 문기, 소녀만이 어색하게 서 있었다.

그녀는 안경을 고쳐 올리고 한규와 문기 둘을 번갈아 보았다. 그리고는 고맙다는 말 한마디 없이 골목 저편, 다니는 학교가 있는 곳으로 걸음을 떼었다.

한규와 문기는 잠시 그녀의 뒷모습을 좇다가 다시 학교로 향했다. 한참 동안 말없이 걷다가 문기가 입을 연다.

"왜 방금 전 일에 대해서 말이 없냐?"

"그러는 너는?"

"그야 네놈이 뭐라도 물어볼 줄 알았지."

"나도 네가 먼저 말할 줄 알았지."

바보 같은 대화에 서로를 보며 웃음을 터뜨렸다.

"그런데 아까 그 애 있잖아."

문기가 말문을 텄다.

"왜? 한눈에 반했냐?"

한규의 묻는 말에 문기가 혀를 차며 말했다.

"헛소리 말고. 보통 그런 상황이면 고맙다는 말 한마디는 하지 않냐?"

"안 해줘서 섭섭했냐?"

"아니, 그렇다기보다는……."

"맺힌 게 많은 애들은 솔직하지 못한 법이란다."

한규가 노인네 같은 말로 마무리를 지었다.

지금으로서는 상상도 가지 않지만, 두 사람은 그리 오래지 않아 그녀를 다시 만나게 된다.

3

토요일 오후.

수도권의 교통난은 벌써 수십 년째 해결될 기미가 보이질 않는다. 자가용에 붙는 환경세는 나날이 오르는데도 그 숫자는 줄질 않는다.

한규와 문기가 인천으로 향하는 버스에 앉아 나른한 오후를 선잠으로 때우는 동안, 송도 국제도시는 한바탕 몸살을 앓고 있었다.

송도 국제도시의 한 회의실에서 열리는 샹그릴라 기자 간담회는 IT업계 최대의 이슈였다. 외신 및 공중파 방송 관계자는 물론 IT와 조금이라도 관계가 있는 신문, 케이블 TV 방송사의 기사들로 장사진을 이루었다. 게다가 100명의 파워 블로거들과 200명의 헤비 게이머, 프로 게이머들까지 자리를 차지하고 있어 1천 석 가까운 회의장은 만석이었다.

그 밖에도 일반인을 대상으로 한 홍보 부스가 회의장 밖 공터에 마련된 덕분에 2만 명 이상의 인파가 집결하는 중이었다. 행사 도우미들이 이미 언론에 발표된 몇몇 게임 내 NPC 복장으로 전단지를 돌렸고, 벌써부터 캐릭터 피규어 따위를 판매하는 부스도 있었다.

게임 업계가 불황이니 호황이니 하는 소리가 몇 번 오갔지만 샹그릴라에 대한 관심만큼은 뜨겁기가 그지없었다. 행사장에 도착한 한규와 문기도 그 열기에는 혀를 내둘렀다.

회의장 입구에는 표를 받는 사람이 있었다. 한규와 문기는 표를 건네주고 대신 명찰과 팸플릿을 받았다. 샹그릴라의 타이틀 로고와 여검사, 18세기쯤의 신사복 차림 남자의 일러스트가 좌우로 그려져 있는 포스터도 있었다.

문기는 일러스트를 보며 고개를 끄덕거렸다.

"꽤 이쁘네."

"그야 그림이니까."

"할 말 없네."

두 사람은 어깨를 나란히 해 회의장 안으로 들어갔다.

일렬로 늘어선 극장형의 의자가 장내를 가득 채우고, 가장 앞 열에는 TV용의 카메라가 십여 대가량 늘어서 있었다. 양복 차림의 남자들도 앞쪽에 있었는데 노트북을 열고 수첩을 들고 있는 것으로 보아 기자단인 듯했다.

그 뒤쪽으로 남녀노소의 자유분방한 복장의 사람들이 있었고, 프로 게이머들로 이뤄진 무리가 있었다.

한규와 문기의 자리는 헤비 게이머들의 좌석인 듯했다.

한편, 회의장 무대 단상에는 개발자들을 위한 테이블이 하나 놓여 있었다. 사회자의 자리인 듯 보이는 단상도 무대의 구석에 있었다.

아직 회의까지는 시간이 남아 샹그릴라의 홍보용 동영상이 시연되는 중이었다. 샹그릴라 세계의 지도가 떠오르고 몇 가지 이미지 일러스트레이션에 이어 정밀한 3D로 구현된 세계 각처의 지형을 파노라마처럼 보여주고 있었다.

“와, 영화 같네!”

이런 쪽에 익숙한 한규와는 달리 문기는 접하는 모든 게 경탄의 대상이었다. 단단한 몸에 날카로운 눈빛, 반팔 티셔츠 아래로 용의 꼬리가 살짝 보이는 녀석이 게임 동영상에 놀라는 모습을 보자니 한규는 웃음을 참기 힘들었다.

“저런 곳을 돌아다닐 수 있다는 거냐? 게임을 하면?”

“그렇지. 그것도 모니터를 통해 보는 게 아니라 진짜로 경험하는 것처럼 즐길 수 있어.”

“너네 형, 진짜 대단한 사람이구나. 어떻게 저런 걸 만들 수 있지?”

한규가 미소를 띠었다.

“그야 뭐, 저쪽 분야에서는 세계적인 천재로 통하고 있으니까. 근데 다른 사람이 보면 너네 형도 만만치 않아.”

문기는 쓴웃음을 지었다.

“그야… 석대기 하면 일단 뒷골목 쪽에서는 모르는 사람이 없으니까.”

“내 평생 싸우기도 전에 졌다는 느낌이 든 사람은 너희 형 정도야.”

한규는 작년에 문기의 형과 만났던 일을 떠올려 보았다. 대기는 문기보다도 작아 170센티미터를 조금 넘기는 키였다. 덩치가 그리 큰 편도 아니었다. 하지만 한규는 대기를 보는 순간 위압감에 주눅이 들었다.

"형은 괴물이야, 그냥."

문기는 대수롭지 않게 말을 넘기며 다시 동영상으로 눈을 돌렸다. 지형 소개에 이어, 몬스터들의 모습이 차례차례 등장하고 있었다.

그리고 몬스터들과 싸우는 캐릭터의 모습도 흘끗흘끗 나왔다. 조금 전 포스터 일러스트에 나왔던 여검사가 한참 동안 소머리의 괴물과 공방을 주고받았다. 문기는 열중해 그 모습을 바라보고 있었다.

그때, 회의장 기자석 쪽의 불이 꺼지고 무대에 불이 켜졌다. 밝혀진 빛에 동영상이 흐릿해지고, 사회자가 먼저 무대에 등장했다.

"안녕하십니까! 전 세계의 게임 팬 여러분!"

관람석에서 일제히 박수 소리가 터져 나왔다.

"오늘 샹그릴라의 제작 발표 및 기자 간담회에 참석해 주신 많은 기자 여러분, 유저 여러분에게 먼저 감사의 말씀을 드립니다. 오늘 사회를 맡은 저는 개그맨 박유철입니다!"

또 한 번 박수 소리가 울려 퍼진다. 성급한 카메라맨들의 플래시가 정면을 어지럽혔다.

"모두들 새로운 형식의 게임 샹그릴라에 거는 기대가 크신 것으로 생각하고 있는데요, 오랜 시간 기다리셨습니다! JK소프트웨어사의 신작 게임, 샹그릴라의 제작팀입니다!"

수백 명이 일제히 환호성을 질렀다. 천둥소리같이 박수 소리가 장내에 웅웅 울리고, 다섯 명의 남녀가 무대 위로 올라왔다. 무대 끄트머리에 나란히 선 그들의 한가운데에는 한규의 형 한상이 있었다.

한규는 그 모습에 소름이 돋았다. 앞치마를 두르고 칼로 도마나 두들기던 형이 정장을 깔끔하게 차려입고 플래시 세례를 받고 있다. 어딘가 어색하기도 했지만 한없이 자랑스러웠다.

"그럼 개발자들을 소개해 드리겠습니다. 우선 프로젝트의 총책임자죠. 3년 전 무림혈비사라는 MMORPG 게임을 성공리에 개발해 지금의 JK소프트를 만들었다고 이야기되어지고 있는 천재 프로그래머! 미국 모 사의 천문학적인 금액의 스카우트 제의를 물리치고 샹그릴라 개발에 몰두, 열악한 국내 제작 환경을 이겨내고 결국 성공을 거두었습니다. 성, 한, 상!"

한상이 어색하게 손을 들어 올리고, 사람들의 박수가 다시 한 번 휘몰아쳤다. 카메라 플래시는 멈출 기색이 없었다. 한상은 들었던 손을 한참이나 있다 간신히 내려놓을 수 있었다.

"뒤이어 소개해 드립니다. 프로그램 팀의 팀장입니다."

사회자는 계속해 프로그램팀장, 홍보팀장, 기획팀장, 의학 자문팀장을 소개했다. 프로그램팀장과 기획팀장, 홍보팀장은 JK소프트의 직원이었고, 의학 자문팀장은 서울 모 대학병원의 뇌의학과 교수였다.

긴 소개의 시간이 끝난 후 개발자들이 착석하고, 수순에 따라 기자들의 질문이 시작되었다.

"중부신문사 문화부 김대현입니다. 먼저 게임 개발을 성공리에 마치신 것에 축하 말씀부터 드리겠습니다."

기자의 말에 한상이 마이크에 대고 대답을 한다.

"감사합니다."

"샹그릴라는 키보드와 마우스, 모니터라는 수십 년 동안 이어져 온 전통적인 컴퓨터 입출력 시스템을 거부하고 최면 가수면이라는 다소 위험해 보이는 방식으로 설계되었습니다. 물론 그 때문에 저명하신 뇌의학 교수님의 팀까지 자문으로 초빙한 것으로 알고 있지만, 정말 안전합니까?"

"그 점에 대해서는 제가 말씀드리겠습니다."

자문직을 맡고 있는 뇌의학 교수가 한상을 대신해 마이크를 들었다.

"사실 꿈을 유도하는 시도는 상당히 오래전부터 계속되어 왔습니다. 꿈은 인간이 살아가며 겪는 수많은 스트레스 중 뇌내의 스트레스를 해소하는 수단이라는 학설이 상당히 주목을 받아온 것도 사실입니다."

교수답게 그는 여러 이론을 쭉 나열하는 것으로 서두를 꺼냈다. 꿈의 메커니즘과 꿈과 수면, 그리고 건강 사이의 관계에 대한 이야기였다.

"샹그릴라 팀이 개발한 꿈 유도 시스템은 그러한 이론을 바탕으로 설계되고, 또 완성된 것입니다. 평소 자신의 수면 시간만큼 게임을 즐기는 것 정도로는 결코 몸에 해가 될 것이 없습니다. 다만, 일정 이상 예를 들면, 며칠 동안 쉬지 않고 게임을 즐기거나 한다면 문제가 생길 여지는 있습니다."

"며칠이라는 게 구체적으로 어느 정도를 말씀하시는 것입니까?"

기자의 부연 질문에 교수가 답했다.

"아직 인간을 대상으로 실험은 해본 적이 없습니다. 뇌라는 것은 섬세한 기관으로 곧바로 생명과 연관이 되어 있습니다. 지금까지 수면병에 대한 여러 임상 사례들을 참고로 해볼 때 72시간, 즉 사흘 동안 계속해 잠을 자는 것은 자칫하면 수면 상태에서 깨어나지 못하는 증세를 야기할 수 있습니다. 하지만 이것은 이 게임의 문제라기보다는 인간 뇌의 특성입니다."

한상이 마이크를 넘겨받았다.

"차후 협의할 내용이지만 저희는 하루의 한계 플레이 시간을 정할 예정입니다. 예를 들어 여덟 시간으로 한계를 정한다면 그 뇌파를 가진 사람이 여덟 시간 이상 플레이를 하는 것을 원천적으로 막습니다. 여러 계정을 이용해 하루에 열여섯 시간 이상씩 플레이하는 다른 게임들에 비하면 오히려 건강에 악영향이 적을 것이라 생각합니다."

질문을 했던 기자는 고개를 끄덕이며 자리에 앉았고, 곧이어 다른 기자가 질문권을 가져갔다.

"VV 게임잡지의 기자 최호철입니다. 저도 평소 MMORPG 게임을 즐겨하는 유저로서 샹그릴라에 거는 기대가 큰데요, 기술적인 부분뿐 아니라 게임 내적으로도 새로운 시스템이 많을 것이라 발표하셨는데 구체적으로 어떠한 것을 꼽고 싶으십니까?"

마이크를 들고 있던 한상이 곧바로 대답했다.

"가장 먼저 이야기하고 싶은 것은 샹그릴라야말로 수많은 첨단 IT 기술의 집합체라는 것입니다. 샹그릴라는 각 나라에 오직 하나의 서버로만 운영될 예정입니다."

한상의 대답에 사람들이 웅성거리는 소리가 회의장에 퍼졌다.

"하나의 서버라니요? 최대 동접자 수를 얼마로 예상하고 계십니까?"

"그야 저희도 모르지요. 하지만 몇 명이라도 상관없습니다. 샹그릴라의 세계는 넓습니다. 게임 내 캐릭터가 통상적인 걸음걸이로 걷는다면 첫 세계, 즉 제1계의 안을 일주하는 데에도 몇 년이 걸릴지 모릅니다. 북쪽의 왕국 그로얀은 지구상의 러시아와 면적이 비슷하니까요."

"지금까지 많은 게임들이 넓은 세계를 장점으로 내세웠던 적이 있습니다만, 사실상 플레이할 때에는 이동의 불편함만을 야기시킬 뿐이었습니다. 결국 점점 빠른 교통수단과 텔레포트 따위를 이용해 게임 내 이동 시간을 줄일 수밖에 없었습니다. 이 점을 어떻게 생각하십니까?"

기자의 말에 한상이 답했다.

"그로얀 왕국에는 NPC가 1억 명가량 있습니다. 이것으로 대답이 되겠습니까?"

이어 홍보팀장이 마이크를 이어받았다.

"샹그릴라는 여러모로 전혀 새로운 시도를 하고 있습니다. 단지 숫자만 키워놓은 것이 아닙니다. 사람은 결국 인생의 1/3은 잠을 잘 수밖에 없습니다. 잠을 위한 시간을 단지 생존을 위해 낭비하는 것이 아니라, 또 하나의 인생을 즐길 수 있는 귀중한 시간으로 만든다. 그것이 샹그릴라의 진짜 컨셉이라 할 수 있습니다."

"사이버 월드의 구축 말씀이십니까?"

"그렇다고 할 수 있습니다.

기자 수십 명이 동시에 손을 들어 올렸다. 하지만 질문을 하던 기자가 선수를 쳐 다시 말을 받았다.

"종종 리얼리티 높은 세계관을 컨셉으로 내건 게임들이 있었습니다만, 실제로는 생산직은 지루하기 이를 데 없었습니다. 다들 전투 클래스 중심으로 플레이를 하게 되고 결국 게임 내 경제 활성화에 실패하기 일쑤였습니다. 샹그릴라도 세계의 구축에 매달리다가 그러한 유의 실패를 경험하게 되는 것은 아닙니까?"

기획팀장이 마이크를 들어 답했다.

"그 점을 해결한 것이 바로 꿈입니다. 다들 그런 경험이 있을 것입니다. 굉장히 무서운 꿈을 꾸어 땀에 흠뻑 젖어 깨어나 꿈을 반추해 보았을 때, 꿈의 내용이라는 게 어남은 살의 어린아이들도 무서워하지 않을 유치하기 이를 데 없는 것인 경우가 있습니다. 이건 사실 우리 교수님께서 더 잘 설명해 주실 수 있겠지만, 사람은 꿈을 꿀 때 감정 그 자체를 경험하게 됩니다. 최면과도 비슷한데요, 간단히 예를 들자면 기쁜 내용의 꿈을 꾸기 때문에 기쁜 게 아니라 기쁨이라는 감정 자체를 꿈꾸는 것입니다. 샹그릴라의 이야기로 돌아오자면, 생산직의 사람들은 물론 단순한 동작을 반복하는 경우가 종종 있을 것입니다. 하지만 그런 단순 생산 활동을 계속하는 동안 '노동의 기쁨'이라는 감정을 뇌에 피드백해 주게 됩니다. 물론 그리 강렬한 것은 아니지만 어느 정도 지루함을 덜어줄 청량제 역할은 해주게 될 것입니다."

다른 기자가 발언권을 얻었다.

"그건 일종의 뇌 내 마약과도 같은 역할을 할 것 같은데, 의존증 같은 것은 걱정할 필요 없겠습니까? 세계가 현실적이면 현실적일수록 그에 비해 덜 자극적인 현실 세계에는 흥미가 떨어지게 될 것입니다. 그 점에 대해서는 어떻게 생각하십니까?"

한상이 그 기자의 질문에 답했다.

"그건 다른 게임도 마찬가지입니다. 게임 중독은 비단 어제오늘의 일은 아니니까요. 하지만 샹그릴라는 오히려 다른 게임에 비해 의존률이 적을 것입니다. 예전에 한 번 언론사 쪽에 발표한 적이 있는 내용의 반복이 되겠습니다만, 샹그릴라의 로그아웃 시스템에는 의존중을 막을 수 있는 프로그램이 포함되어 있습니다."

"구체적으로 말씀해 줄 수 있으시겠습니까?"

"그건 시스템 내부의 비밀입니다. 조금 전 저희 기획팀장께서 말씀하신 수면 중 최면과 연관이 있다는 것만 말씀드리겠습니다."

다음으로 발언권을 가져간 것은 젊은 여기자였다.

"넷라이프의 문화부 기자 은매영입니다."

기자들의 이야기에 막 지루함을 느끼던 한규는 눕혔던 몸을 반쯤 일으켰다.

"매영이 누나?"

그녀는 다름 아닌 한상의 고등학교 친구 조성철의 여자 친구였다.

"팀장이신 성한상 씨께 오래전부터 알고 지내던 사이로서 먼저 축하의 말을 전하고 싶습니다."

"감사합니다, 매영 씨."

한상이 웃으며 매영의 인사를 받았다.

"그럼 질문으로 들어가겠습니다. 발표하신 내용 중에 전신 마비증을 앓고 있는 사람들을 위한 재활 프로그램으로써도

유효할 것이란 부분이 있는데요, 구체적으로 설명해 주시겠습니까?"

한상의 표정이 조금 굳었다. 긴장한 모양이다. 한규는 형이 왜 저런 표정을 짓는지 알고 있었다. 한규도 덩달아 어깨가 딱딱해졌다.

"샹그릴라는 이미 몇 차례 발표드렸듯, 게임을 플레이하는데 뇌의 신경 신호만 있으면 됩니다. 물론 손발의 신경까지 있다면 좀 더 정밀한 플레이가 가능하지만, 그건 어디까지나 부수적인 장치들입니다. 즉, 전신마비 등으로 침대에서 꼼짝할 수 없는 사람들도 플레이가 가능하다는 이야기입니다."

한상이 한 템포 쉬었다 말을 이었다.

"그들은 분명 살아 있습니다. 하지만 극히 제한적인 경험만으로 남은 여생을 살아가야 하지요. 일부는 심지어 감각까지 잃어버리고, 뇌만 깨어 있는 채 아무것도 경험하지 못하는 인생을 살고 있습니다. 저희는 지원자들에 한하게 되겠지만, 그런 분들께 샹그릴라라는 가상세계에서 살아갈 수 있는 권리를 드릴 생각입니다. 그들은 일반 게임 플레이어들과는 달리 건강에 해가 없는 한도 내의 일일 플레이 시간을 보장해 드리며, 좋은 게임 환경을 제공할 생각입니다. 예를 들면, 게임 내의 높은 귀족 NPC나 그런 유의 캐릭터를 조작할 수 있도록 해드리는 것입니다."

"원한다면 그 가족들이 게임 안에서 그들과 만나 대화하고 함께 모험을 하는 것도 가능할 것 같은데요. 어떻습니까?"

"네, 가능합니다."

기자들이 웅성거렸다. 그들을 향해 의학 자문을 맡고 있는 교수가 말했다.

"이것이 의학적으로나 더 나아가 사회 전체에 있어 얼마나 중요한 파장을 불러들일지는 여러분도 충분히 아실 수 있을 것입니다."

그 뒤로도 한참 동안 게임 외적인 시스템, 세계관, 게임 내 시스템 등에 대한 질문들이 이어졌다. '무림혈비사'에서 시도되었던 '약점 시스템'이 강화된 전투 방식에서 그로얀 왕국과 케세린 공화국의 전쟁 같은 이야기들. 시즌1, 즉 제1계 종언의 열쇠를 품고 있는 대소용돌이—메일스트롬—에 대한 설정까지.

쉬는 시간을 포함해 두 시간 동안 이어진 기자 간담회는 오후 다섯 시가 되어서야 간신히 1부 순서가 끝이 났다.

한규는 옆에서 코를 골고 있는 문기를 툭 쳐서 깨웠다. 아무래도 혁신적으로 새로운 시도였기에 게임 내적인 이야기보다는 외적인 것이 많았고, 한규와 문기 같은 사람들에게는 지루하기 짝이 없는 간담회였다.

"끝났냐?"

"아직. 이제 1부가 끝났어. 제공하는 식사를 마친 후 각 부문 별로 나누어 2차 간담회에 들어갈 거야."

"각 부문 별로?"

"기자단끼리, 파워 블로거끼리, 헤비 게이머끼리… 이런 식으로 나누는 거야. 우리는 헤비 게이머들이랑 같이 밥을 먹게 될 거야."

기지개를 켜며 일어날 준비를 하는 한규와 문기 곁에는 열 띤 토론을 펼치는 게이머들의 무리가 있었다. 제법 온라인 게임을 즐겼던 한규도 이해하기 힘든 언어들이 난무하는, 그야말로 별세계의 이야기들이었다.

3층의 정찬회장으로 자리를 옮기던 중, 복도에서 한규와 문기는 걸음을 딱 멈춰 섰다. 한 명의 소녀 때문이었다.

동그란 플라스틱 테 안경을 낀 그녀는 단발머리를 찰랑이며 한규와 문기 앞을 걷고 있었다.

문기가 손가락질로 그녀의 뒤통수를 가리켰다. 한규도 그녀를 알겠다는 듯 고개를 끄덕였다.

문기가 그녀의 어깨를 툭 치자 그녀는 가던 걸음을 멈추고 고개를 뒤로 돌렸다. 하지만 문기와 한규를 흘끗 보고는 다시 걷기 시작했다.

"야!"

문기가 그녀를 불러 세운다.

"우리 못 알아보겠냐?"

다시 돌아서는 그녀에게 문기가 말을 걸었다.

"바로 어제였잖아, 어제 아침에. 기억 안 나?"

문기의 물음에 단발머리의 그 소녀가 쏘아붙였다.

"고맙다는 말은 안 해. 보답을 받고 싶으면 맘대로 해. 나는 아무것도 하지 않을 거니까."

문기는 소녀의 말에 눈살을 찌푸렸다. 가뜩이나 날카롭던 눈매가 무섭게 변했다.

한규가 문기의 어깨를 살짝 당겼다. 진정하라는 의미에서였다.

"할 말 없으면 난 갈게."

도끼눈을 풀며 문기가 한숨을 내쉰다.

"관두자. 젖비린내도 가시지 않은 애랑 무슨 얘기를 할까."

그런 문기를 무시하며 몇 걸음 걷던 그녀가 몸을 돌렸다.

"깡패 짓이나 하고 게임 따위에 시간을 보내는 당신이 무슨 할 말이 있을까?"

"너!"

문기가 발끈해 걸음을 내딛고, 한규가 강하게 그의 어깨를 당겼다.

"그냥 내버려 둬."

그사이 단발머리의 소녀는 쪼르르 도망쳐 모습을 감춘 후였다. 씩씩거리던 문기가 분하다는 듯 다리를 쿵 굴렸다.

"호박 같은 게!"

"귀엽구만, 뭐."

한규가 여유작작해하며 한마디 했다.

"한규 너……."

"우리 동네 애가 아닌가? 감히 태평기업의 아드님 석문기 님께 저런 말을 하다니. 히히."

그사이 문기도 성질이 한풀 꺾였는지 헛웃음을 터뜨렸다.

"나 참, 황당해서……."

"뭔가 단단히 오해하고 있는 것 같은데? 깡패라는 말은 그리 틀리지 않았지만."

"하여간 꼬여가지고. 누가 뭐래나? 불러 세운 것만으로 저렇게까지 성질을 내냐."

"그나저나 아까 그 명찰은 파워 블로거 쪽 건데… 중학생이 이런 데 초대받을 정도면 보통은 아닌 모양이야."

한규의 말에 문기는 고개를 설레설레 저었다.

"몰라. 신경 끌래. 에잇, 기분 잡쳤다. 빨리 가서 밥이나 먹자."

성큼 걷는 문기를 한규가 쫓았다.

4

한규와 문기가 속한 파워 게이머 그룹은 식사를 하며 간담회를 이어갔다. JK소프트 쪽 직원은 기획, 프로그램 팀의 직원들이 각기 두 명씩 끼어 있었다. 아무래도 형 한상이는 가장 중요한 기자 쪽 정찬 간담회에 참석한 모양이었다.

정찬을 즐기는 도중에도 빔 프로젝트를 이용한 게임 내용 소개가 계속되었다. 코스 요리였기에 각 음식이 나오는 사이에 질문, 답변 시간이 충분했다.

"그럼 지금 샹그릴라 세계에서는 그로얀 왕국과 케세린 공국이 전쟁 중이란 말씀이신데, 공성전 시스템이 존재한다는 말입니까, 아니면 그냥 설정만 있는 것입니까?"

한 게이머의 질문에 기획팀 직원이 대답을 했다.

"당연히 공성전이 존재합니다. 우선 양 국가 사이에는 '거인의 허벅지 뼈' 라는 좁은 땅과 켈드리안 산맥이라는 장애물이 가로막고 있습니다. 전쟁은 양국 중 어느 한쪽이 수도를 빼앗기면 끝이 나는 형식인데, 거인의 허벅지 뼈를 통한다면 간단하게 상대편 수도에 도착할 수 있습니다. 하지만 거인의 허벅지 뼈에는 이름 그대로 거인들이 살고 있습니다. 공략이 쉽지 않지요."

"성은 어떻게 뺏을 수 있습니까?"

"일반 전쟁과 비슷합니다. 우선 NPC로 이루어진 군대가 있고, 용병단, 즉 각 국가군에서 플레이 중인 플레이어들의 무리가 있습니다. 성에는 성을 마법으로 지켜주는 포인트들이 존재하는데, 모든 포인트를 점령하게 되면 성의 깃발이 바뀝니다. 그 상태에서 일정 시간이 경과하면 성을 완전히 점령

하게 되는 것이지요."

한 기획자에 이어 다른 기획자의 설명이 이어졌다. 화면의 슬라이드를 넘겨 성의 점령 포인트를 한차례 보여주고는 깃발의 모습을 띄웠다.

"이것이 깃발인데요, 성을 빼앗기게 되면 빼앗긴 나라 측에 '성주의 깃발' 이라는 아이템이 생겨납니다. 보통 수성전에서 가장 공훈이 높은 파티가 습득하게 되는데, 가능한 빨리 가까운 아군 성으로 깃발을 날라야 합니다. 그럼 그 성의 영주가 망명 상태로 살아남을 수 있게 됩니다. 그게 아니라면 영주의 지위를 박탈당하지요. 반면 성을 빼앗을 측은 '일등공신의 서' 라는 아이템을 얻게 됩니다. 명예를 높일 수 있는 아이템으로 역시 가까운 영주에게 가져가게 되면 명예 수치가 올라갑니다. 그렇게 계속 명예를 높이면 신분이 올라가게 되지요. 플레이어 여러분이 빼앗은 성의 영주가 되는 일도 있습니다."

기획자의 설명이 이어졌다.

"영주가 되면 사설 용병단을 창단할 수도 있고, 성에서 세금을 거둘 수도 있습니다. 그 외에도 영주가 되는 방법으로는 개척이 있습니다. 각 나라마다 아직 개발하지 못한 땅이 있는데, 그곳의 몬스터들을 몰아내고 일정 조건을 채운다면 영지를 세울 수 있습니다. 하지만 가장 작은 규모의 성에서 시작하게 되니, 그런 식으로 영토를 키우는 데에는 정말 많은 시간이 필요하지요."

다시 슬라이드의 화면을 지도로 옮겼다.

"왕성을 빼앗기게 되면 자동적으로 켈드리안 산맥 안, 잃어버린 숲에 망명정부가 들어서게 됩니다. '숲의 원주민'이란 종족과 동맹을 맺게 되고, NPC들의 사기치도 높아집니다. 그때부터는 양 국가 간의 전투가 아닌, 메일스트롬 너머의 신세계와의 전쟁이라는 시즌 2로 넘어가게 됩니다. 그 부분은 아직 기획 단계라 뭐라 대답해 드릴 것이 없습니다."

그 밖에도 수많은 이야기가 오고 갔다. 그로얀 왕국은 중세 유럽 느낌의 왕국이었다. 반면 케세린 공화국은 얼마간 과학이 발전한, 굳이 현실과 비교하자면 18세기 무렵의 분위기를 풍겼다. 그러나 어디까지나 배경의 컨셉이 그렇다는 것이지 문명 수준은 종류가 다를 뿐 거의 비슷하다 할 수 있었다.

양 국가군의 세력비를 맞추기 위한 사기[Morale] 시스템이라거나, 플레이어끼리 자유롭게 퀘스트를 생성하고 또 보상을 정할 수 있는 UMQ 시스템 등등, 게임에 문외한인 문기에게는 거의 외계어의 나열이었고, 한규조차도 머리가 어지러울 지경이었다.

"나 정말 저런 거 할 수 있는 거냐?"

문기의 물음에 한규는 쓴웃음을 지었다.

"막상 해보면 저렇게까지 복잡하지는 않을 거야. 저건 어디까지나 설정이 그렇다는 얘기니까."

"게임도 쉬운 건 아니구나. 저런 걸 만든 네 형이 새삼 존경스럽게 느껴진다."

"하하, 그야 뭐……."

한규는 문기의 말에 대꾸하며 눈앞에 놓인 음식을 먹는 데 집중했다. 샹그릴라의 세계관에는 사실 그다지 관심이 없었다. 한규가 샹그릴라에서 기대하는 것은 혜나를 만나 이야기할 수 있다는 것뿐이었으니까.

혜나는 아마 한규를 알지 못할 것이다. 8년 동안 얼굴을 마주했지만, 그녀는 세상 어느 것도 인식할 수 없으니까.

한규도 그녀에 대해 아는 것이 거의 없다. 성격도, 어떤 말투, 표정을 쓰는지 아무것도 모른다.

그때, 기획자의 입에서 한규의 관심을 끌 만한 말이 나왔다.

"그로얀의 국왕은 여왕입니다만, 실제 살아 있는 사람입니다. 그 사람에 대한 프로필은 비밀에 붙여져 있습니다만, 단순한 NPC가 아닌 전신마비 환자입니다. 그렇기 때문에 그녀에게 부담을 주지 않기 위해 면회는 극히 제한된 사람에게만 허용할 예정입니다. 이를테면 고위 귀족이나 왕국의 큰일을 해결한 모험가 정도만이 국왕을 직접 만나 이야기를 나눌 수 있을 것입니다."

그 말을 듣는 순간 한규는 눈살을 찌푸렸다. 기획자의 말대로라면 혜나를 만나기 위해서는 샹그릴라 세계에서 일정 이상 명성을 쌓아야 한다. 즉, 가끔 접속해 그녀를 만나고 로그아웃한다, 라는 방법이 소용없는 것이다.

한규는 이 부분을 형에게 어떻게 해달라고 부탁해야겠다고 생각했다.

한 시간 반가량의 정찬 간담회도 어느새 끝이 났다. 한규와 문기는 JK소프트 측에서 제공한 선물들을 쇼핑백으로 하나 가득 챙겨 들고 버스에 올라탔다.

"한 달 후에 시작한다고?"

돌아가는 길에 문기가 물었다.

"그렇다나 봐. 6월 27일이라던가? 근데 그때 클로즈 베타 시작이니까 게임 시작하려면 멀었어."

"클로즈 베타가 뭐냐?"

"게임 회사에서 접속할 사람들을 정하는 거야. 아무나 할 수는 없고."

"그럼 너네 형한테 부탁하면 되겠네."

"간담회 내내 지루해하더니 할 맘은 있나 보네?"

한규의 말에 문기가 고개를 끄덕거린다.

"한번 하기로 정했으니까 해야지. 나중에 재미없어 그만두더라도."

"알았어. 형에게 말해둘게."

눈 깜짝할 사이에 한 달이 흐르고, 어느덧 샹그릴라의 클로즈 베타가 시작되었다.

한규의 형 한상은 문기의 것까지 클로즈 베타 이용권을 마련해 주었다. 문기는 곧바로 샹그릴라에 접속할 수 있는 기계를 구입했다.

방과 후, 오후 여섯 시에 그로얀 왕국의 수도 롬로스 광장에서 만나기로 한 후 두 사람은 각기 자신의 집으로 돌아갔다.

한규는 집에 돌아오자마자 간단한 집안일을 마치고 곧바로 샹그릴라에 접속을 시도했다.

물컹거리는 기계들을 손과 발, 머리에 뒤집어썼다. 부드러운 음악이 귓가에 울리기 시작했다.

편안하게 소파에 몸을 눕히고 눈을 감았다. 온몸의 힘이 쭉 빠져나가는 감각에 나른해지기 시작했다.

어느 순간, 깜빡 잠에 빠졌다. 다시 눈을 떴을 때 눈앞을 가득 메운 것은 새하얀 신전이었다.

―뇌파 확인되었습니다. 성한규님, 샹그릴라의 세계에 어서 오십시오.

감미로운 목소리가 속삭이듯 말을 건다.

─아직 생성된 캐릭터가 없습니다. 지금 등록하시겠습니까?

한규는 말을 들으며 자신의 몸을 살펴보았다. 파르스름한 빛의 구슬이 둥둥 떠 있는 모습만이 이미지화 되었다. 예전에 형의 권유로 잠시 플레이했던 캐릭터는 클로즈 베타와 동시에 삭제된 모양이었다.

귓속의 목소리에 한규는 그러겠다고 대답했다. 아직 목소리도 나오지 않아 흡사 텔레파시를 주고받는 듯한 느낌으로 대화를 했다.

─먼저 원하는 성별과 겉모습을 상상하여 주십시오.

한규는 현실 속 자신의 모습과 비슷한 인물을 상상했다. 아무리 게임 속이라지만 굳이 다른 모습을 만들 필요는 느끼지 못했다. 다만 머리칼의 길이를 조금 더 길게 하고 눈을 좀 더 날카롭게 만들었다.

─캐릭터의 외형에 만족하십니까?

게임 속 목소리가 묻는다. 한규는 자신이 상상한 모습을 자세히 살펴보았다. 아무래도 게임이었기에 현실의 자신보다는 조금 더 미형으로 구현되었다. 그것도 그것 나름대로 마음에 들었기에 한규는 또 한 번 긍정을 떠올렸다.

―패턴 검색 중입니다. 똑같은 외형의 인물이 검색되지 않았습니다. 현 캐릭터의 외형으로 확정하시겠습니까?

또 한 번 그렇다고 답했다. 그러자 파란빛의 구슬로 떠다니던 한규의 자아가 캐릭터 안으로 빨려들어 갔다.

시각, 청각, 후각 등 오감이 또렷해지고, 온통 하얗기만 하던 신전의 빛깔도 제 색깔을 찾았다.

한규는 고풍스러운 대리석으로 치장된 신전의 한가운데에 두 발을 딛고 섰다.

"환영합니다, 이세계의 방문자님."

소리가 들려오는 방향으로 눈을 돌렸다. 거기엔 핏기없이 하얀 피부의 여인이 넝쿨 감긴 의자에 앉아 나를 내려다보고 있었다.

"아직 샹그릴라에서 쓰실 이름을 정하지 않으셨군요. 제가 무어라 부르면 될까요?"

"한큐라고 불러요."

"한큐. 이세계의 어느 분도 당신과 같은 이름을 쓰는 사람은 없습니다. 한큐라는 이름이야말로 당신에게 잘 어울리는 이름인 것 같습니다. 한큐님, 다시 한 번 샹그릴라로 와주신 것에 환영의 말씀을 드립니다.”

어떤 이름을 말해도 잘 어울린다고 할 거면서. 나는 이런 생각을 머릿속에 떠올렸다. 그러고 보니 ‘생각하는 것’ 과 ‘말 하는 것’ 이 처음으로 구분되기 시작했다. 상대는 생긴 걸로 봐서 여신 같았는데 내가 생각하는 것은 인식하지 못하는 듯 보였다.

“저는 샹그릴라 제1계를 다스리고 있는 여신 엘모아입니다. 제가 한큐님을 샹그릴라 세계로 초대한 것은 지금 벌어지고 있는 제1계를 둘로 나눈 전쟁을 하루라도 빨리 종결시켜 주셨으면 하는 바람에서입니다.”

아니나 다를까, 여신이란다. 엘모아가 내게 샹그릴라의 배경 설명이기도 할 이야기를 꺼내기 시작했다. 나는 그녀의 이야기를 건성으로 들으며 주위를 살펴보았다.

몇 달 전에 한 번 샹그릴라 세계에 접속해 보았을 때도 느꼈지만, 현실감이라는 점에서만큼은 어떤 게임도 따라올 수 없었다. 그도 그럴 것이, 아무리 정밀한 그래픽이라 할지라도 사람의 머릿속 이미지만큼 자세할 수는 없을 테니까.

“한큐님, 비록 제가 한큐님을 이곳으로 모셔왔지만, 한큐님의 자유의지까지 제 마음대로 할 수는 없습니다. 한큐님께서는 두 인간의 나라 중 어느 곳으로 가고 싶으십니까? 원하신다면 그로얀 왕국과 케세린 공화국에 대하여 설명해 드리겠습니다.”

“아니, 그건 됐어요. 전 그로얀 왕국으로 갈 거예요.”

그로얀과 케세린 두 나라가 어떤 곳인지는 익히 들어 알고 있었다. 그게 아니라 하더라도 한큐는 그로얀 왕국으로 가야 할 이유가 있었다.

“네, 알겠습니다. 그럼 한큐님, 부디 둘로 나뉜 샹그릴라의 인간들을 다시 하나로 뭉치게 해주세요. 길잡이 요정 페이가 한큐님을 그로얀 왕국으로 안내해 드릴 것입니다.”

여신 엘모아의 말이 끝남과 동시에 내 몸이 붕 허공으로 떠올랐다. 주먹만 한 빛 덩이가 눈앞에 나타난 것이 바로 그때였다. 자세히 보니 날개 달린 요정이 산만한 몸짓으로 날고 있다.

그 요정이 남긴 빛의 길을 따라 내 몸이 비행을 시작한다. 별무리 가득한 검은 하늘에서 저 멀리 펼쳐진 바다까지, 그리고 그 가운데 외롭게 떠 있는 섬을 향해서.

섬이 점점 커지기 시작했다. 정확히는 내가 그곳에 점점 가까워지고 있는 것이다. 섬은 시야를 한가득 채우더니 이내 지평선을 이루기 시작했다.

“저곳이 샹그릴라의 제1계랍니다, 한큐님.”

요정이 내 귓가로 다가와 속삭인다.

“한큐님이 모험을 하게 될 곳이지요. 정말 그로얀 왕국으로 가시렵니까? 다시 한 번 선택할 기회를 드릴게요.”

“그로얀으로 가줘.”

“네, 그렇게 하겠습니다.

요정과 더불어 나는 바다 위를 날았다. 발밑으로 거대한 소용돌이들이 눈에 띄었다.

“저곳이 메일스트롬, 대소용돌이랍니다. 샹그릴라 제2계로 이어졌다고 하는데 저도 그곳에는 가본 적이 없답니다.”

요정 페이가 설명한다. 제작진도 안 가봤을 텐데 뭐, 하고 속으로 중얼거리며 나는 눈앞에 펼쳐진 광경을 만끽했다.

해안 절벽을 넘어 삼각주에 접어들었다. 침엽수림이 빼곡히 들어찬 강을 따라 페이는 더 북쪽으로 나를 끌고 갔다.

어느 순간, 저 멀리서 커다란 성이 눈에 띄기 시작했다.

“저곳이 그로얀의 수도 롬로스예요. 혹시 다른 도시에 정착하고 싶으시다면 지금 말씀해 주세요.”

“아니, 롬로스에서 시작할래.”

문기와 롬로스에서 만나기로 했다. 나의 대답에 요정은 고개를 끄덕이더니 한층 빠른 속도로 날기 시작했다.

“네, 알겠습니다.”

롬로스 성이 바로 코앞이었다. 높은 성벽과 철통같은 경비가 가장 먼저 눈에 들어왔다. 성의 점령 포인트가 될 예정인 깃발 달린 첨탑들이 성벽을 따라 드문드문 솟아 있었다.

갈색 지붕의 건물들이 성안에 즐비하다. 낮게는 3층에서 5층에 이르는 수많은 건물 사이로 사람들이 보인다. 천진난

만하게 뛰노는 아이들로부터 흥정에 열심인 아주머니들까지, NPC라기보다는 정말 살아 있는 사람들처럼 느껴졌다.

그러는 사이 요정은 나를 롬로스 성의 중앙 분수대 앞으로 데려갔다. 날아오는 동안 무게가 느껴지지 않던 내 몸이 점차 무거워지며 분수대 광장으로 서서히 가라앉았다.

"제 할 일은 이것으로 끝이네요. 페이가 일을 잘했노라고 엘모아님께 말씀드려 주세요."

페이라는 요정은 내 몸을 두어 번 맴돌더니 하늘 저편으로 순식간에 사라져 버렸다. 분수대 광장에 발을 디딘 나는 가볍게 한숨을 내쉬었다.

형이 말한 대로 예전에 접속했던 샹그릴라와는 완전히 달랐다. 겨우 캐릭터를 만들어 첫 마을에 도착했을 뿐인데도 가슴이 두근거린다.

거리의 풍경에서, 시장에서 풍겨오는 맛있는 냄새에 이르기까지 게임에 접속한 게 아니라 정말 다른 세계에 온 것만 같은 기분이었다.

문기를 찾는 것을 뒤로한 채 나는 우선 내 상태를 살펴보았다. 마을의 여느 사람들이 입고 있는 거친 질감의 바지와 웃옷이 가장 먼저 눈에 들어왔다. 인벤토리 창을 열어보았다. 생각하는 것만으로도 흡사 3차원 TV와 같은 느낌의 화면이 눈앞에 펼쳐졌다.

먼저 눈을 웃옷으로 향했다. 몇 줄의 글자가 떠오른다.

> 평민의 셔츠:방어력은 거의 없다. 몸을 가리는 용도로 쓰일 뿐이다.
> ! 경고! 이것을 벗고 돌아다닐 경우 치안대의 제지를 받을 수 있다.

이어서 바지를 보니 셔츠와 거의 비슷한 문구가 적혀 있었다.

> 평민의 바지:방어력은 바라지 말라. 평민의 셔츠와 같다.
> ! 경고! 이것을 벗고 돌아다닐 경우 치안대의 제지를 받을 수 있다.

마지막으로 사각 팬티와 비슷한 모습의 속옷을 보았다.

> 평민의 속옷:벗을 수 없으니 기대하지 마시오.

아이템의 설명과 동시에 다음과 같은 문구가 떠올랐다.

> 이 게임은 12세 이상 플레이가 가능합니다.

하긴, 벗을 수 있으면 18금 게임이 되었겠지?

그것 외에는 돈도, 하다못해 기본적으로 제공될 법한 회복약 따위도 전혀 없었다. 무기는 바랄 바도 아니다.

장비들을 살피고 나니 이번에는 능력치들이 궁금했다. 눈앞에 스테이터스 창을 띄웠다.

Status

한큐:레벨 1
직업:없음, 직업 레벨:0
작위:평민, 명성치:0

여기까지만 봐도 한심할 지경이다. 문득 무림혈비사가 그리워졌다. 서버에서 알아주는 캐릭터 전부한큐의 스테이터스가 특히.

명성치로 눈을 가져갔다. 보조 설명이 자동으로 떠오른다.

왕국에 공헌을 하거나 NPC가 부탁하는 퀘스트를 완료할 때마다 얻을 수 있다. 반대로 범죄를 저지르면 깎이게 되며 명성치가 0 이하가 될 때에는 범죄자로서 수배될 수 있다.

그 밖에도 스테이터스 창에는 근력, 정밀함, 민첩성, 인내력, 지력, 매력 등의 능력치와 체력, 마법력과도 같은 수치도 표시되어 있었다. 아무리 현실 같은 세계라지만 게임은 게임이다. 수치들을 객관화시킬 필요가 있을 것이다.

아직 샹그릴라 세계에 대한 감이 없었기에 나는 지금 나와 있는 숫자들이 얼마나 의미가 있는지 알지 못했다. 대부분 1의 행진이기에 굳이 신경 쓸 필요도 없었지만.

바로 그때, 누군가 내게 말을 걸었다.

"너 혹시 한큐냐?"

어지럽게 열려 있던 창을 닫으며 나는 주위를 살폈다. 분수대 바로 앞에 새까만 머리칼을 발목까지 치렁하게 기른 소녀 하나가 눈에 들어왔다.

동그란 눈에 자그마한 입술, 완벽한 팔등신의 그녀는 나와 비슷한 나이쯤으로 보였다. 물론 현실의 나이로 말이다.

그녀 역시 이제 막 접속한 듯 평민의 옷차림이었다. 린넨 특유의 노르스름한 빛깔이 도는 하얀 원피스를 입은 그녀가 나를 향해 싱긋 웃는다.

"한큐 맞구나?"

그녀가 다시 말을 건다. 다른 게임과는 달리 머리 위에 이름이 떠 있다거나 하는 일은 없었다. 그녀에 대한 정보를 얻을 수 있는 방법이 아무것도 없는 것이다.

"누구……."

"짜식, 원래 얼굴이랑 비슷한 얼굴로 했구나? 이 형님은 아름다운 여자로 했다."

여기까지 이야기가 진전되고 보니 누군지 알 만했다.

"너… 설마 문기냐?"

"문블레이드라고 불러라. 크크."

"미친! 웬 여캐야?"

"왜? 이쁘잖아. 너는 이름 뭐야? 설마 성한규로 한 건 아니 겠지?"

"한큐다. 문블레이드가 뭐냐? 차라리 세일X문이라 그래라."

나는 문기의 모습을 이리저리 살펴보았다. 예쁘지 않냐 하면, 아니다. 누가 게임 아니랄까 봐 그녀의 모습은 현실의 어느 누구보다도 아름답다. 문제는 속이다.

"그런데 아까부터 인명 수첩인지 하는 게 갱신되었다는데, 뭐냐, 도대체?"

멍한 정신을 수습하며 나는 문기가 말한 인명 수첩을 펼쳐 보았다. 인명 수첩은 플레이어와 NPC로 나뉘어 있었다. 플레이어 수첩을 펼쳐 보니 문블레이드라는 이름이 적혀 있다. 아무래도 게임에서 알게 된 사람들의 정보를 담아두는 곳인 모양이다.

"친구 목록 같은데? 내 이름 적혀 있지 않냐? 플레이어 카테고리에."

"어? 어. 있다, 한큐."

"그 밑에다 나라고 표시나 해둬. 나도 그럴 테니까."

말을 하며 나는 수첩에 '변태 문기'라고 추가로 적었다.

"그럼 이제 어떻게 해야 하나?"

수첩을 주머니에 구겨 넣으며 문기, 아니, 문블레이드가 물었다. 하지만 나도 딱히 샹그릴라에 대해서는 아는 바가 없었다.

"야, 너도 돈 한 푼도 없지?"

"응? 어, 없어. 인벤토리 창에서 보는 거지?"

"맞아. 일단 돈이 있어야 무기라도 사고 할 거 아니야."

"나는 검사 할 거다."

"니 맘대로 하세요."

문블레이드의 말에 대충 답하고는 주변을 살폈다. 분수대 광장 근처에 서 있는 알림판 같은 것이 가장 먼저 눈에 들어왔다.

"일단 저기로 가보자. 도시 사람들이랑 얘기도 해보고 하다 보면 돈을 벌 방법도 떠오르겠지."

문기는 내 말에 고개를 끄덕였고, 우리는 함께 알림판이 있는 곳으로 걸음을 옮겼다.

CHAPTER 3

꽃집의 아가씨

KARMA MASTER

1

예상했던 대로 알림판은 퀘스트를 모아놓은 장소였다. 수십 장은 될 듯한 광고 전단지 같은 것이 빼곡히 들어차 있었다. 하나하나 살펴보니 대부분 사건의 의뢰서들이었다.

"와, 이게 뭐야?"

문블레이드가 한 장의 의뢰서에 손가락질을 한다.

"성 밖의 농민들을 괴롭히는 늑대들의 우두머리를 처단해주세요? 5인 이상, 권장 레벨 3? 한큐야, 이게 뭔 소리냐? 동문 치안대장 호레이소?"

"말 그대로야. 동문에서 치안대장 일을 하고 있는 호레이소라는 놈이 주는 퀘스트인 거지. 다섯 명 이상 모여야 할 만

하고, 레벨 3은 되어야 된다는 거야."

"우리는 레벨 몇인데?"

"능력치 창 안 봤냐? 이제 막 시작했으니 1이지, 뭐."

"그럼 못하겠네?"

"아마 그럴 거다."

문블레이드의 말을 한 귀로 흘리며 나는 우리가 할 만한 퀘스트를 물색해 봤다. '꽃을 구해주세요' 퀘스트가 눈에 들어온다. 권장 레벨 1에, 혼자서도 할 수 있는 퀘스트였다.

너무 쉬운가 하는 생각도 들었지만, 어차피 처음 하는 게임이니 무리할 것 없었다. '3번가 2번지 엘리제 꽃집' 이라는 문구를 머리에 기억한 후 문기에게 말했다.

"일단 이 퀘부터 하러 가자."

"퀘가 뭐야?"

"퀘스트 약어야. 너 진짜 게임은 완전 모르는구나?"

"그야 당연하지. 나, 처음이라니까."

문블레이드가 허리에 팔을 얹으며 자랑스럽게 가슴을 들이민다. 주먹을 날릴 뻔했다. 형에게 유저가 성별 결정은 못하게 막으라고 말해주고 싶다.

그나저나 3번가 2번지라고는 해도 어디가 어딘지 알 방법이 없었다. 잠시 고민에 빠졌다가 길 가는 사람을 붙잡고 물어봤다.

"저기요."

강아지를 산책시키는 귀부인 차림의 여자였다.

"평민이 감히 귀족에게 함부로 말을 걸다니! 치안대!"

다짜고짜 그녀가 경비를 부르는 통에 나는 당황해 뒷걸음질을 쳤다. 그 꼴을 지켜보던 문블레이드가 고개를 갸웃한다.

"너 무슨 짓을 한 거야? 저 여자 지금 짭새 부르는 거지?"

"아니, 아무것도 안 했어. 너도 봤잖아."

그러는 사이 그 귀부인이 손수건으로 코를 막으며 가던 길을 다시 걷기 시작했다.

"뭐야, 저건?"

욕이 반쯤 튀어 올랐다가 다시 가라앉았다. 정말 치안대에 끌려갈지도 모른다는 생각이 들어서였다. 그때, 한 노인이 점잖은 목소리로 말을 걸었다.

"젊은이들, 롬로스에는 초행인 모양이구만. 욕봤네그려."

나와 문블레이드가 동시에 노인을 바라보았다.

"귀족에게 말을 건다고 정말로 잡혀가거나 하지는 않으니 걱정 말게나. 롬로스의 귀족들은 대부분 좋은 분들인데 가끔 그녀처럼 괴팍한 사람이 있으니 조심하는 게 좋을 걸세."

"아, 예."

문블레이드가 노인에게 물었다.

"어떻게 하면 귀족이 될 수 있어요? 어디 더러워서 평민으로 살겠나."

"음? 허, 꿈이 큰 아가씨로구만. 허허."

노인이 헛웃음을 터뜨린다.

"그러고 보니 둘 다 이 세계의 사람이 아닌 모양인데……
혹시 여신의 축복을 받은 이계인들이신가?"

문블레이드가 노인의 물음에 고개를 끄덕였다.

"엘모아인가 하는 여신이 이리로 보냈죠."

"오, 그렇구만! 그렇다면 귀족이 되는 것도 꿈은 아닐 걸
세. 작위를 얻기 위해서는 먼저 왕국에 공을 세워야 하네. 먼
남쪽 케세린 공화국의 적군을 죽인다거나, 왕국의 신민들을
괴롭히는 괴물을 사냥하는 것도 좋을 걸세. 하나, 지금 아가
씨나 여기 젊은이의 행색을 봐서는 당장 할 수 있는 일이 없
을 것 같으니 우선은 살아남는 것에 집중하는 게 좋을 것 같
네."

노인의 말에 나는 순간 욱하는 기분이 들었다.

여신이라는 게 기껏 뭘 해달라니 어쩌니 살살거리는 말을
해놓고는 돈 한 푼 안 쥐어주고 도시에 툭 던져 놓은 것이다.
이런 평민 노인네까지 무시를 한다.

노인의 말이 이어진다.

"살아간다는 건 전부 돈이 드네. 자는 것에서 먹는 것, 입
는 것까지 어느 하나 공짜가 없지. 하지만 자네들은 여신께서
이 땅에 초청한 사람들일세. 여신의 신전으로 가보게. 주린
배를 면하게 해주고 쉴 곳을 내어줄 테니까."

여신의 신전, 듣자니 처음 게임을 플레이하는 초보자들을

위해 최소한의 편리를 제공하는 곳인가 보다. 기억해 두고는 노인에게 꽃집의 위치를 물었다.

"그런데 노인장, 3번가 2번지에 있는 엘리제 꽃집에 가려는데 어디로 가야 합니까?"

"아, 엘리제 그 어린아이가 운영하는 꽃집 말이구나. 거기라면 잘 알고 있지. 그 아이는 어려서 부모를 잃고 그네들이 운영하던 꽃집을 이어받았지. 하나 요즘 건너편에 들어선 대형 마트에 손님을 다 빼앗겨 경영난에 허덕이고 있네. 거기뿐 아니라 3번가 재래시장도 다 죽어가고 있는 중이야."

묘하게 현실적인 이야기가 흘러나온다. 완전히 현실에 있는 것 같은 감각으로 이런 이야기를 듣자니, 게임이 아니라는 착각마저 들었다.

"그 아이를 도와주게나."

"그러니까 어디에 있냐고요?"

나의 재촉에 노인장이 '허허' 하며 허리를 펴고 먼 곳을 바라본다.

"재촉한다고 길이 나오더냐?"

"아 뇨, 영감님!"

"잠시 기다리게나."

등을 탁탁 두들기더니 노인이 손을 내민다.

"허리가 아파서 그러니 바닥에서 돌멩이 하나 주워주지 않겠나?"

“네?”

내가 되묻는 사이 문블레이드가 허리를 굽혀 바닥을 살핀다. 뭐가 그리 재미있는지 그녀의 입가에서 웃음이 떠나질 않고 있었다.

“자요.”

문블레이드가 손가락 마디만 한 조약돌을 주워 노인에게 건넸다. 노인은 돌멩이를 두 손 사이에 넣더니 ‘합합’ 하고 기합을 내질렀다. 그러자 번쩍 빛이 나며 돌멩이가 투명한 수정 같은 것으로 변했다.

“허허, 이걸 받게나.”

나는 순순히 그의 손에서 따듯한 돌을 받아 쥐었다.

돌멩이는 이미 평범한 조약돌이 아니었다. 은근한 힘이 돌멩이에서 느껴졌다. 흡사 보이지 않는 손이 내 손을 잡아끄는 것처럼 돌멩이를 쥔 손이 일정한 방향으로 힘을 받는다.

“길 찾기의 마법이네. 허허, 엘리제를 도와준다니 내 특별히 힘을 쓴 것일세.”

뭐야, 이 노인네는? 나의 이러한 눈빛에 변명이라도 하듯 노인이 말했다.

“이 세계에서 나만큼 나이를 먹으면 한 가지 재주 정도는 몸에 익히게 된다네. 허허허.”

어치피 게임 속 세상이다. 아마도 길을 물으면 이런 식으로 가르쳐 주는 모양이었다. 복잡한 생각을 지우며 나는 노인에게 꾸벅 고개를 숙였다.

"고맙습니다. 그럼 저희는 가보겠습니다."

문블레이드도 노인장에게 감사의 말을 남겼다.

길 찾기 마법을 따라 도착한 곳은 분수대 광장에서 5분 거리쯤 되는 곳이었다. 게임상의 시간으로 실제 얼마가 걸렸는지는 알 수가 없었다.

그런 생각이 들어 정보 창을 열어보니 이제 겨우 게임을 접속한 지 3분이 흘렀을 뿐이다. 체감으로는 한 시간 가까이 흐른 듯한데. 현실과는 시간 감각 자체가 다른 모양이었다.

"저긴가 보다."

문기, 아니, 문블레이드가 손가락질을 한다. 마차가 다닐 만큼 큰길을 사이에 두고 5층짜리의 커다란 건물이 보였다. 입구에는 단정한 제복 차림의 남자들이 주변의 마차들을 호객하고 있었다.

건물 안에 마차를 델 수도 있는지 안팎으로 마차들이 부지런히 오가고 있었다. 그 건물의 이름은 로드밀런 마트였다.

"뭐야? 완전히 마트잖아."

나의 투덜거리는 말에 문블레이드가 웃는다.

"하하, 이거 진짜 웃긴다. 몇 년 전부터 계속 신문에 나오는 얘기잖아. 대형 마트들 때문에 소형 점포들이 문 닫고 있다고."

나는 문블레이드의 말을 들으며 대형 마트 건너편을 보았다. 안으로 이어진 골목이 보이고, 그 앞에 3번가 시장이라는 현판이 허름하게 걸려 있었다.

"저쪽인가 보네. 아무튼 먼저 퀘스트부터 받으러 가자."

문블레이드를 끌고 골목 안으로 들어가는 순간, 손안의 끌림과도 같은 감각이 사라졌다. 손바닥을 펴보니 길 안내 마법은 평범한 돌멩이로 변해 있었다.

"진짜 신기하지 않냐?"

문블레이드도 그 점을 눈치챘는지 내게 이렇게 말했다. 나는 고개를 끄덕이며 그녀와 함께 시장 골목 안으로 걸음을 옮겼다.

시장 거리답게 그 안에는 정말 많은 상점이 있었다. 그중 무기나 방어구 같은, 모험가들을 위한 장비를 파는 곳이 가장 먼저 눈에 들어왔다.

밖에 진열된 물품들을 언뜻 살펴보니 목검에 12롬이라는 가격표가 적혀 있었다. 그 옆에 있는 번쩍거리는 도끼에는 1로스 23롬이라 적혀 있었다. 로스와 롬이 이곳의 화폐 단위인 모양이었다.

"100롬이 1로스인 모양이네. 땡전 한 푼 없으니 저게 얼마나 큰돈인지 알 수가 없네."

내 말에 문블레이드가 고개를 끄덕였다.

"꽃집의 일을 해보면 알게 되겠지. 근데 이만큼 현실적인

걸 보면 가격도 대충 정하지는 않은 것 같은데? 현실에서 목
도가 만 원 좀 넘으니까, 1룸이 1,000원 아니야?”
　그럴듯하다. 그럼 요즘 고등학생 알바 시급이 대강 5천 원
쯤 하니까, 두 시간 반 정도 일하면 목검 정도는 살 만하겠다.
　시장은 전반적으로 축 처진 분위기였다. 내가 무기상 앞에
서 기웃거리는데도 주인은 코털을 뽑고 있을 뿐 관심조차 보
이지 않았다. 노인이 말한 대로 저 앞에 있는 대형 마트 때문
에 상인들의 사기가 바닥까지 떨어진 모양이었다.

　엘리제의 꽃집은 상점가에서도 상당히 안쪽에 위치해 있
었다. 십자로 교차된 길을 한 번 지나자 저 멀리 ‘엘리제 꽃
집’ 이라는 현판이 보이기 시작했다.
　“문기야, 저긴가 보다.”
　“문블레이드라니까.”
　“알았어, 문블레이드.”
　꽃집 앞에는 바구니 같은 것이 여럿 놓여 있었다. 하지만
바구니는 대부분 텅 비어 있었고, 몇 송이 안 되는 장미와 이
름 모를 꽃들, 화분 몇 개가 상점을 장식한 전부였다. 그나마
키 크고 잎 무성한 관상수 두 그루가 없었더라면 꽃집인지 아
닌지 구분도 하기 힘들 정도였다.
　“어서 오세요, 손님. 꽃을 사러 오셨나요?”
　빨간 머리를 좌우로 땋은 주근깨투성이의 소녀가 우리를

맞이했다. 노인의 말을 듣고 어릴 거라 생각했는데 오히려 우리보다 나이가 많을 듯 보였다. 열아홉이나 스물쯤?

"아니, 꽃을 사러 온 건 아니고……."

"한번 구경해 보세요. 장미와 프리지아 두 종류뿐이지만 향기가 매우 좋답니다."

아마도 엘리제일 그녀는 내 말을 끊으며 호객에 열심이다.

"혹시 집들이 선물을 찾으시나요? 그럼 이쪽의 허브 화분은 어떠신가요?"

"잠깐만요."

끝이 없을 듯하여 손을 내밀며 그녀의 말을 막았다.

"네?"

"분수대 광장 알림판에 사람을 구한다고 써놓으셨죠?"

"아? 아, 네."

"그것 때문에 왔어요."

나의 말에 엘리제는 방긋 미소를 띠었다.

"정말이신가요?!"

대답 대신 엘리제는 내 손을 덥석 움켜잡았다.

"정말 감사드려요."

"자, 잠깐. 우선 보상품을 보고……."

그녀의 설레발에 이렇게 답하자 급격히 엘리제의 표정이 우울해졌다.

"역시 다른 모험가들과 같으시군요. 제 얘기를 듣는다면 당신도 거절할 거예요.”

아마 우리 말고도 이 퀘스트를 하러 온 사람들이 또 있었던 모양이다.

“보시다시피 저희 상점가는 손님이 거의 없어요. 저도 겨우겨우 하루 벌어 하루 먹고사는 처지랍니다. 돈이라거나 드릴 물건이 아무것도 없어요.”

뭐야? 그럼 공짜로 해달라고? 돈 한 푼 없어 노숙자처럼 신전에서 자야 할 판에.

나의 그런 생각이 표정에 드러났는지 엘리제는 한층 우울한 표정을 지었다.

“그래서 말씀인데…….”

기죽은 목소리로 그녀가 말한다.

“이곳에서 팔 만한 꽃을 구해오신다면 제가 꽃잎 쿠키를 만들어 드릴게요. 제 입으로 할 말은 아니지만 제법 맛이 있답니다.”

나는 잠시 머뭇거리다 고개를 돌려 문블레이드를 보았다.

“할래, 말래?”

내 물음에 문블레이드가 즉답한다.

“하지, 뭐. 불쌍하잖아. 게다가 좀 있으면 배고플 거 같아. 벌써 뱃속이 텅 빈 느낌인데?”

문블레이드의 말을 듣고 나니 나도 좀 그런 기분이 들었다. 스테이터스 창을 열어 자세히 살펴보니 공복도라는 칸이 존

재했다. 반으로 줄어 있다. 저게 0까지 떨어지면 뱃속이 꾸르
륵거리기라도 할 듯했다.

무림혈비사에는 존재하지 않는 능력치지만, 종종 배고픔
을 게임 속에 구현한 게임들이 있었다. 배가 고프면 체력이
떨어진다거나 다른 능력치가 줄어드는 페널티를 받게 된다.

오늘은 첫날 플레이다. 어차피 게임의 분위기를 읽는 것만
으로 충분했다. 제대로 된 보상품을 주는 퀘스트야 나중에 해
도 될 일이니 일단 한번 해보는 것도 나쁘지는 않을 듯했다.

"알았어요. 한번 해보죠, 뭐."

나의 대답에 엘리제의 얼굴에 화색이 돌았다.

"감사합니다! 정말 고마워요."

그녀의 기뻐하는 모습에 나도 모르게 입에 미소가 걸렸다.

엘리제는 부산스럽게 몇 가지 물건을 챙겨주었다. 두 손으
로 간신히 쥘 만한 크기의 통과 꽃대를 자를 전지가위 따위가
그것이었다. 문블레이드도 그녀에게서 똑같은 물품을 건네
받았다.

"두 분은 모험가이시니 모험가의 주머니를 가지고 계실 거
예요. 들고 다니기 불편하다면 그곳에 넣으셔도 돼요."

그녀가 말한 모험가의 주머니는 허리에 감겨 있는 작은 가
방을 말하는 듯했다. 가방의 뚜껑을 열어보니 시커먼 암흑이
눈에 보였다. 슬쩍 전지가위를 가방의 입구에 놓으니 블랙홀
처럼 가위를 흡수했다.

"이런 식인가?"

나는 이어 입구보다 큰 꽃을 담을 통을 가방에 밀어 넣었다. 그것 역시 깨끗하게 가방 안으로 빨려들어 갔다.

내가 하는 태를 보던 문블레이드가 똑같이 따라 했다. 그녀가 호들갑을 떤다.

"와, 와! 완전히 신기하네! 이 가방은 뭐냐? 현실에도 있었으면 좋겠다!"

"그야 있음 편하지."

나는 말을 하며 인벤토리 창을 열었다. 소지품 탭에 눈을 가져가니 가방 안의 모습이 눈에 들어왔다. 가로세로 20칸 정도의 가방 안에 꽃을 담을 통이 네 칸, 가위가 두 칸, 모종삽이 두 칸씩을 각기 차지하고 있었다.

"생각보다 인벤토리 칸이 작네. 나중에 돈으로 확장하는 식인가?"

또다시 뭔 소리를 하냐는 듯한 문블레이드의 눈빛에 나는 설명을 붙였다.

"인벤토리 칸은 소지할 수 있는 소지품의 양 같은 거야."

"아아, 이거 말인가?"

문블레이드도 소지품을 살펴보는 모양이었다.

"아마 나중에 돈을 들여서 더 크게 만들 수 있을 거야. 그럼 일단 꽃을 캐러 가자."

엘리제를 보며 물었다.

“그런데 꽃은 어디서 따와야 하는 거예요?”

“상점가의 입구가 있는 큰길에서 오른쪽으로 돌아 쭉 나가
면 성의 동문이 있어요. 그 밖 아무 곳에서나 꽃을 따오시면
돼요. 너무 작은 꽃은 팔리지 않으니까 적당히 알이 굵은 것
으로 따와 주세요. 줄기는 아까 드린 꽃을 담을 통의 길이만
큼 잘라주시면 돼요.”

그녀가 말을 마치는 순간 내 머릿속에 무언가 떠오르는 것
이 있었다. 뭐라 설명할 수는 없었지만, 퀘스트 수락과 관계
가 있다는 것은 알 수 있었다. 메뉴 창에서 퀘스트 목록이라
는 탭을 열어보니 ‘꽃을 구해주세요’ 라는 이름이 있었다.

퀘스트 이름으로 시선을 주자 퀘스트의 내용이 펼쳐졌다.
거기에는 엘리제와 했던 이야기들이 쭉 나열되어 있었다.

“그럼 갔다 올게요.”

엘리제에게 이렇게 말한 후 문블레이드를 끌고 다시 시장
통 밖으로 나갔다.

2

“경치 조오타!”

멀리 숲이 빙 둘러쳐 있는 롬로스의 동문 밖은 문블레이
드의 감상 그대로였다. 숲 뒤편의 나지막한 둔덕은 연녹색
으로 반짝이고, 어디선가 불어온 바람은 짙은 풀 냄새로 싱

그러웠다.

따끈한 햇살에 나른한 느낌이 든다. 이대로 어디 주저앉아 낮잠을 자고 싶다는 생각도 잠시 들었다. 문득 내 몸이 지금 자고 있을 거라는 걸 떠올리자, 쓴웃음이 절로 나왔다.

성문 앞 해자(垓字) 위로 놓인 다리를 따라 걸으니 성 동문의 치안대 초소가 눈에 들어왔다. 단단한 가죽 갑옷을 걸친 병사들이 곁눈질로 우리를 살피고 있었다.

그리고 그들의 상관인 듯 보이는 검을 찬 남자가 우리를 가로막았다.

"보아하니 초보 모험가인 듯한데, 성 밖으로 나가려 하는 것이냐?"

보자마자 반말이냐? 나이는 서른 살 훌쩍 넘어 보이지만, NPC 주제에.

"그리 멀리 나가지는 말거라. 요즘 이 근방에 식인 늑대들이 출몰하고 있다."

그는 이 한마디를 하고는 할 이야기를 다 했다는 듯 몸을 돌려 성 밖을 바라보았다.

나도 문블레이드도 병사의 말을 한 귀로 흘리며 성 밖의 숲으로 걸음을 옮겼다. 아무리 1레벨이라지만 그래도 둘인데 늑대 한 마리를 무서워할 이유는 없을 듯했다.

얼마간 숲 안으로 들어가니 드문드문 풀이 길게 자란 장소가 눈에 들어왔다. 꽃의 군락지도 그리 어렵지 않게 찾을 수 있었다.

나는 모험자용 가방 안으로 손을 집어넣었다. 전지가위를 머릿속으로 떠올리니 자연스럽게 손에 쥐어졌다.

가까운 곳에 있는 망울 진 꽃의 줄기를 손으로 잡았다. 그림으로 그린 듯한, 꽃잎이 펼쳐진 특징없는 꽃이었다.

"그 꽃을 가져가게?"

문블레이드가 묻는다.

"어. 왜?"

"별로 안 예쁘잖아. 이왕 돕기로 한 거, 예쁜 걸로 가져가자."

"어차피 이 근방 꽃들 다 이렇잖아."

"다른 데 가보면 되지."

문블레이드는 이렇게 말하며 당당하게 숲 안으로 걸음을 옮겼다. 나는 꺾으려던 꽃에서 손을 놓고 그녀의 뒤를 따라갔다.

비슷한 숲의 풍경이 눈앞에 펼쳐졌다. 고개를 돌려 뒤를 보니 숲에 가려 있긴 해도 아직 성벽이 눈에 보였다. 이 정도 거리라면 그리 무서운 괴물들은 나오지 않을 듯했다.

그래도 게임 초보인 문기에게 말을 해둘 필요가 있었다.

"숲 안으로 너무 들어가지 않는 게 좋아. 보통 멀리 갈수록 강한 몬스터가 나오니까. 우리 레벨에는 약한 괴물에라도 걸리면, 죽기 딱이다."

문득 죽으면 어떻게 될지 궁금했다. 대부분의 게임에서 죽을 경우 일정량의 페널티가 존재했다. 현실감을 장기로 내세운 샹그릴라에서는 어떨까? 혹시 많이 아프거나 한 건 아닐까 하는 걱정도 조금 들었다.

"오케이. 하지만 뭐, 뭐가 나오든 때려잡으면 될 거 아냐. 너랑 내가 같이 있는데 누구한테 맞기라도 하겠냐?"

"여긴 게임이야. 우린 1레벨 캐릭터일 뿐이고."

막상 말을 하면서도 전투가 어떤 느낌일지 전혀 감을 잡을 수 없었다.

주먹을 꾹 쥐어보았다. 현실과 느낌이 거의 비슷해 여기서 싸운다 해도 지지 않을 것 같은 느낌이 들기도 했다.

"이거 어때?"

내 상념을 깨며 문블레이드가 한 무리의 꽃에 손짓을 했다.

"어, 괜찮은데?"

문블레이드가 발견한 것은 장미 같기도 하고 튤립 같기도 한 한 무더기의 꽃이었다. 아까 내가 꺾으려던 것에 비하면 훨씬 나은 느낌이었다.

"이쯤 되어야 꽃이라 할 수 있지."

문블레이드가 자랑스럽게 팔짱을 낀다. 강조된 그녀의 가슴 라인에 또 한 번 짜증이 치민다.

나는 대답없이 꽃대를 하나 잘랐다. 가방에서 꺼낸 꽃 보관통에 조심스레 꽃을 밀어 넣었다. 그러자 통 옆면에 자그맣게 램프가 하나 켜졌다.

자세히 보니 네 개의 불 꺼진 램프가 눈에 띄었다. 꽃 다섯 송이를 담을 수 있는 통인 듯했다.

문블레이드도 적당한 꽃 무더기를 찾아 채집을 시작했다. 어차피 한 사람당 다섯 송이의 꽃만 모으면 됐기에 우리 두 사람은 금세 퀘스트를 완료할 수 있었다.

다시 가위와 통을 가방에 넣었다. 바로 그때였다.

아우우우우—

늑대의 울음소리다.

성 밖 병사 놈들, 저주라도 내린 거냐?

회색과 갈색이 섞인 털을 가진 늑대가 정면에 서서 우리 두 사람을 노려보고 있다. 크기는 시베리안 허스키만 했다. 툭 튀어나온 주둥이 아래로 날카로운 이빨이 그르렁 하는 소리를 내고 있었다.

하지만 문블레이드는 겁을 먹은 눈치가 아니다. 물론 나도 다. 늑대라고 해봤자 조금 큰 개일 뿐이다. 턱 주둥이를 발로 한 대 걷어차면 깨갱 하고 물러날 것이다.

아니나 다를까, 문블레이드가 앞으로 나서 늑대의 턱을 올려 찼다. 현실이었다면 늑대는 단번에 깨갱 하며 꼬리를 말고 도망칠 것이다.

"어라?"

문블레이드가 황당하다는 듯한 소리를 냈다. 늑대는 번개 같은 몸놀림으로 문블레이드의 발길질을 피했다. 그뿐 아니라 오히려 뒷발로 땅을 차 반격을 하고 나섰다.

옆에 있던 내가 다시 늑대의 옆구리에 발길질을 넣었다. 퍽 하는 소리와 함께 둔탁한 느낌이 발에 전해져 왔다. 하지만 늑대는 별다른 타격을 입지 않은 듯 뒤로 조금 물러서기만 할 뿐이었다.

"이거… 좀 위험할 것 같은데?"

내 말에 문블레이드도 고개를 끄덕였다. 처음으로 여기가 현실이 아니라 게임 세계라는 것을 인지한 모양이었다.

"어떻게 해야 하나?"

"몰라. 일단 약점부터 찾자. 개새끼의 약점이 어디냐?"

"길바닥의 개들이야 그냥 한 대 걷어차면 쫄아서 도망치기 바쁜데 약점이 어딘지 내가 어떻게 아냐?"

"것두 그렇네."

이렇게 답하며 나는 늑대의 눈을 쳐다보았다. 은갈색 눈동자의 늑대는 내 시선을 정면으로 받았다.

"아오, 저게 눈도 안 피하네."

다짜고짜 앞으로 달려 늑대의 아구에 주먹을 찔러 넣었다. 재빨리 피하는 녀석의 목에 팔을 걸고 목을 졸랐다. 살아 있는 짐승인 이상 울대는 약하겠지 하는 생각에서였다.

늑대는 네 다리로 버티고 서서 내 팔에서 빠져나오려 발버

등을 쳤다.

"문기야! 아니 문블레이드! 거기 짱돌 주워서 이 새끼 머리통 내려쳐!"

"어? 오케이!"

내 말에 문블레이드는 근처에 떨어져 있던 주먹만 한 돌을 주워 올렸다. 그 순간 늑대가 크게 몸부림치며 내 옆구리를 발톱으로 긁었다. 둔탁한, 흡사 누가 꼬집는 듯한 통증이 느껴졌다.

그러는 사이 문블레이드가 돌멩이로 늑대의 머리를 내려쳤다. 현실이라면 피부가 찢어지고 뼈가 드러났을 테지만, 12세 이상 플레이라는 게임 등급에 걸맞게 그런 연출은 없었다. 다만 늑대가 고통스럽게 깨갱거리고 피가 주르륵 흘러나올 뿐이었다.

나는 조르고 있던 팔에 힘을 더 주었다. 늑대가 계속 앞발로 내 몸을 할퀴어댄다. 그리고, 문블레이드의 짱돌질은 예술이다.

퍽퍽—

몇 대나 내려치니 점차 늑대의 반항이 약해져 갔다. 몸을 부르르 떨더니 더 이상 내 몸을 할퀴지도 않았다.

축 늘어진 늑대의 머리통에 아직도 문블레이드는 돌팔매질을 멈추지 않았다.

"그, 그만 해라. 이 새끼, 죽었나 보다."

내 말에 그제야 문블레이드가 손을 멈췄다.

"아, 이 개새끼. 더럽게 질기네."

늑대의 목을 졸랐던 팔을 풀며 투덜거렸다. 그 말에 문기가
히히 웃는다.

늑대의 시체를 바닥에 내려놓으며 나는 먼저 따끔거리는
옆구리를 살펴보았다. 온통 피칠갑이다.

"와, 이게 뭐냐?"

나는 먼저 능력치 창을 열어보았다. 체력치가 절반이나 깎
여 있었다. 흐르는 피에 맞추어 아직도 천천히 줄어드는 중이
다.

"출혈 상탠가 보다. 이거 어쩌냐, 붕대도 없는데."

내 말에 문블레이드가 상처를 살피기 시작했다.

"와, 진짜 아프겠다. 괜찮냐? 안 뒈진 게 이상하다."

"어? 그냥 누가 살짝살짝 꼬집는 거 같아. 그나저나 나 피
나와. 빨리 지혈 좀 해봐."

"응? 어떻게?"

내 눈에 문블레이드가 입고 있는 치렁한 치마가 들어왔다.

"치맛단이라도 찢어봐."

내 말에 문블레이드는 과장 섞어 몸을 비비 꼬았다.

"어머, 왜 이러세요. 엉큼하게."

뭔가 머릿속에서 불끈한다. 엉큼이 아니라 울컥이다.

"나 죽고 나서 관 끌고 성에 들어가고 싶냐?"

“낄낄, 기다려 봐.”

문블레이드가 치마 아랫단을 북 찢어 붕대를 만들었다. 내 옆구리에 칭칭 동여매니 정말 거짓말같이 출혈이 줄어들었다. 5초에 1씩 떨어지던 체력도 점차 그 감소 속도가 느려졌다.

“휴, 살았다. 이게 뭔 꼴이냐? 초보자용 옷을 다 찢어먹고.”

“크큭, 그러게 무식하게 늑대의 목을 끌어안는 놈이 어디 있냐?”

“누구 덕분에 이 늑대를 잡았는데 그래?”

말을 하며 나는 다시 능력치 창을 살펴보았다. 경험치는 눈곱만치 올라 있었다. 늑대의 레벨이 생각보다 낮았던 건지, 아니면 오히려 터무니없이 높았는지 지금으로서는 전혀 알 수 없었다.

그 외에도 근력, 민첩도, 정확도 같은 능력치 아래의 경험치가 찔끔 올랐다.

“잡아도 별거없구만. 쩝.”

말을 하며 나는 늑대의 주검 주위를 살폈다. 무림혈비사처럼 보상품이 곁에 떨어져 있나 하는 생각에서였다. 하지만 특별히 뭐가 떨어지거나 하지는 않았다.

“이거 어떻게 하지? 마을로 끌고 갈까?”

나의 말에 문블레이드가 고개를 갸웃한다.

“뭐 하러? 끓여 먹게?”

"미친놈. 그게 아니라 어디다 팔아치워야 할 거 아니야. 가죽도 있고 하니까 돈 좀 받을 수 있지 않을까?"

"어? 이런 걸 팔 수도 있냐?"

"그야 당연하지. 아무튼 이 형님은 다쳐서 아프니까 네가 좀 끌고 가라."

내 말을 듣자마자 문블레이드가 몸을 비비 꼰다.

"너, 연약한 여자에게 이따위 소리 하면 죽는다?"

문블레이드가 혀를 차며 늑대의 꼬리를 움켜쥐었다.

"눈치는 빨라가지고."

"캬!"

문블레이드는 낑낑대며 늑대를 끌기 시작했다. 도중 힘들어 죽겠다는 말에 나도 같이 꼬리를 잡았고, 우리는 오래잖아 다시 성으로 돌아올 수 있었다.

늑대 꼬리를 붙잡고 질질 끌어대는 우리를 가장 먼저 막아선 것은 동문 밖에 있던 병사들이었다.

"잠깐 멈춰라!"

"뭐야?"

가뜩이나 옆구리에 구멍 나 아파 죽겠는데 막아서는 병사가 곱게 보일 리 없었다.

"너 말고 이쪽의 여자."

병사 둘이 문블레이드를 에워싼다.

"나? 왜?"

병사 중 하나가 무릎을 꿇더니 품에서 자를 꺼낸다. 그리고
는 문블레이드의 무릎 위쪽에 자의 한쪽 끝을 가져갔다.

그사이 다른 병사가 문블레이드에게 말했다.

"고의로 치마를 손상한 흔적이 발견되었다. 지나치게 짧은
치마는 국법에 위반된다."

"29센티미터. 아슬아슬하게 통과다. 앞으로 주의하도록."

황당한 상황에 문블레이드는 아무 말도 못하고 있었다.

"이것들이, 사람 다친 것은 눈에 안 들어오냐? 붕대 만드느
라 찢어서 썼다, 왜?"

NPC를 상대로 화를 내는 게 멍청하게 느껴졌지만 한마디
하지 않고는 견딜 수가 없었다.

"불가피한 상황일지라도 법은 법이다."

"그럼 방어구 상점에서 파는 비키니 갑옷은 뭐냐고?"

"그건 바지로 등록되어 있다."

"이……."

터져 나오려는 쌍욕을 참았다. 뒤통수가 띵하다. 그때, 이
병사들의 상관인 듯한 검을 찬 남자가 다가왔다.

"경비병들의 명령에 따르지 않는다면 감옥에 가게 된다.
잘 모르고 한 일이니 용서해 주겠다. 어서 성안으로 들어가도
록 하라."

참자. 참아야지 어쩌겠냐?

왕국에 대한 충성심이 뚝뚝 떨어지는 것을 간신히 추스르

며 성안으로 걸음을 옮겼다.

　이건 현실적인 건지 아닌 건지……. 하긴 우리나라도 치마 길이를 법으로 정해놓은 괴상한 시대가 있었다고 하니 꼭 비현실적인 건 아니지만.

　그때 눈앞에 한 줄의 문구가 떠오른다.

　그거 때문이냐?

　형한테 꼭 따져야겠다, 하는 생각을 속으로 삭이며 문블레이드와 나는 롬로스 성안으로 걸음을 옮겼다.

3

　늑대의 주검을 끌고 가는 탓에 도중 성안 사람들의 시선을 유난히도 느껴야 했다. 깔보는 듯한 눈으로 귀엣말을 주고받는 귀족들의 모습에 다시 한 번 발끈했지만 묵묵히 퀘스트 완료 장소인 3번가 상점 거리로 걸어갔다.

　늑대를 끄는 한 쌍의 남녀는 상점가에서도 대인기(!)였다. 얼굴이 화끈거릴 정도로 쪽팔렸지만, 늑대를 길에 버릴 수도 없는 일이었다. 너무 커서 허리의 모험가용 가방에 넣을 수도 없으니 이렇게 끌고 가는 수밖에 없다.

　엘리제의 가게에 도착하니 그녀가 반가운 얼굴로 우리를 맞이했다.

　"정말 꽃을 구해오셨나 보군요!"

　그녀의 환호성에 나는 고개를 끄덕이며 가방에서 꽃을 담은 통을 꺼내 돌려주었다.

　엘리제는 나와 문블레이드에게서 받은 꽃 통을 열어 바구니에 뒤집었다. 모두 열 송이의 탐스러운 꽃이 바구니에 겹쳐 쌓인다.

　"이건 야생 튤립이잖아요! 숲의 꽤 깊은 곳에 가야 있는 꽃인데……. 정말 고마워요! 이렇게 어여쁜 꽃을 가져오리라고는 생각하지 못했는데!"

　적어도 사람의 표정과 반응만큼은 제대로 구현해 냈다. 엘리제가 기뻐하는 모습에는 나도 모르게 미소가 피어올랐다.

　"아아! 쿠키로 보답하기로 한 게 부끄러울 지경이에요. 이렇게나 좋은 상품을 가져다주시다니. 하지만 제가 해드릴 수 있는 게 그것뿐이니……."

　"됐어요. 약속대로만 해주면 돼요."

　정말로 미안해하는 그녀를 향해 내가 답했다. 내가 가져오려던 야생화였어도 그녀가 이렇게 기뻐했을지는 잘 모르겠지만, 문블레이드의 말을 듣길 잘했다는 생각이 잠깐 들었다.

　"잠깐만 기다려 보세요. 두 분이 나간 사이에 쿠키를 구워두었어요. 금세 가져다 드릴게요."

엘리제는 이렇게 말하며 가게 안으로 잠시 모습을 감추었다. 그리고는 종이 같은 것으로 감싼 쿠키 두 덩이를 가지고 나왔다. 내 주먹보다 조금 더 큰 것이 한 끼 식사대용으로 충분할 듯했다.

"여기, 약속했던 쿠키랍니다. 그리고 죄송한 말씀이지만, 제가 빌려 드렸던 꽃 채집용 도구를 돌려주시겠어요? 그리 비싼 물건은 아니지만 꼭 필요한 것들이라……."

그녀의 말에 아차 하는 생각이 들었다. 모종삽과 전지가위를 가방에서 꺼내 그녀에게 돌려주었다.

그 순간 머릿속에 퀘스트 완료 음으로 생각되는 소리가 울렸다. 창을 열어보니 3번가 시장 거리와 사이가 조금 좋아졌다는 메시지도 함께 있었다.

그때, 등 뒤에서 마흔쯤 먹은 아저씨가 말을 걸어왔다.

"그런데 자네들, 그 늑대는 웬 건가?"

가죽옷을 걸친 그는 손에 날카로운 나이프를 들고 있었다. 하지만 무기라기보다는 무슨 도구처럼 보였다.

"네?"

"늑대 말일세. 보아하니 동쪽 숲의 회색늑대 같은데, 자네들이 잡은 건가?"

남자가 말을 하는 걸로 봐서는 새로운 퀘스트의 시작이거나 추가 보상 같은 것일 듯했다.

"아, 네. 저랑 여기 문블레이드가 같이 잡았습니다."

"오, 그것참 대단하구만. 자네들, 보기보다는 센 모양이야? 초보 모험가들이 잡기 쉽지 않은 녀석인데. 아무튼 자네들, 우리 엘리제에게 해준 일도 있고 하니 한 가지 제안을 하겠네. 어디, 들어보겠나?"

나는 대번에 고개를 끄덕였다. 동시에 아직 상황 파악이 되지 않는 듯 멍하니 있는 문블레이드의 옆구리를 찔렀다.

"아, 예."

문블레이드의 대답까지 듣고 나자 상대편 남자가 다시 말을 잇는다.

"좋네. 나는 이곳 상점 거리에서 가죽을 판매하고 있는 사람일세. 보아하니 아직 짐승을 손질하는 방법은 모르고 있는 듯하구만. 내가 자네들을 대신해 이 늑대를 해체해 주겠네. 큰 손상 없이 사냥을 한 듯하니 쓸 만한 가죽을 꽤 얻을 수 있을 걸세. 그리고 원한다면 뼈나 고기, 부산물도 동료들에게 부탁해 정리해 주도록 하지. 어떤가?"

듣던 중 반가운 소리다. 언제까지나 이 늑대 시체를 질질 끌고 다닐 수는 없는 일이었다. 돈을 들여서라도 '재료'로 가공을 하고 싶었는데 그걸 공짜로 해주겠단다.

"정말이십니까? 감사합니다."

"그럼 하루만 기다려 주게나. 아니면, 원한다면 내 이 늑대를 자네들에게서 구입하도록 하지. 물론 돈은 지금 이 자리에서 지급해 주겠네."

이쪽도 구미가 당기는 제안이었다.

"얼마나 갑니까?"

"음? 어디 보자……. 가죽 외의 것은 잘 모르겠는데, 이 정도 크기의 늑대라면 내 가죽 값으로 1로스를 쳐주지."

아까 꽤 쓸 만해 보였던 도끼 하나가 1로스 남짓한 가격이라는 것이 떠올랐다. 그리 작은 돈은 아닌 듯했다.

"고기나 뼈는 거의 가치가 없으니 나머지는 크게 기대하지 말게나."

모르긴 해도 1로스 정도면 하루 정도는 헐벗고 굶주리는 걸 피할 수 있을 듯했다.

"어쩔까?"

문블레이드에게 물었다.

"글쎄, 잘 모르겠다. 근데 어차피 지금 당장 돈은 필요없잖아."

"그야… 하긴 잠이야 신전에서 자면 되고, 거기서 무료로 밥도 준다고 하니. 게다가 이렇게 쿠키도 있고."

문블레이드의 말을 듣고 보니 오히려 고민이 늘었다.

"게다가 이거 나중에 옷 같은 걸로 만들 수 있는 거 아냐? 아무리 그래도 이 옷은 좀 그렇다."

문블레이드가 원피스의 허리 부분을 당겨 늘렸다가 놓았다.

그녀의 말에 가죽상인이 고개를 끄덕인다.

"돈이 조금 들겠지만 옷으로 만들 수도 있을 걸세. 늑대의 가죽이라면 자네들이 입은 린넨옷보다는 방어력이 뛰어날 게야. 하지만 한 마리의 늑대만으로는 옷 한 벌을 만들기에 부족할 것이네."

"늑대야 또 잡으면 되잖아."

문블레이드가 내 옆구리를 찔러 말했다. 하긴 지금처럼 멍하니 있는 것보다 늑대 가죽으로 옷이라도 한 벌 맞추는 게 더 나을 듯싶었다.

"저랑 문블레이드랑 옷을 만들려면 늑대가 몇 마리나 필요할 것 같습니까?"

내 물음에 가죽상인은 우리 두 사람의 몸을 훑어보았다.

"글쎄, 어느 어느 부분의 옷을 만들 생각인가?"

"네? 아, 그야 제가 입을 웃옷이랑 바지, 그리고 문블레이드가 입을……."

"치마랑 웃옷이요."

"치마냐?"

"그야 당연하지. 예쁘잖아. 미니스커트로 해주세요. 밑단은 모피로 처리해 주고요."

이놈, 중증이다. 게임에만 들어오면 캐릭터를 예쁘게 치장하는 변태들이 있다더니, 벌써 입을 옷의 디자인까지 정하는 거냐?

"알겠네. 대충 뭘 원하는지 알겠구만. 아참, 신발은 어떻게 할 셈인가?"

"네? 아, 신발도 있어야겠네요."

"그럼 적어도 늑대 네 마리는 필요할 것 같네. 여기 한 마리 있으니 세 마리만 더 잡아오게. 그럼 내 재료는 충분히 마련해 주겠네. 하지만 나도 먹고살기는 해야 하니 가죽 가공비를 약간 받겠네. 자네들, 돈은 있나?"

뭐야, 갑자기 말을 바꾸네. 하긴 한 마리도 아니고 네 마리나 되는 늑대를 가공하려면 시간이 꽤 필요할 테니…….

"돈 없어요."

"아, 그런가? 그럼 어쩐다……. 아, 이렇게 하지. 늑대를 네 마리 잡아오게나. 반 마리 분을 가공비로 받고 나머지 반 마리 분은 내가 50롬을 지급해 주겠네."

나쁘지 않은 제안 같았다. 늑대를 잡는 것이 쉽지는 않겠지만.

"좋아요. 그렇게 하죠."

내가 대답을 하는 동시에 퀘스트 창이 눈앞에 떠올랐다. '3번가의 가죽상인'이라는 이름의 퀘스트였다.

"그리고 자네, 꽤 큰 상처를 입은 것 같은데, 신전에 한번 가보게나. 그곳의 수녀님이 자네의 상처를 봐주실 것이네. 엘모아 여신께서는 초보 여행자들에게 관대하시네."

좋은 정보까지 손에 넣었다. 나와 문블레이드는 엘리제와 가죽상인에게 인사를 한 후 성의 신전으로 걸음을 옮겼다.

신전은 처음 게임을 시작한 분수대 광장의 북동쪽에 위치하고 있었다. 3번가 상점에서는 북쪽으로 네 블록쯤 떨어진 장소였다.

그곳에는 이제 막 시작한 듯 보이는 게이머들이 몇 명 더 있었다. 무슨 구분할 수 있는 부분이 있는 건 아니었지만, 하나같이 미남미녀에 입고 있는 옷도 색깔만 조금 다를 뿐 비슷했다.

그들 중 한 명이 눈에 들어왔다. 초보들이 둘러싸고 이야기를 하는 중인 듯 보였는데 다른 사람들과는 다르게 가죽제 갑옷을 입고, 조잡하나마 무기까지 손에 들고 있었다.

그는 아마도 남들보다 좀 더 일찍 게임을 시작한 플레이어인 듯했다. 벌써 샹그릴라 클로즈 베타 서버가 열린 지도 여섯 시간이 흘렀으니까.

대화를 들어보니 확실했다.

"와, 님, 진짜 대단하시다. 벌써 3렙이에요?"

"퀘스트, 어느 거 하는 게 좋아요? 아까 3번가 상점 거리 갔는데 보상이 다 별로라서 퀘 안 받았어요."

사람들의 물음에 가죽옷 차림의 남자가 답한다.

"아, 3번가 퀘는 하지 말아요. 쿠키 같은 거, 어차피 신전에서 공짜로 나눠 주니까요. 차라리 상점가 건너편 대형 마트 퀘가 나아요. 현실 시간 한 시간, 여기 시간으로 이틀이면 5로

스는 벌 수 있어요."

"와, 정말요?"

"저 지금 입고 있는 장비 다 합쳐서 20로스예요. 서너 시간만 노가다 뛰면 장비 금방 맞춰요."

그의 이야기를 들었는지 문블레이드가 내게 눈짓을 한다.

"우리도 그럴 걸 그랬나?"

"됐어. 어차피 즐기자고 하는 게임인데. 왜, 그러고 싶냐?"

내 물음에 문블레이드가 고개를 젓는다.

"남자가 한 입으로 두말하기도 그렇다. 그냥 하던 거 하자. 어차피 한 달 후면 장비랑 전부 반납해야 한다며? 레벨도 1로 돌아가고."

"맞아. 클로즈 베타 특전이라고 해봤자 남들보다 먼저 얼굴이랑 이름 정하는 것밖에 없어. 팩션도 남는다고 했던가?"

"팩션이 뭐야?"

"친밀도 말이야. 아까 3번가 상점 거리와 사이가 좋아졌다는 메시지 있었지?"

"아아, 그거 말이야?"

나는 게이머 무리를 뒤로한 채 신전으로 걸음을 옮겼다.

그리스의 신전 같기도 한 엘모아 신전의 입구에 들어서자마자 나는 정체 모를 온기에 몸이 훈훈해지는 것을 느꼈다. 신전은 그리스 신전이랑 비슷한 모양이었다. 정면에는 처음 캐릭터를 만들었을 때 보았던 여신의 조각상이 서 있고, 기도를 위한 공간인 듯 보이는 너른 강당이 그 앞을 차지했다.

우리가 신전에 들어서자마자 백색의 통치마를 입은 아줌마가 다가왔다. 머리까지 흰 천을 뒤집어써 보는 것만으로도 신전의 관계자라는 것을 알 수 있었다.

"엘모아 여신의 축복을 받은 두 분 모험자여, 그분의 집에 오신 것을 환영합니다."

온화한 목소리였다. 나도 모르게 그녀의 말에 고개를 꾸벅 숙여 답했다.

"무슨 일로 오셨습니까? 엘모아님의 신전은 초보 모험가들을 위해 모든 것을 제공할 준비가 되어 있답니다."

대충 어떠한 것을 제공해 주는지는 이미 알고 있었지만 좀 더 확실히 하기 위해 물었다.

"이곳에서 어떤 것을 얻을 수 있나요?"

나의 물음에 수녀가 공손히 답했다.

"밤에는 쉴 곳을 제공하고, 낮에는 먹을 것을 나누어 드리고 있습니다. 상처를 치료해 주며 모험을 하는 도중 의식을 잃는 경우가 있다면 사원의 기사들이 이곳으로 모셔와 여러분을 보호해 드린답니다."

죽을 경우 이곳으로 강제 소환을 당하는 모양이었다. 그녀의 말에 고개를 끄덕여 답한 후 말했다.

"지금은 상처를 치료하고 싶습니다. 먹을 것도 조금 나누어 주셨으면 하고요."

"알겠습니다. 상처는 저곳의 성수를 상처 난 부위에 바르면 됩니다. 따라오십시오."

수녀는 우리 두 사람을 안내하며 신전의 동쪽 벽 쪽으로 향했다. 물병을 든 여인네가 맑은 물을 흘려보내고 있었다. 물론 조각상이다.

그 옆에는 자그마한 생수병들이 줄지어 놓여 있다. 유리로 만든 병인 듯했는데 앞에는 30롬이라는 글자가 쓰여 있었다.

"엘모아 신전의 성수는 탁월한 치료 효과가 있습니다."

수녀는 생수가 고인 대야 모양의 조각상에서 생수를 한 국자 퍼 올려 내 상처에 끼얹어주었다. 물파스를 바른 듯 따끔하면서도 시원한 감각이 상처에 퍼지고, 몸이 훨씬 가벼워진 느낌이 들었다.

"이 생수, 파나 보네요?"

옆에서 생수병을 구경하던 문블레이드가 물었다.

"네? 그런 불경스러운… 어찌 신이 내린 축복을 팔 수 있겠습니까? 저건 어디까지나 병의 가격입니다."

"그럼 다른 병을 가져오면 공짜로 가져갈 수 있어요?"

문블레이드가 다시 물었고, 수녀는 고개를 저었다.

"정화하지 않은 그릇에 담는다면 성수의 효과가 나지 않습니다."

결국 성수를 판다는 얘기잖아. 하여간 현실이나 여기나 신의 이름을 팔아 장사하는 놈들은 꼭 있게 마련이다.

"앞으로도 모험을 하다 상처를 입을 경우 신전에 들러 치료를 하시면 됩니다. 엘모아 신의 축복을 받은 분들께 신전은 언제나 열려 있습니다."

가증스러운 수녀의 말을 뒤로하며 나는 능력치 창을 열어 보았다. 체력이 꽤 빠른 속도로 차올라 어느덧 끝까지 올라 있었다. 이 정도면 늑대를 잡는 것도 무리가 아닐 듯했다.

문블레이드가 물었다.

"생수 한 병 사갈까?"

"우리 돈 없다."

"아, 맞다."

"아무튼 늑대나 잡으러 가자. 늑대 가죽옷이라 해도 없는 것보다는 낫겠지."

"오케이."

신전의 입구로 나온 나는 문득 늑대를 잡기 위해서는 이대로는 안 될 것 같다는 생각이 들었다. 한 마리 잡을 때마다 체력이 이렇게 줄어서야 사냥이 짜증날 듯싶었다.

문득, 샹그릴라가 현실과 상당히 비슷하게 만들어졌다는 점에 생각이 미쳤다. 그렇다면 현실에서 위력있는 기술들이 이곳에서도 어느 정도 위력을 나타내지 않을까?

물론 근력이나 나머지 신체 능력은 수치로 표시되어 정해져 있다. 하지만 그런 신체 기술을 극대화하는 것이 바로 무술이다.

"야, 문블레이드."

"어? 왜?"

"너 나한테 한번 맞아봐라. 어차피 여기 치료약도 있고 하니까."

문블레이드는 내 말에 황당하다는 표정을 지었다.

"뭔 소리야, 그게?"

"기술 들어가나 보게. 그냥 때리는 거랑 기술로 패는 거랑 데미지가 같은가 한번 시험해 보려고."

"권법으로 때려보게?"

"어, 맞아."

문블레이드도 게임 속 세상에 꽤 적응이 되었는지 내 말을 잘 이해하고 있었다.

"아플 것 같은데……."

"별로 안 아파. 아까 늑대에게 긁혀봤잖아. 그냥 살짝 꼬집히는 느낌밖에 안 들어."

"알았어. 한번 해봐."

문블레이드는 내 말에 두 팔을 벌려 가슴을 들이댔다. 나는 가장 자신있는 권법인 형의권의 기수식을 취했다. 발을 앞으로 살짝 빼는 사륙보를 취한 후 양 손바닥을 아래로 향했다.
그러다 문득 문블레이드의 앞모습이 눈에 들어왔다.

"아무래도 안 되겠다. 돌아서라, 등짝을 패게."

"어? 왜?"

"여자를 때리는 것 같아서 좀……."

"하핫, 이 누님의 모습에 반했구나."

"미치려면 좀 곱게 미쳐라, 응? 아무튼 돌아서 봐."

문블레이드는 내 말에 순순히 몸을 돌렸다.

"능력치 창 열어봐."

"응? 어, 했어."

"피 얼마 줄어드나 봐."

문블레이드가 다시 고개를 끄덕이고, 나는 앞으로 뻗었던 왼손을 단전으로 당기며 오른손을 앞으로 내질렀다.

동시에 왼발을 앞으로 내지르고 오른발을 당겨 붙였다. 근보다. 온몸의 힘이 어깨로, 팔꿈치 팔목으로 전달되며 주먹 끝에 모인다. 붕권이다.

비록 게임 안의 세계였지만 근육 하나하나의 조임까지 제대로 느껴졌다.

퍼억—

"아얏!"

문블레이드가 가냘픈 비명을 지른다.

"뭐가 꼬집는다는 거야? 아프잖아?!"

“쏘, 쏘리. 그래서 피 얼마나 날아갔어?”

등짝으로 손을 꺾어 쓰다듬으며 문블레이드가 나를 흘겨
본다.

“42 정도?”

“42라……. 가서 성수 좀 등에 뿌리고 와. 다시 피 꽉 채우
고 실험하자.”

“우씨, 이번엔 내가 할 거야.”

“아, 그래. 나 지금 만피니까… 기술 쓰지 말고 그냥 한 대
때려봐.”

하지만 문블레이드는 내 말이 채 끝나기도 전에 앞으로 다
가왔다. 양손을 턱 밑에 붙였다가 번개같이 오른손을 앞으로
내뻗는다. 더 볼것도 없다. 스트레이트다.

빡—

눈앞에 별이 번쩍이며 턱이 훅 돌아간다. 머리까지 어질.
뭔가 마음속에서 발끈한다.

“나 이 개색, 살살 치라니까!”

그대로 손바닥을 뻗어 문블레이드의 얼굴을 내리찍었다.
문블레이드가 컥 소리를 내며 쌍코피를 쏟는다.

“실험이라며!”

문블레이드가 빽 소리를 지르더니 잽을 날린다. 재빠르게
피하며 이번에는 오른팔을 옆으로 후려쳤다. 벽권에 이어 횡
권. 문블레이드의 관자놀이에 주먹이 꽂혔다.

그 순간, 문블레이드가 털썩 바닥에 주저앉았다, 그대로 아리따운 포즈를 취하며 바닥에 엎드리는 것이다.

"어, 어?"

육체에서 파르스름한 빛이 나고, 처음 게임에 접속했을 때 보았던 빛 덩어리가 문블레이드의 몸에서 불쑥 튀어나왔다.

"죽었냐?"

신전의 기사들이 다가와 바닥에 쓰러진 문블레이드를 둘러쌌다. 그들이 무어라 기도를 올리니 번쩍이는 금빛이 문블레이드의 몸을 감쌌다. 몸 밖을 떠돌던 파란 문블레이드의 영혼이 다시 육체로 스며들었다.

신전기사 중 하나가 내 앞에 섰다.

"동료를 해치다니 제정신이십니까?!"

신전기사의 쉿소리에 할 말이 없었다.

"그게 아니고……."

"처음이니 이번만큼은 눈감아 드리겠습니다. 하지만 이와 같은 일이 재차 벌어지게 될 경우 치안대에 신고하도록 하겠습니다."

"알았어."

정신을 차린 그녀 앞으로 다가갔다.

"문기야, 괜찮냐?"

"문블레이드라니까. 방금 그게 죽은 거냐?"

"응, 설정상 그냥 의식을 잃은 것으로 처리하는 것 같긴 한데… 그나저나 기분 어떠냐?"

문블레이드가 고개를 젓는다.

"더러워. 죽고 나면 온몸이 저릿저릿해. 세상이 하얗게 변하고……. 아무튼 다시 경험하기 싫다."

난리를 피우는 통에 우리 모두 조금 전 들끓었던 감정이 가라앉았다. 나는 다시 시험으로 돌아가 내 스테이터스 창을 열어보았다. 체력이 25 정도 깎여 있었다. 문블레이드에게 얻어맞은 스트레이트의 데미지다.

총 체력인 98 중 1/4 정도가 날아간 것이다. 시간이 흘러 어느 정도 체력이 찼다는 점을 감안하더라도 붕권 한 방의 위력이 스트레이트보다는 위쪽이다. 즉, 기술에 따라 데미지가 다르다는 말이다.

그 점까지 알아낸 나는 늑대와의 싸움에 어느 정도 자신이 붙었다.

"그럼 피 다시 채우고 늑대 잡으러 가자."

성수를 퍼 얼굴에 끼얹은 후 문블레이드와 함께 다시 동문쪽으로 향했다. 숲에 들어선 문기는 도중 나뭇가지를 하나 꺾어 손에 들었다.

"뭐냐?"

"응? 아, 나 검사할 거거든."

문블레이드는 손에 든 나뭇가지를 훙 소리가 나도록 휘둘렀다. 현실에서도 문기는 검도 3단이다. 그 위력이 게임 안에서 얼마나 발휘될지는 모르겠지만.

"그럼 가볼까?"

"오케이!"

우리 둘은 동쪽 숲의 늑대를 잡기 위해 숲 안으로 힘찬 걸
음을 내디뎠다.

CHAPTER 4

오픈 베타 테스트

"아 형, 제발 좀."

한규의 부탁에 한상은 고개를 저을 뿐이었다.

"아무리 너라 해도 안 돼."

"왜 안 되냐고."

"그야 혜나 부모님과의 약속이니까. 물론 혜나 부모님도 네가 혜나에게 나쁜 영향을 끼치지 않을 거라는 건 알고 있지만 계약은 계약이야."

단호한 형의 말에 한규는 짜증을 냈다.

"뭐야, 형은 벌써 혜나 누나랑 만나봤을 거 아냐."

"비밀이야."

“뭐 비밀은 비밀? 아, 진짜 치사하다. 그나저나 오픈 베타는 언제야? 이렇게 된 이상 정말로 캐릭터 제대로 키워서 공작이고 재상이고 되어줄 테니까!”

“하하, 그 실력으로 언제? 너 아직도 6렙이라며? 클로즈 베타 시작한 지 20일이 지났는데.”

“그, 그야……”

어떻게 하다 보니 3번가 상점 거리와 인연이 얽히고설켰다. 퀘스트… 랄까, 상점 거리 사람들의 간절한 부탁을 거절하기 힘들어 레벨 업에 도움도 되지 않는 퀘스트만 계속하고 있었다. 장비도 늑대 가죽에서 곰 가죽으로 업그레이드된 정도다.

서버 최고수가 27렙, 클로즈 베타 테스트 최고 렙으로 설정된 30렙까지 코앞인 지금 자신이 6레벨에 머물러 있는 이유였다.

“그러기에 누가 그렇게 리얼하게 만들래? 불쌍해서 버릴 수가 없잖아, 3번가 상인들.”

최고의 돈벌이 코스인 대형 마트 퀘스트는 이제 그곳과 사이가 나빠질 대로 나빠져 받을 수도 없었다. 다른 귀족들과도 그리 사이가 좋은 편이 아니었다.

“하하, 그치만 그게 꼭 나쁜 건 아니야. 평민들과 사이가 좋아지면 나중에 도움받을 일도 있을 거야. 게다가 돈이 적게 벌리긴 해도 돈 쓸 일이 거의 없잖아. 전형적인 서민이지. 하하하.”

한상이 말로 한규를 자극한다.

“아, 몰라. 나 오픈 베타 시작하면 캐릭터 지우고 다시 키울 거야. 어차피 능력치는 초기화된다며? 나도 그냥 대형 마트에서 키워야지.”

한규의 말에 한상이 고개를 저었다.

“그러지 마. 정말 그쪽도 좋다니까. 시작이 달라서 그렇지, 나중에 고렙이 되면 너처럼 키운 애들이 훨씬 유리해져. 아차, 지금 내가 한 말은 비밀이다.”

“우씨, 비밀도 많다.”

“아무튼 학교나 빨랑 가거라. 너 요새 너무 게임에 빠져 산다.”

“냅둬. 샹그릴라야 어차피 자면서 하는 게임이잖아. 형이 내내 자랑한 것 아냐, 일상생활에 영향을 주지 않는 게임 하면서.”

“그야 그렇지만…….”

벌써 게임기 판매 대수가 100만을 넘어섰다. 게임을 할 수 없는데도 말이다. 회사는 천문학적인 매출에 비명을 지르는 중이다. 게임기의 생산 공장은 밤낮없이 돌아가고, 미국과 중국을 포함한 일곱 개 나라와 계약을 체결했다.

한상이도 지금 밤낮 구분없는 시간을 보내고 있었다. 기자 간담회를 계기로 조금 한가해질까 했더니 곧바로 샹그릴라

제2계, 즉 시즌 2 개발을 시작하게 된 것이다.

그나마 다행인 것은 한상의 급료가 300퍼센트 인상되었다는 점 정도다. 정작 자신은 쓸 데가 없었지만, 이제 곧 이 낡은 임대아파트를 벗어날 수 있을 것이다.

"그럼 나 학교 갔다 올게."

"그래, 학교 생활도 충실히 해. 아무리 특기생이라 해도 공부에서 완전히 손 놓으면 안 된다."

"알았어. 그래도 중간은 가."

한규는 가방을 어깨에 걸며 현관으로 나섰다. 문이 닫히고, 아파트의 복도를 따라 엘리베이터가 있는 곳으로 걸어갔다.

그의 발소리가 잦아지며, 한상이는 현관문을 걸어 잠갔다.

"한규야, 혜나는……."

알 수 없는 한마디를 중얼거리고는 머리를 털었다.

한규의 등굣길은 언제나처럼 한산했다.

특히 문기와 만나는 이 골목은 앞뒤 모두 인기척이라고는 없었다. 서안고등학교 학생들 사이의 암묵적인 룰이다.

"오우, 한큐!"

"문기냐?"

"큭큭, 이제는 현실에서도 문블레이드라 불리고 싶다."

내일이 방학식이지만, 문기는 여전히 재킷 차림이다. 속은 반팔의 하복으로 바꾸어 입었지만.

"변태 놈. 여캐가 뭐냐, 여캐가."

"아직도 그 소리냐? 다시 말하기도 지겹다. 게임 속 캐릭터는 나 자신이 아니라 내가 키우는 아이 같은 거라니까. 나는 딸이 좋다."

"그나저나 용캐도 하고 있다. 금방 때려칠 줄 알았는데."

"뭔 소리야? 얘기했잖아. 샹그릴라 세계에서 최고가 될 거라고. 게다가 재밌던데, 왜 애들이 전부 게임에 미쳐 사는지 알 거 같다."

"하여간 늦게 배운 도둑질이 무섭다더니……."

문기가 한규의 어깨를 툭 친다.

"누가 들으면 너는 꽤 오래 한 줄 알겠다. 이제 겨우 게임 시작한 지 반년 됐으면서."

게임 이야기(?)를 나누며 두 사람은 어느덧 교문이 보이는 장소에까지 도착했다.

"그나저나 벌써 현거래가 시작된 모양이더라. 클로즈 베타인데도."

한규의 말에 문기가 되묻는다.

"현거래? 그게 뭐야?"

"게임 속 아이템을 현금으로 사고파는 거야."

"아아! 그게 뭐?"

"아니, 지금이야 불법이 아니지만, 한때는 문제가 많이 됐었거든. 옛날 얘기야."

"그런가? 아, 그럼 우리 무기도 팔 수 있는 거냐?"

"곰 허벅지뼈 검이랑 늑대발톱 찡박은 가죽장갑을 누가 돈 주고 사냐?"

문기는 수긍 못하겠다는 듯 투덜거렸다.

"그게 어때서? 얼마나 쓸 만한데."

"하여간 너 때문에 내 렙도 안 오르잖아. 애가 현실에서는 안 그런 게 게임 속에서는 왜 그렇게 잔정이 많아? 빨리 3번 가 상점 거리에서 벗어나야 할 텐데……."

"야, 푸줏간 주인집 아저씨가 불쌍하지도 않아? 신선한 고기가 없어서 장사가 안 된다잖아. 꽃집 엘리제도 우리 없으면 팔 꽃이 없고. 어떻게 아무도 안 도와주냐? 불쌍하지도 않나?"

문기의 말에 한규가 한숨을 내쉬며 답했다.

"그야 서버에서 우리 레벨이 제일 낮으니까. 다들 성 밖 먼 곳에 캠프를 차리고 사냥하고 있어. 요새 성안에 플레이어 캐릭터 돌아다니는 거 봤냐? 생산직 캐릭터들 빼고."

"그런가? 아무튼, 그래도 계속 도와줘야지."

"알았다. 어차피 클로즈 베타니까."

한규는 끝없는 논쟁을 일단 정리했다. 사실 혜나와 만나는 일만 아니면 한규도 그리 급하게 레벨을 올릴 마음은 없었다. 상그릴라의 세계는 단순히 전투를 하거나 좀 더 강한 몬스터를 사냥하는 그런 것 이외의 즐거움이 무궁무진했다.

“어이, 한큐.”

그때, 누군가 한규를 부르는 소리가 들렸다.

등굣길에 두 사람의 이름을 부를 정도로 간이 큰 학생은 학교에는 없었다. 상대는 학생이 아니었다. 둘 모두 얼굴을 잘 아는 사람이었다.

“어? 성철이 형.”

바로 안양경찰서 여성청소년 계장으로 있는 조성철이었다. 한규의 형 한상이의 친구기도 한 그가 등굣길에서 한규를 기다리고 있었던 것이다.

한규는 눈을 돌려 문기를 보았다. 너 또 누구 줘 팼냐 하는 눈빛이었다.

“아냐. 그리고 나는 나이가 나이인지라 폭력팀으로 불려 가.”

그러고 보니 문기는 이제 성인이었다. 한규는 이렇게 생각하며 성철 곁으로 다가갔다.

“무슨 일이에요?”

“아, 그게… 문기도 오랜만이네.”

“안녕하세요?”

“그래. 그나저나 너희 둘, 유이라고 아냐?”

성철의 물음에 한규와 문기는 고개를 저었다.

“유이요?”

“가수 유이?”

"아니. 근처 XX여중에 다니고 있는데, 단발머리에 귀엽게 생긴 애야. 성이 유 씨고 이름이 외자로 이. 중국계인데……."

한규와 문기는 그의 설명에 동시에 한 여자 애를 떠올렸다. 하지만 그 애 이름에서 문기와 한규의 이름이 나올 이유는 전혀 없었다. 우연히 두 번 만난 게 전부였으니까.

"모르겠는데요."

한규의 대답에 성철이는 머리를 긁적였다.

"아무튼 둘 다 지금 따라와라. 어차피 내일 방학식이니 오늘 굳이 학교에 가지 않아도 되지?"

한규가 대뜸 대거리한다.

"와, 저 경찰 하는 소리 좀 봐. 학생이 땡땡이를 칠 때 계도해야 할 여성청소년 계장이라는 사람이."

"중요한 일이라 그래. 아무튼 점심 쏠게. 문기도 같이 좀 와줘."

"알았어요. 뭐, 가는 거야 상관없는데… 근데 우리 둘 다 요즘엔 얌전했는데요? 게임에 빠져 지내느라."

문기의 변명조 말에 성철이 고개를 젓는다.

"아, 나쁜 거 아냐. 그냥 좀 확인할 게 있어서 그런 거야."

성철이 몰고 온 SUV를 타고 한규와 문기는 경찰서로 향했다. 경찰서 앞의 전경이 경례를 올리는 모습을 뒤로하고 주차장 한 귀퉁이에 적당히 차를 댄 후 성철이 앞장서 걷기 시작했다.

폭력팀 경찰들이 미소로 한규를 맞이했다.

"어, 장풍한규네. 석 사장 댁 문기 씨도 왔구만."

"둘이 아침부터 또 무슨 일을 저지른 거야?"

한규가 얼굴이 벌게져 대꾸했다.

"아니거든요? 게다가 일은 뭔 일이요? 얌전히 지내는 사람에게."

"크큭, 그래도 장풍은 자제해 줘. 아직 우리나라는 사이킥 수사대가 없으니까. 사람을 때리지도 않고 죽이면 체포를 할 수가 없거든."

"아 놔, 그만 하라니까요!"

놀리는 말에는 문기까지 쿡쿡거렸다. 장풍 사건이야 문기도 익히 알고 있는 얘기였으니 말이다.

성철을 따라 여성청소년계로 들어간 한규와 문기는 익숙한 얼굴에 놀라 서로를 쳐다보았다. 정말 그 여자아이였다.

"정말 알고 있었던 모양이구나."

성철이가 그 여자아이 앞 소파에 털썩 앉으며 말을 이었다.

"용산 쪽에서 절도 사건을 일으켰는데 주소지가 이쪽이라 여기로 이송하게 됐어. 아직 열여섯밖에 안 됐고, 훔친 물건도 별것 아니고 해서 정상참작하려고 하는데, 이거 보호자가 있어야 말이지. 저 애 소지품에 흥신소 명함이 나와 그쪽 애

들한테 연락을 했는데, 문기 도련님이 보호하는 애라서 건드
릴 수 없다느니 어쩌니 하는 소리를 하더라고. 그래서 물어봤
더니 너희 둘을 알고 있다고 하더라."

　소녀 유이는 문기와 한규에게는 눈 하나 주지 않고 성철에
게 말했다.

　"얼굴이랑 이름을 알고 있다고 했지 언제 아는 사람이라고
했어요? 아무튼 빨리 내보내 줘요. 겨우 랜 선 하나 훔쳤다고
경찰서에 신고하는 사람이나……."

　"인마, 돌멩이 하나라도 절도는 절도야."

　"잠깐 쓰고 돌려주려고 했어요."

　"주인에게 말도 않고 잠깐 쓰는 게 어딨어? 게다가 너, 그
것 말고도 문제 많아."

　성철은 이렇게 말하며 한규 쪽을 바라보았다.

　"글쎄, 가지고 있던 노트북 안에 깔려 있는 해킹 프로그램
이 한둘이 아냐. 한규 너도 전에 만났던 호열이 있지? 최호열.
그 녀석에게 조사해 보라고 노트북을 들려 보냈다."

　"이건 명백히 사생활 침해예요!"

　단호히 말하는 그녀에게 성철이 한마디 했다.

　"해킹 로그 기록에 범죄 흔적이 남아 있으면 그냥은 안 끝
날 줄 알아."

　한규가 성철에게 말한다.

　"그런데 우리는 왜 부른 거예요?"

"아? 아, 혹시 아는 사이라고 하니 어떤 애인지 좀 궁금해
서. 우리 서에서도 이 아이가 사용하는 해킹 프로그램이 어떤
원리로 작동하는지 아는 사람이 호열이 하나야. 상당히 전문
적인 프로그램이라는 얘긴데… 뭐 나야 워낙 컴퓨터랑은 안
친하니 그렇다 쳐도 말이지."

한규가 고개를 젓는다.

"저도 문기도 얘 잘 몰라요. 그냥 전에 건달 같은 애들한테
끌려갈 뻔한 거 구해준 것뿐이니. 그리고 형 게임 기자 간담
회에 참석했을 때도 얼굴 한 번 본 게 다고요."

"아, 그러냐?"

조금 실망했다는 듯한 성철의 말에 문기가 말을 보탰다.

"그러고 보니 아버지가 빚 때문에 쫓겨 다닌다고 했던 거
같은데요."

"아, 유일평 씨 말이냐? 그런 모양이더라. 중국인이던데,
취직한 우리나라 중소기업이 망했다나? 그때 좀 빚을 진 모양
이야."

성철의 대답에 유이가 쏘아붙인다.

"경찰이 피의자 사생활을 제3자에게 함부로 발설하면 안
되는 거 아녜요?"

"제3자가 아니라 주요 참고인이야."

성철은 그녀의 말에 이렇게 답하고는 한규를 보았다.

"아무튼, 해킹 프로그램 쪽에 문제가 없으면 일단 풀어줄

생각인데, 너희들이 얘 좀 학교에 데려다 줘라. 요즘 아주 일이 많아서 정신이 없다.”

“에? 왜요?”

“점심 사준다니까.”

“하여간…….”

이어 성철이 유이에게 말했다.

“애들이랑 친구로 보고하고 풀어줄 거니까 너도 그렇게 알고 있어. 원래는 보호자를 불러서 돌려보내야 하는데 너는 가족이라고는 아버지 한 명이고 그 사람이 올 수 없는 상태니까. 다행히 애들이랑 아는 사이라 하고, 한규나 문기 둘 다 우리 경찰서에서는 인상 나쁘지 않은 애들이야.”

“깡패 아들에 그 친구가 무슨…….”

발끈하는 한규보다 한발 앞서 성철이 말했다.

“그런 애들 아니야. 나중에는 어떻게 될지 모르지만, 지금은 별로 모난 짓 않고 잘 지내고 있어.”

그 순간 문이 열리며 호열이 등장했다. 손에는 전원이 꺼진 노트북이 들려 있었다.

“계장님, 아, 한규 왔구나.”

“안녕하세요, 호열이 형.”

“그쪽은… 그 문기라는 사람이냐?”

문기가 호열에게 고개를 꾸벅했다.

“최호열이라고 합니다.”

"석문기입니다."

호열은 곧바로 한규 앞에 섰다. 그리고는 엄지를 추켜세우며 소리를 쳤다.

"너희 형은 진짜 천재다!"

"네, 네?"

어안이 벙벙한 한규에게 호열이 다다다 말을 쏘아댔다.

"샹그릴라는 진짜 게임 역사상 획을 그을 게임이야. 사촌에 5촌 조카까지 동원해서 클로즈 베타를 넣었어. 지금 하고 있지. 크, 정말 왜 여덟 시간 제한을 걸어둔 거야? 그게 아니라면 지금도 샹그릴라에 살고 있을 텐데."

성철이 호열의 뒤통수에 한마디 툭 던진다.

"너 같은 놈들 때문에 시간 제한을 걸어둔 거야. 아무튼 그놈의 샹그릴라 때문에 우리랑 사이버 수사 쪽 직원들이 잠을 못 자, 잠을. 빨리 와서 보고나 해."

"아, 예, 계장님. 이거… 그런데 일단 하드에 남아 있는 로그 기록에서는 범죄 흔적은 없어요. 아니, 정확히 말하자면…… 제가 손댈 만한 수준이 아닌데요, 이거. 정확히는 세계에서 이 프로그램 능숙히 다룰 만한 사람이 몇 안 될 거예요. 정말 애가 쓰던 프로그램이에요?"

성철은 호열의 말에 눈살을 찌푸렸다. 저 컴퓨터광이 저런 식으로 말할 정도라니.

이어 성철이 유이를 쳐다보았다. 동그란 안경을 낀 귀여운 여자아이가 세계적인 해커? 무슨 텔레비전 드라마도 아니고, 말이 안 되는 얘기였다.

"게다가 이 프로그램, 오리지널인데요? 누가 프로그래밍한 건지도 모르겠어요."

"아빠 거예요."

유이가 호열의 말에 답하자 성철이 반문했다.

"응? 유일평 씨? 아, 하긴 무슨 네트워크 회사라고 했지, 근무하던 데가."

그제야 납득 간다는 듯 성철은 고개를 끄덕였다.

"진작 그 말을 하지 그랬냐? 이 노트북, 네 아버지가 쓰던 거구나? 하긴 요즘 여자 애들이 쓰는 건 이거보다 훨씬 예쁘게 생겼지. 직업상 쓰던 프로그램인가 보구나."

그의 말대로 핸드백에 쏙 들어가는 넷북이 대세인 지금 유이의 노트북은 15인치의 대형이었다.

"알겠다. 그럼 일단 계도 조치로 마감하고, 같이 서류 작성 좀 하자. 그동한 한규는 문기랑 같이 어디서 놀고 있어. 한 시간 정도면 끝날 테니까. 밥 사줄게."

"지금 아홉 시도 안 됐어요. 열 시에 점심 먹는 사람이 어딨어요? 외상으로 달아놓을 테니까 얼렁 처리나 해줘요."

한규가 투덜투덜, 성철이는 미안하다는 듯 손을 들어 올리고는 유이와 함께 칸막이 뒤쪽의 책상으로 갔다.

그사이 호열이 한규에게 말을 걸었다.

"한규 너도 샹그릴라 하고 있어?"

"아? 아, 네. 여기 문기도 같이요. 저는 한큐, 문기는 문블레이드. 형은 이름 뭐예요?"

"아? 나는 레샤트. 지금 그로얀 왕국에서 두 번째로 레벨이 높아."

그러고 보니 이름을 몇 번 들어본 적 있는 듯도 싶었다.

"너희는? 그로얀이야? 아니면 설마 케세린 공화국 돼지 놈은 아니겠지?"

호열은 게임 이야기가 나오니 살짝 흥분한 듯했다.

"우리도 그로얀이에요."

"그렇지? 마탄총이나 증기골렘 이런 건 전부 사도(邪道)야. 판타지라면 검과 마법이지!"

"하하하."

"너, 일하러 안 가냐?"

그때, 칸막이 너머에서 성철이 한마디 한다.

"부려먹을 때는 언제고."

호열이 투덜거리며 한규와 문기에게 인사를 했다.

"혹시 게임 안에서 만나게 되면 얘기 더 하자."

"네, 알았어요."

한 시간 후, 한규와 문기는 유이와 함께 경찰서를 나왔다. 그녀는 나오는 내내 두 사람과 얼굴 한 번 마주치지 않았다.

그리고는 경찰서를 나서자마자 톡 쏘듯 말했다.

"그럼 나는 갈게. 집으로 갈 거니까 따라오지 마."

"학교는?"

문기의 물음에 유이는 고갯짓조차 없었다.

"야, 너, 적당히 해둬. 누군 좋아서 이러고 있는 줄 알아?"

"왜? 고맙다는 말이라도 해줄까? 내 친구로 이름을 올려줘서?"

등 돌린 채로 유이가 대꾸했다.

"너, 우리 집이 건달 일을 한다고 그러는 거냐? 너희 아버지가 사채를 쓰고 건달에게 쫓긴다고?"

유이는 살짝 고개를 돌려 문기를 보았다. 그녀의 입술은 비틀려 있었다.

"착각하지 마. 네 이력 따위에는 관심도 없으니까. 네가 특별히 싫은 것도 아니야."

"그럼……."

"싫은 건 너뿐만 아니야. 네 주위에 있는 것들 모두가 다 싫어하는 것들이니까."

말을 남기며 유이는 차도로 뛰어들어 택시를 잡았다. 한규와 문기가 그녀를 말릴 사이도 없이 택시는 저 멀리로 사라졌다.

문기가 어처구니없어 하는 얼굴로 그녀의 뒷모습을 좇는 사이, 한규는 문기의 주위를 살폈다. 그녀가 말한 주위의 것들이 뭔지 도통 알 수 없었다.

"아, 진짜……."

"야야, 신경 꺼라."

"하여간 만날 때마다 성질 박박 긁는다니까."

"하하, 그것도 나름 대단하지 않냐? 태평 주식회사 사장님의 막내 아드님 석문기의 성질을 긁는 여자 애라니."

"주식회사는 무슨……."

문기는 투덜거리듯 중얼거리며 하늘을 올려다보았다.

심호흡, 심호흡.

한규 말마따나 신경 쓸 게 뭐 있을까 싶었다. 스무 살이나 먹어서 열여섯 여자애한테 화를 내는 것만으로도 진 것 같은 느낌이었다.

"그나저나 이제 와서 학교에 가려니 기분 참 그러네."

한규의 투덜거림에 문기가 어깨를 으쓱한다.

"그냥 제낄까?"

"안 돼. 형이랑 약속했어, 학교는 제대로 다니기로. 게다가 나는 너랑 달리 불량은 아니야."

"툭하면 빠지는 주제에. 게다가 오해할 소리 하네. 내가 무슨 불량이냐?"

"2년이나 꿇어놓고."

"하여간 말은. 아무튼 우리도 택시 잡자."

문기는 말을 마치며 길가로 가 택시를 잡아 세웠다. 택시기

사의 곱지 않은 시선을 받으며 열 시를 훌쩍 넘겨서야 두 사
람은 학교에 도착할 수 있었다.

2

점심시간, 빵 몇 개 사 들고 옥상에 찾아든 한규와 문기의
귀에 유난히도 울리는 목소리가 있었다.
"진짜 재미있다니까. 니네들도 오베 시작하면 나랑 같이
하자. 내가 키워줄게."
문기가 슬쩍 계단실 아래로 고개를 빼 보았다. 동그랗게 부
어오른, 다른 말로 살이 찐 학생 주위로 몇몇의 애들이 모여
있었다. 한규도 뭐냐는 듯 아래쪽을 보았다.
"영석이 아냐?"
한규의 작은 목소리에 문기가 고개를 갸웃했다.
"아는 애냐?"
"몰라? 저래 뵈도 싸장 아드님이시다. 안산 쪽에 제법 큰
공장도 있는 모양이던데?"
한규와 문기의 대화를 들었는지 영석이가 고개를 들어 올
렸다.
"한규……."
"신경 안 쓰니까 하던 얘기나 계속해."
"어, 어. 시끄러우면 얘기해. 다른 데 가서 놀 테니까."

"괜찮다니까."

한규는 손까지 흔들어 하던 일 하라는 듯 말하고는 다시 계단실 위로 몸을 넣었다.

영석의 목소리가 이어졌다.

"오픈 베타 시작하면 현질해서 장비 쫙 맞춰놓을 거야. 광렙 코스도 인터넷에서 다 알아뒀으니까 금방 키울 수 있어. 너희도 부모님께 말해서 샹그릴라 플레이기만 사둬."

문기가 눈을 돌려 한규를 쳐다보았다.

"쟤들, 샹그릴라 얘기하는 거 같은데? 근데 현질은 뭐고 광렙은 뭐냐?"

"현질은 아침에 말했던 거 있잖아. 게임 아이템 돈 주고 사는 거 말야. 그리고 광렙이야 말 그대로 미친 듯이 레벨 올리는 거지, 뭐."

"아, 그런 거냐? 하여간 왜 이리 외계어가 많아?"

"하루 이틀이냐?"

"그나저나 정말 인기가 좋긴 한가 보네. 너희 형 돈 좀 벌겠다?"

문기의 말에 한규가 고개를 끄덕인다.

"이번에 봉급 왕창 올랐다더라. 그동안 해둔 저금이랑 합쳐서 드디어 집 한 채 장만한다."

"오, 그거 대단하다."

"아파트 살 돈은 안 되고, 그냥 작은 빌라지만 형도 참 고생

했지. 전문대 졸업하자마자 취직해서 휴일도 없이 일했으니. 이제 슬슬 뒤로 물러나서 인생을 즐겼으면 좋겠는데.”

한규의 말에 문기가 웃는다.

“하하, 너네 형한테는 게임 개발이 인생을 즐기는 최고의 방법인 거 같던데? 완전히 워커홀릭 아냐.”

“뭐 그렇긴 하다만. 그래도 서른 넘어 여자 친구 한 번 못 사귀어본 건 문제가 있지 않아?”

“여자라……. 내가 하나 소개시켜 줄까?”

문기의 말에 한규가 고개를 젓는다.

“아서라. 너희 아버지 회사 직원은 안 돼.”

“결혼 상대로는 몰라도 연애 상대로는 괜찮아.”

“우리 형이라면 뼛골까지 빨리고 버려질걸? 좀 더 한가해지면 선이나 보라고 해야지.”

“하긴, 한상이 형한테는 그게 어울리겠다.”

문기는 말을 하며 한규의 어깨를 툭 쳤다.

“하여간 네 형 생각 하는 마음은 정상이 아냐.”

한규는 입을 다물었다. 정상이 아닌지 어떤지는 모르겠다. 하지만 살아온 환경도 정상은 아니니 그렇다 해도 이상할 것 없다.

한규가 말을 멈추자 영석의 목소리가 한결 크게 들려왔다.

“하여간 레벨이 전부야. 레벨이 낮으면 그냥 쓰레기라니까. 게임 속에 그 많은 컨텐츠를 즐겨보지도 못하고, 특히 상그릴라 같은 전쟁 게임에서는 렙이 낮으면 도움이 안 돼. 켈드리안 산맥 근처에서는 전쟁이 활성화될 예정이니까."

문기가 다시 계단실 밖으로 고개를 불쑥 내밀었다.

"어, 나 6레벨인데 그럼 쓰레기냐?"

영석이 깜짝 놀라 고개를 든다.

"무, 문기 형……."

영석은 당황해하며 어쩔 줄을 몰라 했다. 같이 이야기를 하던 애들도 얼굴이 흙빛이 되었다.

"그, 그게 아니고, 형도 샹그릴라를 하고 있었어요?"

한규가 다시 문기 곁으로 머리를 내밀며 말했다.

"신경 쓰지 마. 우리도 샹그릴라를 하고 있기는 하지만."

"형을 무시하려던 건 아니에요. 그, 그냥 말이……."

한규의 말을 듣고 하는 영석의 변명에 문기가 한마디 했다.

"나중에 게임에서 보면 한턱 쏴라. 샹그릴라 음식들 꽤 맛있더라."

"예, 예, 형. 전 아키트리트라는 캐릭터예요, 그로얀 왕국의."

"오케이. 기억하고 있으마."

한규는 문기가 그걸 기억할 리 없으리라는 걸 알았다. 이러니저러니 해도 자신도 문기도 학교에서는 붕 뜬 존재였으니까.

　그로얀 왕국 전역에 안내문이 걸렸다. 장님이 아닌 이상 보지 않을 수 없을 만큼 많은 수다.

"한큐, 이게 뭔 말이냐?"

"문블레이드, 왔냐?"

　밤 열 시에 맞춰 잠을 잘 겸 게임에 들어온 나는 같은 시간에 바로 곁에서 로그인한 문블레이드의 질문을 들어야 했다.

"오픈 베타 일정 잡혔나 봐."

　엘모아 여신의 축복을 받은 모든 이세계인들에게 전합니다. 여신께서는 지난 오랜 시간 동안 모험가들이 샹그릴라를 위해 너무나도 큰일을 해왔다는 것을 잘 알고 계십니다. 하지만 최근 생겨난 시공간 균열의 영향으로 어쩔 수 없이 여러분을 본래의 세계로 돌려보내야 함을 통보하셨습니다. 샹그릴라의 사람들은 결코 당신들의 영웅적인 업적을 잊지 않을 것입니다. 언제 다시 만나게 될지 모르겠지만, 모험가 여러분의 방문을 기다리며 이곳에서 우리의 삶을 이어가겠습니다.

—엘모아 신전의 사제장 엘그라프.

　클로즈 베타 종료합니다 같은 안내 문구가 아니라 제법 그럴듯하게 설정을 들고 나왔다. 제작진이 얼마나 샹그릴라에 공을 들이고 있는지 알 수 있는 반증이기도 했다.

　엘모아 여신이 캐릭터들을 원래 세계로 돌려보내는 시간

은 현실의 시간으로 닷새 후였다.

"아, 그럼 지금까지 키운 거 전부 날아가는 거지?"

문블레이드의 물음에 나는 고개를 끄덕였다.

"그야 그렇지."

"쩝, 아쉽네."

"하하, 뭐, 우리야 몇 레벨 안 되니까 금방 다시 키울 수 있어."

"그래도, 이곳 주민들과 팩션이 사라지지 않는 건 다행이다. 3번가 시장 골목에 다시 왔을 때, '너 누구냐?' 이런 식으로 대하면 좀 섭섭할 거 같아."

문블레이드의 말에 나도 모르게 고개를 끄덕였다. 그래서 오픈 베타 테스트를 시작할 때 JK소프트에서 팩션 리셋은 하지 않기로 한 모양이었다.

문블레이드는 검을 뽑아 들었다. 뼈를 갈아서 간단한 마법을 건 검이었다. 검날의 길이만 1.2미터에 이르는 장검이다.

사실 레벨로는 6이었지만 문블레이드는 혼자서 10레벨 정도의 몬스터를 때려잡을 수 있는 실력을 가지고 있었다. 샹그릴라는 현실에서 가지고 있는 기술을 얼마간이나마 게임 안으로 가져올 수 있었고, 그런 부분들이 도움이 되고 있었다.

물론 현실의 고수라고 해서 꼭 게임 안에서도 싸움을 잘하는 것은 아니었다. 현실의 운동치라도 게임 시스템을 제대로 이해한다면 전투에 능숙해지기 쉬웠다.

그런 것이 바로 게임 안에서 배울 수 있는 스킬들의 역할이다. 그로얀 성에서 초보자가 배울 수 있는 검술 같은 것을 손에 넣으면, 그 스킬에 따라 몸이 저절로 움직인다. 현실에서는 검도의 검 자도 몰라도 이 안에서는 고수처럼 적을 베고 찌를 수 있는 것이다.

다만, 전투의 센스 같은 것은 역시 문블레이드처럼 현실의 '파이터'들이 유리한 게 사실이다. 뭐, 게임을 해가면서 다른 사람들도 빠른 속도로 싸움의 감을 익혀가고 있을 테지만.

"그럼 오늘도 상점 거리를 위해 퀘스트를 해볼까?"

검을 들고 경쾌하게 외치는 그녀의 목소리를 듣자니 웃음이 나왔다.

"무슨 나와바리 관리하는 조폭 같은 멘트다?"

"캬, 그런 거 아냐."

"누가 현실에서도 협객의 아들 아니랄까 봐."

말을 하며 나는 문득 고개를 돌려 멀리 있는 롬로스 본성을 바라보았다. 수많은 깃발로 장식된 아름다운 성이다.

혜나는 언제나 만날 수 있는 건지…….

고개를 흔들며 문블레이드와 함께 나는 상점 거리로 향했다.

3

"팀장님, 저녁 드시러 가야죠?"

늘어진 티셔츠에 펑퍼짐한 칠부 바지. 결혼도 하지 않은 여자가 다른 남자들에게 보일 만한 모습은 아니지만, 유채림은 천연덕스럽게도 그런 꼴을 하고 있었다. 헝클어진 머리를 질끈 동여매고, 삼선 또렷한 슬리퍼는 반쯤 해져 있었다.

입사 첫해에는 그녀도 청바지보다 편한 바지는 입지 않았다. 구두 굽도 최소 3센티미터는 되었다.

하지만 날밤 새우는 나날이 한 해, 두 해 흘러 벌써 여섯 해가 되었고, 지금은 인사 이동 없는 '성한상' 팀의 팀원으로서 완전히 동화되어 있었다.

"또 거기야?"

한상보다 네 살 많은 프로그램 파트 기술자 이제동이 칸막이 위로 고개를 빼꼼히 내밀며 말했다. 그는 유채림에게 매년 두 번씩 모두 열두 번 프러포즈했다 차인 남자로 더 유명했다. 올해도 상반기 행사(?)는 이미 치렀고, 하반기 작업을 준비 중이라나 뭐라나.

"네, 거기예요."

"가끔 보면 우리 팀장님은 매드사이언티스트 기질이 있다니까? 머리카락 한 올로 가상공간에 캐릭터를 만들겠다니……."

제동의 말에 채림은 어깨를 으쓱했다.

"그래도 팀장님 덕분에 지금의 우리가 있는 것 아니에요?

처음 샹그릴라 프로젝트를 기안했을 때 다들 미쳤다고 했잖
아요."

"무슨 소리. 팀장님과는 8년째 일하고 있어. 나는 반대하
지 않았어."

"전날 밤샘 코딩 작업하고 회의 시간에 코 곯았다죠?"

"그게 바로 전적인 신뢰 아닌가? 하하."

"헛소리 그만 하고, 나 팀장님 방에 갔다 올게요. 또 방음
문 닫아놓고 작업 중인가 봐요. 날도 더운데 그 방에서……."

채림은 한상의 방이 있는 복도로 향했다. 어지럽게 놓여 있
는 선반 위로 반쯤 열린 컴퓨터니 기판 따위가 어지럽게 널려
있었다. 서류 뭉치 같은 건 이제 이면지인지 정식 문서인지
구분도 가지 않았다. 이번에 샹그릴라 팀에 신입을 다섯 명
더 보충해 준다 하니 오자마자 청소 사역부터 해야 할 터다.

아니나 다를까, 팀장 성한상의 방문은 굳게 닫혀 있었다.
아무리 에어컨이 돌아간다고 해도 그의 방에는 각종 컴퓨터
들이 스무 대는 놓여 있다. 빼꼼히 문을 여니 후끈한 바람이
주르륵 새어 나온다. 채림은 눈살을 찌푸리며 문틈에 대고 조
그맣게 한상을 불렀다.

"팀장님, 저녁 뭐 드실래요?"

"어, 음?"

졸고 있었는지 화들짝 놀라는 목소리다.

어느 정도 뜨거운 바람이 빠져나오자 채림이 문을 활짝 열

었다. 16진수의 문자들로 가득 찬 모니터 앞에서 얼굴을 비비고 있는 한상의 모습이 보였다.

"좀 쉬면서 해요. 그리고 문은 열어놓구요. 에어컨도 부실한 방 안에서 이러다가 질식사라도 하면 어쩌려고요?"

"아, 아, 채림 씨."

"뭐가 아, 아예요? 하여간……. 이러니까 내가 아직 시집을 못 가는 것 아녜요?"

채림은 투덜대며 바닥에 떨어진 한상의 반팔 남방셔츠를 주워 의자 등받이에 걸었다.

"제가 한 주라도 여기를 비우면 팀장님은 굶어죽거나 질식해 죽거나 더러워 죽을 거예요."

"하하, 결국 죽는 건가?"

"안 그럴 것 같아요?"

한상은 채림의 말에 쓴웃음을 지었다. 그녀의 말에 과장은 섞였지만 완전 거짓말이라고 부인하기도 힘들었다. 말이 좋아 기획팀이지 채림은 샹그릴라 개발팀의 '엄마'였다.

"그나저나 뭐 그리 연구할 게 있다고, 요즘 들어 점점 더 방구석 폐인이 되어가는 느낌이에요, 팀장님은."

"아아, 그냥……."

채림은 한상의 모니터로 시선을 주었다. 복잡한 프로그램 언어로 가득 찬 다른 모니터와는 달리 하나만은 간단한 채팅창 같은 것이 떠 있었다.

짤막한 기계음과 함께 채팅 창에 글자가 적힌다.

[누구?]

한상이 모니터로 눈을 돌리곤 답을 적었다.

[유채림 씨.]

[알아.]

한상의 대화 상대가 답하고 채팅 창 위로 사진을 띄웠다. 다름 아닌 채림의 사진이었다. 하지만 정식 사진은 아니고 CCTV의 캡쳐 화면이었다. 찍은 날짜와 시간 따위가 화면 귀퉁이를 장식하고 있었다.

[나 저녁 먹고 올게.]

한상이 채팅 창에 이런 글자가 적자 상대가 머뭇거린다.

[…어떻게 말해야 해?]

[잘 먹고 와, 그러면 돼.]

[응, 잘 먹고 와.]

짤막한 그들의 대화를 보며 채림은 묘한 인상을 받았다. 대화 상대가 흡사 두세 살의 어린아이 같은 느낌이었다. 하지만 한상이 두 살짜리 어린아이와 채팅을 할 이유가 없다.

"뭐예요, 저건?"

채림이 묻는 말에 한상이 또박또박 답한다.

"내 팬. 팬레터를 보내와서 알게 됐어. 우리나라 사람이 아니라 한국말에 익숙지 않아."

채림은 한상의 대답이 어딘가 준비된 것 같다는 느낌을 받왔다. 하지만 더 이상 캐묻기도 뭣했다.

"아무튼, 그래서 저녁은 뭘 드실 거냐구요. 시켜 먹을까요? 아님 간만에 외식할까요?"

한상이 채림의 얼굴을 쳐다본다. 채림은 '왜?'라는 물음표를 띄우고 한상의 눈을 마주 응시했다. 그렇게 서로를 보는 시간이 길어지자 채림은 조금 부담스럽다는 느낌을 받았다.

"왜요?"

"아아, 아니, 머리 상태를 보니 3일째 집에 못 들어간 모양이구나 싶어서."

채림이 얼굴을 붉힌다.

"떡 져서 미안하네요."

"아냐, 아냐. 내가 더 미안하지. 좋아, 회식하러 가자. 전에 사장님이 주신 회식비 아직도 많이 남아 있으니까. 등심이나 구워 먹으러 갈까?"

"오, 찬성!"

채림은 활짝 웃으며 손을 들었다.

"조금만 더 고생들 해. 내가 깜짝 놀랄 걸 보여줄 테니까."

한상의 은은한 미소에 채림은 귓불이 빨개지고 목덜미에 소름까지 돋았다. 그가 그렇게 웃는 모습을 지금까지 딱 한 번 보았다. 꿈속 게임 세계에 처음으로 접속 성공을 했던 그날 아침의 웃음이었다.

이 사람은 또 얼마나 대단한 것을 만들어낸 걸까?

채림은 가슴이 가볍게 뛰는 것을 감추려 한상의 어깨를 툭 쳤다.

"나는 등심 2인분이에요."

"채끝이고 치맛살이고 먹고 싶은 거 다 먹어."

한상에게 저녁식사 보고를 마친 후 채림은 회식 소식을 전하기 위해 다른 사람들이 있는 곳으로 향했다.

막 방을 벗어나던 그녀가 걸음을 멈추었다. 조금 전 한상의 모니터에서 본 채팅 장면이 계속 머릿속에 남았다. 여자의 육감이라 해도 좋았고, 한상과 오랜 세월 일하며 생긴 느낌이라도 좋았다. 무언가 간질거리는 것이 목 끝에 걸려 계속 신경이 쓰였다.

채림은 고개를 털었다. 한상의 비밀주의가 하루 이틀도 아니고…….

때가 되면 답이 나올 것이다. 자신을 비롯한 팀원들은 그 천재의 뒤를 조용히 받쳐 주면 된다.

자신의 자리로 돌아가며 채림이 모두에게 외쳤다.

"저녁은 소고기 회식이랍니다!"

모두의 비명 섞인 환호성에 채림은 조금 전 느꼈던 껄끄러운 감정을 완전히 잊어버렸다.

왁자지껄. 샹그릴라 팀의 회식으로 한우구이 집은 간만에 한 층을 통째로 채울 수 있었다. 처음 열 명가량으로 출발한 한상의 프로젝트 팀은 해를 거듭할수록 늘어 이제 거의 40명에 육박했다. 이제 곧 유료화로 넘어가고 나면 운영진까지 합쳐 JK소프트의 직원 거의 대부분이 한상의 지휘를 받게 될 것이다.

영업 파트 직원이 한상의 곁에 붙어 소주를 따른다.

"그 얘기 아십니까?"

술병을 받아 술을 되돌려주며 한상이 되물었다.

"응? 뭐 말인가?"

"슬슬 샹그릴라 콘솔 200만 대 돌파입니다."

"며칠 전에 100만대 넘었다더니?"

"공장 세 곳을 추가로 돌리고 있잖아요. 생산 공장에서는 아주 즐거운 비명을 지르고 있답니다."

또 다른 직원 하나가 두 사람의 대화에 끼어든다.

"콘솔 가격을 저가로 책정한 게 주효했어요. 그 정도 시스템에 40만 원이라니, 완전히 공짜나 다름없다고요. 요즘 가정용 게임기도 그 정도 가격은 하는데……."

한상이 소주를 반배하며 답했다.

"그야 처음부터 그럴 계획 아니었나? 어디까지나 우리는 정액 요금으로 이익을 남길 생각이었으니까. 게임기 자체의 가격이 올라가 게임을 즐길 수 있는 인원이 줄어들면 세계의 활성화가 그만큼 늦어지게 되잖나."

"예, 그만한 숫자의 사람들이 즐겨야 매력이 나올 게임이니까요."

"최종 목표는 한국 서버에서 천만이네. 그때까지는 영업팀도 고생 좀 해줘."

"여부가 있습니까? 그나저나 서버는 괜찮은 겁니까? 지금 추세대로라면 오픈 베타 시작하자마자 동접자 100만 정도는 예상해 두셔야 할 것 같은데요? 원활하게 돌리려면 200만 정도는 확보해 둬야……."

"그걸 위한 네트워크 팀 아닌가? MMSRD 같은 신기술도 도입했고, 게다가 샹그릴라는 사람의 뇌를 서브 컴퓨터로 쓴다고 생각하면 될 걸세. 의외로 데이터의 송수신 양이 그리 많지 않아. 보통의 다른 온라인 게임들과 비교해도 차이가 미미한 정도니까. 현재 확보한 회선만으로도 그 정도 선은 커버가 가능하네."

"여기 와서까지 일 얘기예용?"

스물다섯 나이에 대학 졸업 후 첫 직장으로 JK소프트를 택한 샹그릴라 팀의 최고 미녀 구미영이 한상의 옆자리에 불쑥 끼어들며 술잔을 내밀었다.

"팀장니임! 저도 한잔 따라주세요."

콧소리를 내는 그녀의 모습에 영업팀 직원들의 표정에 화색이 돌았다. 한상이 미영의 술잔을 가득 채워준다.

"또 너무 취하지 마라. 미영 씨는 다 좋은데 주사 좀 있으니까."

"네넷, 주의하겠습니다."

왼손으로 경례를 한다. 하지만 오른손은 벌써 잊은 모양이다. 소주 한 잔을 탁 하고 입에 털어 넣고는 한 번에 꿀꺽 삼킨다.

"그런데 팀장님, 이건 여자의 감인데… 요새 우리 서버 누가 엿보는 거 같은데 혹시 아세요?"

"무슨 말이야? 국내 최고의 프로그래머들이 모여 방어벽을 구축한 샹그릴라 서버인데."

한상의 말에 미영이가 고개를 젓는다.

"증거는 없어요. 그러니까 감이라는 거예요. 자꾸 누가 쳐다보는 기분이라……."

그때, 미영과 같은 프로그램 팀의 제동이 말했다.

"아, 그거 말이야? 동철 씨구만."

"네? 동철 씨요?"

미영이 갸웃거리고, 주위의 동료 몇이 고개를 외면했다. 고개 돌린 직원들의 얼굴은 웃음을 참으려는 기가 역력했다.

"아, 초기에 있던 친구인데, 과로사했어. 미영 씨 입사하기 2년쯤 전 일인데 신문 못 봤나?"

"에이, 뭐야. 놀리는 거죠?"

"놀리기는 뭘. 샹그릴라 개발 사무실에서는 유명한 얘긴데. 너두 알지?"

한 직원에게 손가락질을 하니 그가 고개를 끄덕인다.

"동철이 형, 말은 험했지만 좋은 사람이었죠."

"제동 선배 미워!"

미영의 얼굴에서 웃음기가 가신다. 그리고는 자리에서 일어나 여자들이 모인 쪽으로 옮겨간다. 자리에서 웃음이 터지고 한상도 따라 미소를 지었다.

그때, 제동이 한상이 곁으로 바짝 다가앉아 물었다.

"그보다 정말 무슨 꿍꿍이입니까? 도대체 뭘 만드는 거예요? 한두 해가 아니거든요? 그 서버 안의 유령 같은 존재."

제동의 물음에 한상은 손가락을 들어 입을 막았다.

"쉿, 나중에 말해줄게."

"나한테도 비밀입니까?"

"일단은."

"혹시 그녀의 실종과 관계있는 일입니까?"

제동의 나지막한 물음에 한상의 얼굴이 살짝 굳었다.

"어느 정도는 있어. 하지만 나쁜 일은 아니야. 아무튼 조금만 더 기다려 줘."

제동은 고개를 끄덕거렸다. 비록 네 살 어린 상관이지만 가볍게 움직이는 사람이 아니었다. 기다리라니 기다릴 수밖에.

"자자! 오늘의 회식은 이만 하죠. 다들 취했으니 일은 무리고, 일찍 일찍 집에들 돌아갑시다!"

한상이 자리에 일어나 외친다. 일찍이라고는 하지만 벌써 열 시 반을 훌쩍 넘겼다.

"차 있는 사람들, 운전 못하게 동료들이 좀 챙겨주시고, 내일 다시 봅시다. 내일 출근은 특별히 열두 시로 합니다!"

개발자들의 입에서 일제히 환호성이 터졌다. 내일이 토요일이고, 대부분의 사람들에게 휴일이라는 건 그리 중요한 게 아니었다. 반나절이나마 휴식을 취할 수 있다는 게, 늦잠을 잘 수 있다는 것이 마냥 기쁠 뿐이었다.

합정역 인근의 고깃집에서 한 무리의 사람들이 쏟아져 사방으로 흩어진다. 일부는 6호선 지하철에, 2호선 지하철에, 혹은 버스, 택시에 각기 나뉘어 몸을 실었다.

한상은 안양으로 이어진 1호선을 타기 위해 우선 2호선에 올라탔다. 다섯 명가량의 직원들과 함께였다.

신도림역, 정말 인파(人波)라는 말이 과장 아닌 그 복잡한 역사를 지나 수원행 열차 앞에 섰다. 집에 간다는 생각 때문인지 긴장이 풀려 술기운이 확 올랐다. 조금 어질한 기분도 들어 플랫폼의 스크린 도어에 몸을 살짝 기댔다.

"엘베로사……. 세상은 그녀를 받아들여 줄까?"

취기 섞인 한마디 말을 뱉었다. 평소라면 혼자였겠지만, 갈 곳이 있다며 같이 1호선 플랫폼까지 따라온 팀원 하나가 한상의 곁에서 되묻는다.

"네? 엘베로사가 뭐예요?"

"아아, 뭘까? 나도 그건 모르겠어. 그녀는 뭐지?"

"여자예요?"

"남자인가?"

"제가 어떻게 압니까?"

"하하, 나도 몰라."

취하긴 취했나 보다. 한상의 말은 두서가 없었다.

열차가 들어온다. 그 순간, 아직 열리지 말아야 할 스크린 도어가 열렸다.

"어? 이게……."

한상이 당황한다. 곁에 서 있던 동료도 깜짝 놀라 한상을 부축하려 했다.

굉음, 빠앙 하는 기적 소리.

따르릉— 따르릉— 비켜나세요.

익숙한 동요가 도플러 효과로 일그러졌다. 한상의 팔을 잡았던 동료의 손아귀에 힘이 빠진다. 그리고…….

—오늘 저녁 11시 5분경, 신도림역 수원행 열차 플랫폼에서 30세의 남자가 실족해 철로로 떨어지는 사고가 있었습니다. 이 구간은 스크린 도어가 설치되어 있었는데, 스크린 도어의 기계 고장으로 문이 열리며 그곳에 기대어 있던 남자가 추락했습니다. CCTV의 화면을 보시면 일행이 당황하며 그를 붙잡으려 하는 모습이 찍혀 있습니다.

─경찰은 신도림역 역사 스크린 도어를 관리하는 직원들
과 열차의 운전자를 오늘 소환할 예정인데요, 당시 그 남자가
몹시 취해 있었다는 목격자들의 진술과 스크린 도어에 과도
하게 몸을 기댄 점 등으로 미루어볼 때…….

─다음 뉴스를 전해 드리겠습니다.

─얼마 전 '샹그릴라'라는 게임을 발표해 전 세계의 기대
를 한 몸에 받았던 JK소프트웨어를 기억하십니까? IT업계는
물론 의료계까지 그야말로 JK소프트웨어는 뜨거운 감자였는
데요. 1시간 전쯤 JK소프트웨어의 사장 김병한 씨가 경영진
에서 물러나게 되었다는 충격적인 속보가 있었습니다. 그 이
유가 물밑에서 이루어져 온 적대적인 M&A 때문으로 밝혀져
더 큰 파장을 불러오고 있습니다. 김대만 기자.

─한편 JK소프트웨어를 인수한 주에스 크로스사는 전형적
인 다국적 자본인데요. 석유, 철 등의 자원 산업은 물론 항공
우주 산업에까지 손을 대고 있다고 합니다. JK소프트웨어의
김병한 사장은 지분의 51퍼센트를 주에스 크로스 사에게 빼
앗긴 탓에 회사는 물론 회사가 자체 보유하고 있는 특허권까
지 모두 놓칠 위기에 처했습니다. 게다가 '샹그릴라'의 수석
팀장 성한상 씨의 사고 소식이 더해져…….

4

알궂은 얘기다.

한규는 의자에 앉아 병원 침상에 몸을 기댔다.

금요일 날 자기가 퇴근한 적이 몇이나 된다고 굳이 그날 퇴근을 한 건가? 그냥 회사 책상에나 앉아 있지.

7월 말의 하늘은 맑기가 드물다.

짙은 먹색 구름을 한규는 멍한 눈으로 올려다보았다.

뇌사에 빠진 형을 등지고 있는 건 너무나도 당연한 일이었다. 잃어버린 전부를 계속 보았다가는 미쳐 버릴 테니까.

병실의 문이 열린다. 인기척이 들리고 의자 끄는 소리가 귓전을 때렸다. 자신과 나란히 누군가가 앉는다. 알 것 같았다. 문기다.

그는 아무 말도 하지 않았다. 한규도 말하지 않았다.

둘은 그렇게 하염없이 하늘만 바라보았다.

무겁던 하늘이 결국 뇌전을 토해냈다.

"형은……."

"응?"

"정말 요령없는 사람이었어. 세 배 오른 연봉이 7천이래. 동접자 수십만의 히트 게임을 개발해 놓고는 1년에 3천만 원도 못 벌고 있던 거야. 이전까지 우리나라 최고의 게임 제작

사였던 회사의 직원은 초봉이 3천만 원을 넘는다던데.”

“한상이 형은 꿈을 좇던 사람이니까.”

“스카우트 제의도 있었대. 연봉 2억을 제시했다나? 무림혈비사 2를 제작하는 조건으로. 하지만 형은 샹그릴라를 만들고 싶어서 이곳에 남아 있었대.”

“결국 완성했잖아. 너희 형은 천재야.”

한규가 힘없이 웃는다.

“천재야. 세계 최고의 게임 디자이너야.”

“작년에 처음 너네 형 봤을 때… 처음에는 깡마르고 비실비실해서 정말 너희 형 맞나 싶었지. 대기 형을 빼고 내가 싸워서 진 게 한큐 네가 처음이었으니까 너희 형도 너 못지않은 괴물일 줄 알았거든.”

“형은 싸움이라고는……. 얼마 전에는 동네 중학생 애들한테도 삥 뜯기고 집에 들어왔으니까.”

“기억나. 그때 나랑 같이 양아치 새끼들 꽤나 조지고 다녔잖아, 복수한다고.”

“히히, 그랬지.”

힘없는 한규의 웃음이 병실에 메아리친다.

“나한테는 아버지나 마찬가지야, 형은.”

문기가 가슴의 주머니에서 담배를 꺼내 입에 물었다. 병실이라 불을 붙일 수는 없지만 마른 풀 내 나는 필터를 빨았다.

“문기야, 고맙다.”

“뭐가?”

“병원비도 그렇고…….”

“시껍, 마. 한상이 형은 나한테 친형이나 마찬가지야.”

한규가 문기의 입에서 담배를 빼 자신의 입에 물었다. 필 줄도 모르는 담배지만 한 번 물어보고 싶었다.

“비… 쏟아지겠다.”

마른번개에 한규가 중얼거린다.

“그러겠네.”

깨어나지 않는 한상을 정말이지 많은 사람들이 찾았다. 입원할 때 왔던 조성철은 점심시간에 다시 한 번 한상을 찾아와서는 오후 근무도 집어치우고 그 자리에 주저앉았다.

성철의 여자 친구이자 두 사람의 고등학교 때부터 친구인 은매영도 꽃다발을 들고 찾아왔다. 묵묵히 울기만 하는 그녀를 보기 힘들어 한규는 여전히 하늘바라기를 하는 중이었다.

직장 동료들은 점점이 찾아왔다. JK소프트웨어가 인수 합병당한 탓에 분위기가 한층 흉흉한 모양이었다. 평소 유난히 한상을 따랐던 직원들은 친형제가 죽은 것처럼 난리를 피웠다.

그래도 한규는 하늘을 보았다.

쏟아질 듯 낮게 드리워 번개만 내리꽂는 하늘이 무슨 원수라도 되는 듯 노려보았다.

"그래도 밥은 먹어야지. 벌써 저녁이야. 하루 종일 아무것도 안 먹었다며?"

매영이 따듯한 손으로 한규의 어깨를 두들긴다. 고개 젓는 한규의 팔을 잡아채 성철이가 끌고 간다. 문기도 거들었다.

"놔."

한사코 한규는 버텼다. 사나운 눈으로 사람들을 노려본다. 매영이 움찔하고, 문기마저 졸아 팔을 놓았다. 그때 성철이 한규의 뺨을 후려쳤다.

"정신 차려, 이 새끼야. 너까지 죽을 거냐?"

"죽긴 누가 죽어? 형은 아직 안 죽었어!"

맥이 뛰고 호흡기가 숨을 불어넣는다.

"그렇게 생각하는 놈이 하루 종일 이러고 있어? 처먹어야 살 거 아냐?"

한규가 고개를 푹 숙인다.

"가자, 밥 먹으러."

성철의 한층 누그러든 말에 한규는 다리에 힘이 빠져 바닥에 털썩 주저앉았다.

문기가 한규 앞에 무릎을 꿇었다. 그리고는 그를 당겨 자신의 어깨에 얼굴을 묻게 했다. 한규라면, 보여주기 싫어할 게 뻔했다.

한규가 손을 뻗어 문기의 옷을 움켜쥔다. 참으려고 이를 악물고 눈을 꾹 닫았지만 결국 포기했다. 문기가 가려주고 있으니까 아무도 보지 못하겠지.

숨을 삼키고 삼키며 한규는 울음을 터뜨렸다.

샹그릴라 오픈 베타 테스팅 3일을 남겨놓은 날 저녁이 서서히 저물어간다.

한상은 벌써 나흘째 뇌사 상태에 빠져 있었다. 찾아오는 의사나 간호사의 숫자가 현격히 줄어들었다. 병문안 오는 사람의 숫자도 그에 비례하여 줄었다.

한규는 이제 간신히 형의 모습을 볼 수 있게 되었다. 평온한 표정으로 잠든 형을 보자면 문득문득 얄밉다는 기분까지 들었다.

"죽 사왔다."

문기의 등장이다.

"벌써 갔다 왔냐?"

며칠 동안 문기는 한규의 곁을 지켜주었다. 어차피 방학이라 신경 쓸 일도 없었다.

"형이 특별히 인심 써서 전복송이죽으로 사왔다. 남기지 말고 다 먹어라."

문기의 말에 한규가 힘없이 웃었다. 평소라면 뭐라 맞 대거리를 할 텐데, 힘없는 한규의 모습에 문기는 어깨의 바람이

쓱 빠지는 기분이었다.

　부스럭대며 죽 그릇을 꺼내는 한규를 보며 문기가 억지로 기분 전환용 말을 꺼냈다.

　"그러고 보니 샹그릴라, 그대로 오픈 베타 시작할 모양이던데? 내일이래. 저 앞 편의점에도 광고가 장난이 아니더라."

　"그래?"

　"나 계속할 거야. 너도 할 거지? 약속했잖아 네가 키워주기로."

　문기의 말에 한규는 대답을 하지 않았다.

　"요즘 너 잘 못 자잖아. 차라리 샹그릴라를 하면 수면 시간만큼은 꼭 지킬 수 있으니까."

　최면으로 수면을 유도하는 게임이니만큼 플레이하는 시간만큼은 숙면을 취할 수 있었다. 하지만 한규는 여전히 묵묵부답이었다.

　"뭐, 너 편할 대로 해라. 그럼 내가 먼저 키워서 너 밀어주면 되겠다."

　수다쟁이가 된 듯 문기가 떠들어댄다.

　"그러고 보니 어제 왔던 슈퍼 집 장씨 아저씨, 네 우슈 스승님 맞지? 한눈에도 고수의 느낌이 팍팍 오던데?"

　"그야 아마 너희 형도 창 사부님이랑 싸우면 어떻게 될지 모를걸?"

　처음으로 한규가 문기의 말에 대꾸를 했다.

"정말 그럴지도. 형과 마주 설 때랑 느낌이 비슷했으니까. 어쩌면 그 이상? 그런 사람한테 벌써 12년째 우슈를 배웠으니……."

"요새는 별로 배우는 것도 없어. 석수동에 대형 마켓 들어온 후로 매출이 팍 떨어졌다고 매일같이 증권에 빠져 지내시니까. 그것도 벌었다가 잃었다가 난리도 아닌 모양이던데."

한규가 죽을 입에 밀어 넣으며 중얼거렸다.

"그러다가 사모님한테 이혼당하는 거 아닌지 몰라?"

"하하, 설마."

"설마가 아니라니까. 하여간 돈 버는 데는 소질없는 사람이야, 장 사부님도 우리 형처럼."

한규가 다시 형을 보며 한숨을 쉰다.

"아무튼 너네 형, 오늘부터 일반 병동으로 옮긴대. 아버지에게 말해서 1인실은 마련해 두었는데……."

"한 달에 얼마쯤 드냐?"

문기가 고개를 젓는다.

"아서라. 돈 얘기는 관두자."

"말해봐."

한규의 말에 문기가 머리를 굴렸다. 사실 문기도 정확히 얼마가 드는지는 모르고 있었다.

"글쎄, 의료보험도 있고 하니까… 아버지 말로는 한 달에

5, 60만 원쯤 지불하는 것 같던데?"

한규의 성격상 그 돈을 갚겠다고 할 게 뻔했기에 문기는 한규가 갚을 수 있을 정도의 돈을 불렀다. 하지만 그것도 많았던 모양이다. 한규가 한숨을 내쉰다.

"당분간은 신세를 져야겠구나. 학교 그만둬야겠다."

"야, 그러지 마. 돈이야 나중에 갚아도 되잖아."

문기가 오히려 당황해하며 말하자 한규는 그런 문기를 보며 무언가 왈칵하는 기분이 들었다.

"아무튼 지금은 그런 생각 하지 말고 너부터 좀 추슬러라."

한규는 고개를 끄덕이며 죽을 한 수저 꾹꾹 눌러 떠 입안에 넣었다.

형은 아직 죽지 않았다. 애써 그렇게 생각했다. 수염도 자라고 생리활동도 하고 있다. 그런 사람이 죽었을 리 없다.

"문기야, 잠깐 집에 좀 갔다 오자."

다 먹은 죽 그릇을 정리하고 한규가 몸을 일으키자, 문기의 얼굴에 화색이 돌았다.

"어, 괜찮겠냐?"

"갈아입을 옷도 있어야 하고. 벌써 나흘째 세수도 안 했잖아."

문기가 웃으며 한규의 말에 대꾸했다.

"아, 더러운 새끼. 어쩐지 냄새 나더라."

"미친."

문기와 함께 한규는 오래간만에 병실을 나섰다. 평생 이곳에서 살아가야겠다는 기분이 들었던 게 고작 나흘 전이었건만, 지금은 뭐라도 해야겠다는 기분이 몸 안 가득했다.

형은 죽지 않았으니까.

두 사람이 병실을 나간 그 순간.

한상의 뇌파를 기록하고 있던 오실로스코프의 그래프가 요동을 쳤다. 하지만 환자의 급변에 울리도록 설계된 비상벨은 조용했다.

심전도가 불규칙하다. 호흡, 맥박, 혈압 어느 하나도 정상이 아니었다.

누워 있던 한상의 몸이 미미하게 떨렸다. 뉴론을 타고 1과 0의 신호들이 날뛴다. 반쯤 오그라든 손끝에 파르스름한 방전까지 일었다.

방 안을 비추던 CCTV는 1분 전의 영상을 끊임없이 반복하고 있었다. 한규와 문기가 떠난 후, 아무도 없는 평온하던 병실의 모습이었다. 하지만 그 아래에는 고통으로 몸부림치는 한상이 있었다.

얼마나 시간이 흘렀을까?

하나둘 한상의 몸에 연결된 기계장치들이 정상을 표시하기 시작했다. 맥박이 72를 가리키고, 혈압은 130/92로 돌아왔

다. 뇌파, 호흡 모든 것이 뇌사자의 상태를 완벽히 표현하고
있다.

조금 전의 이상 작동이 거짓말이라도 되는 듯 기계들이 시
치미를 뗀다.

무언가 웃는 것만 같았다.

들리지 않는 가녀린 여자아이의 웃음이 병실 안을 맴돈다.

속옷을 대충 걸치고 샤워 타월로 허리를 두른 한규가 욕실
밖으로 나왔다. 집 안은 형의 소식을 듣고 병원으로 달려나간
그때 그대로였다. 거실의 샹그릴라 기계에 걸터앉아 텔레비
전의 채널을 돌리던 문기와 눈이 마주쳤다.

"몸 좋다고 자랑하냐?"

문기의 말을 한 귀로 흘리며 한규는 부엌으로 갔다. 500
밀리는 될 듯한 컵에 우유를 한 잔 가득 따라 벌컥벌컥 마셨
다.

집 안 곳곳에 형의 온기가 느껴진다. 냉장고 안의 음식들을
깔끔하게 정돈해 놓은 것은 형의 솜씨다. 총각 주제에 가끔
아침 방송의 주부 노하우를 메모까지 하던 형이다.

거실을 지나 자신의 방으로 갔다. 샤워 타월을 내던지고 청
바지를 입었다. 라운드 티까지 입고 나니 은은한 섬유유연제
냄새가 배어 나왔다.

형이 빨아둔 옷이다.

"다시 병원에 갈 거냐?"

방문으로 나오는 한규에게 문기가 물었다.

"아니. 일단은 성철이 형한테. 고맙단 인사도 제대로 못했으니까."

"하긴."

한규는 문기와 함께 집을 나섰다.

임대아파트 단지를 나서는데 애드벌룬이 눈에 들어왔다.

샹그릴라 오픈 베타 7월 26일!

엘아힘 엔터테인먼트.

한규는 광고 현수막이 눈에 거슬렸다. 누가 어떤 마음으로 만든 게임인데…….

돈이 많다는 이유만으로 국제 자본인지 뭔지가 새치기를 했다.

하지만 샹그릴라라는 게임이 밉지만은 않았다. 그건 형의 아이와도 같은 게임이다. 그렇다면 자신에게는 조카와도 마찬가지였다.

복잡한 마음이다.

"샹그릴라라…….."

"음?"

문기가 한규의 혼잣말에 대꾸한다.

"아, 아니, 샹그릴라는 천국 같은 거지?"

"그렇달까, 티벳 쪽에 실제 있는 장소라던데? 어떤 소설가가 이상향으로 묘사하면서 유토피아랑 비슷한 뜻으로 쓰기 시작했다더라."

입을 다문 한규의 옆모습을 문기가 물끄러미 바라보았다.

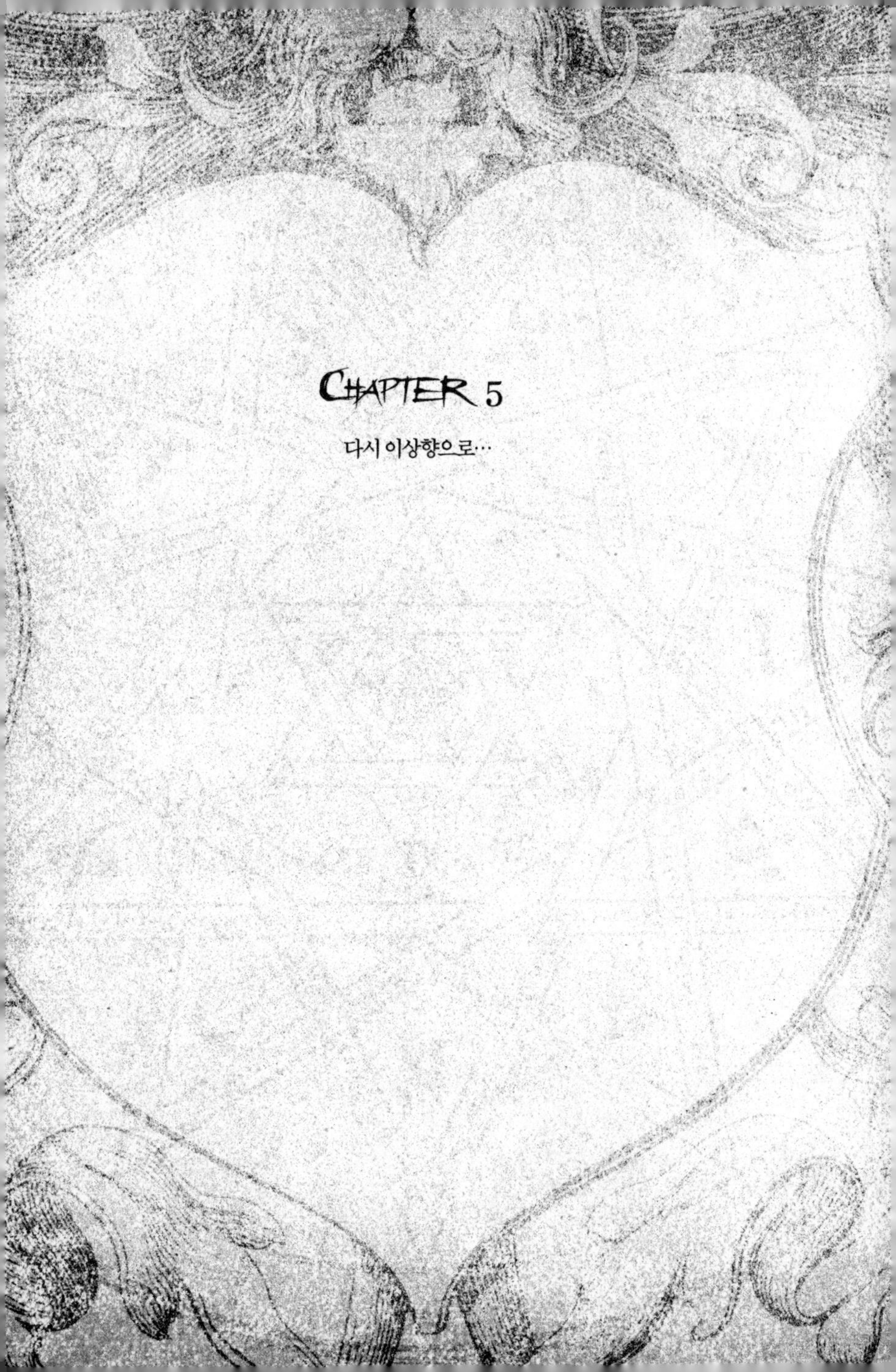

CHAPTER 5

다시 이상향으로…

1

형 한상이 식물인간이 된 지도 벌써 한 달이 흘렀다.

8월 말. 아직도 덥다.

한규는 집에서 그리 멀지 않은 군포역 근처의 철공소에서 아르바이트를 하고 있는 중이었다. 공업용 자석을 만드는 공장이었는데, 철가루가 든 포대라거나 녹여 굳힌 쇳덩이 따위를 나르는 게 일의 대부분이었다.

성철이 형에게 부탁해 얻어낸 일로, 이곳에서 일하는 사람 중 관리직을 제외하고 한국인은 한규뿐이었다.

일이 고된 만큼 보상은 좋은 편이었다. 일당으로 9만 원. 편의점 알바가 시급 5천 원가량인 것을 감안하면 굉장히 큰

돈이었다.

"한규 학생, 이거 하나 들고 하지?"

1팀장 강씨 아저씨가 한규에게 손짓을 한다. 전부 외국인 노동자라 적당한 대화 상대가 없어서인지 강씨 아저씨는 한규에게 말도 걸고 하며 친근하게 대해왔다.

"여기서 일하는 것도 오늘이 마지막이라지?"

차가운 보리차 한 잔에 누룽지 부스러기를 내밀며 쉰을 훌쩍 넘긴 강씨 아저씨가 물었다.

"예."

"어린 친구가 용케도 한 달을 버텼구만그래. 아직 고등학생이라 개학을 한다고?"

"개학은 벌써 했죠. 더 이상 빠지기도 그래서……. 이 일을 소개시켜 준 성철이 형이랑 약속했거든요, 학교는 계속 다니기로. 병원에 있는 형도 그렇게 말했고."

"장하구먼그래. 그럼, 고등학교는 나와야지. 것두 않구 세상 어찌 살아가겠누?"

강씨 아저씨가 주름 켜켜이 기름때가 침착해 시커멓게 변한 손으로 누룽지를 한 조각 떼어 한규에게 주었다. 설탕을 쳐서 구워내서인지 달큰한 게 맛이 좋았다.

"그러고 보니 자네도 게임을 하고 그러나?"

"네?"

"온라인 게임인가 하는 거 말여."

강씨 아저씨가 반으로 접힌 신문을 앞으로 내밀었다. 지하철역에서 공짜로 나누어 주는 서브웨이 AM이라는 신문이었다. 온라인 게임에 대한 기사가 1면으로 실려 있었다.

"내 아들 녀석도 어찌나 게임기를 사달라고 졸라대던지, 45만 원이나 하는 걸 사줬지 뭔가. 그걸 사주면 낮에는 게임 않고 공부를 열심히 한다나 뭐라나? 꿈꾸면서 하는 게임이라고."

쓴웃음이 배어 나왔다. 샹그릴라 이야기이다.

"근데 그거 정말 꿈꾸면서 하는 게 맞나? 뭐 그런 게임기가 다 있다나?"

"네, 맞아요. 하루에 여덟 시간만 딱 할 수 있어서 다른 게임을 안 한다면 공부에 지장도 크지 않을 겁니다."

"그런가? 것 참 신기하구만그래."

따지고 보면 이 55살 먹은 아저씨도 90년대 중, 후반 1세대 온라인 게임 정도는 접해봤을 테다. 그때 고작 서른밖에 먹지 않았을 테니까. 하지만 세월의 흐름에서 벗어나 지내서인지 IT 쪽에 대해서는 문맹이나 다름없는 모양이었다.

"그런데 참말로 게임을 하면서 돈도 벌 수 있나?"

다시 신문을 내밀며 강씨 아저씨가 물었다. 타이틀보다 작은 글씨로 쓰여 있는 기사의 제목이 눈에 들어왔다.

샹그릴라, 현거래 누적액 최고치 갱신하다.

+7 카타나 150만 원에 거래 중.

역시나 현거래가 활발히 이루어지고 있는 모양이었다.

"게임 안의 아이템 같은 걸 현실에서 돈 받고 팔고 그러는
거예요. 그런데 크게 기대는 마세요. 특별히 작업장 같은 걸
돌리지 않고는 용돈거리도 안 돼요."

"그런가? 난 또 자식이 아예 그 길로 취직을 하지는 않을까
기대했더니만. 왜 프로 게이머인가 하는 것도 있지 않나? 취
직이 어렵기는 10년 전이나 지금이나 매한가지라는데……."

강씨 아저씨가 작업장을 빙 둘러본다.

"하긴 일자리도 일자리지만 이런 힘든 일은 다들 안 하려
고 드니……."

"그냥 공부나 열심히 하라고 하세요. 프로 게이머도 쉬운
일은 아니니."

"그건 그래. 그놈 성적 가지고는 서울 내에 대학 보내기도
힘들 거 같기는 한데……. 에휴, 지 소원대로 게임기도 사주
고 했으니 공부를 열심히 하길 바라는 수밖에 없지."

저녁 무렵, 한규는 일당을 받아 쥐고 집으로 향하는 전철에
몸을 실었다. 뭐 그리 사람이 많은지 가뜩이나 고된 일로 지
친 몸이 지하철을 내릴 쯤엔 파김치가 되었다.

8년 전쯤 뉴타운이다 뭐다 크게 재개발 공사를 한 후 관악

역 주변의 풍경도 많이 변했다. 관악역 자체도 민자 역사로 제법 그럴듯하게 다시 지었다.

한규의 집은 관악역에서 걸어서 10분쯤 거리에 있는 소형 임대아파트였다. 월세 30만 원에 열다섯 평이 될까 말까 한 곳이지만 주변 환경은 좋은 편이었다.

도로를 따라 걸으며 한규는 낮에 강씨 아저씨와 한 이야기를 떠올렸다. 샹그릴라도 무림혈비사도 손을 뗀 지 한 달이 넘었다. 이야기를 들으니 문득 하고 싶다는 생각이 들었다.

집에 들어오자마자 쇳가루와 기름으로 범벅된 몸을 씻었다. 비누로 빡빡 씻어내도 쇳가루는 잘 지질 않는다. 한참이나 그렇게 목욕을 한 후 한규는 컴퓨터 앞에 자리를 틀었다.

아이디랑 비밀번호까지 낯설 정도다. 무림혈비사는 변치 않은 모습으로 한규를 맞아주었다.

단 한 가지 변한 게 있다면 서버가 휑하다는 것.

한규는 네 자릿수 가득하던 서버의 동접자 수가 100대로 줄어 있는 모습에 황당한 기분까지 들었다. 어떻게 한참 잘나가던 게임이 한 달 만에 문 닫을 지경까지 왔을까?

친구 목록을 살펴보니 아는 사람도 하나 없었다. 다들 최종 접속 일까지 보름 이상이다.

썰렁하기 이를 데 없는 서버 안을 누비며 몬스터를 몇 마리 사냥하고 나니 금세 흥미를 잃었다. MMORPG는 사람이 득

실거려야 할 맛이 나는 법이다.

무림혈비사에서 빠져나온 한규는 바로 인터넷 창을 열었다. 메인 페이지로 설정해 둔 포탈의 뉴스 헤드라인이 눈에 들어온다.

상그릴라 가입자 950만! 게임계 통일하나?

한규는 그 뉴스에 쓴웃음을 지었다. 문득 요즘 들어 힘없이 웃는 일이 잦아졌다는 생각이 들었다. 머리를 털어 기분을 정리하며 뉴스의 본문을 클릭했다.

석 달 전, 기자 간담회를 갖고 대중에 전격 공개된 게임 상그릴라는 도중 수석 개발자의 사망 사고와 게임 회사의 인수 합병 등의 우여곡절을 겪으며 내달 1일 드디어 상용화를 시작하게 되었다. 현재 등록된 아이디의 숫자는 954만 2320개로 뇌파 인식을 통해 중복 가입을 배제하고 있음을 감안한다면 가입자 수 역시 이와 같을 것으로 파악하고 있다.

본지에서는 현재 한국에서 신드롬이라고까지 할 수 있는 상그릴라 열풍에 대해 집중 분석해 보려 한다.

뉴스를 읽으며 한규는 새삼 형을 떠올렸다. 전부 형이 이룬 것이다. 이 영광스러운 칭송은 전부 형이 받아야 마땅한 것들이다.

하지만 정작 형은 아무런 보상도 없이 지금 병원에 누워 있다.

씁쓸했다.

술에 취해 실족한 것이니 누굴 탓할까?

회사가 다른 곳에 넘어가 버려 산업재해 보상도 제대로 받지 못했다. 열여덟 살 먹은 자신이 일을 하지 않으면 병원비조차 댈 수 없다.

나라에서 얼마간 돈이 나오고는 있지만 형이 이룬 것에 비하면 턱없이 부족했다.

컴퓨터 모니터에서 눈을 떼 천장을 올려다보았다.

억울했다, 형의 인생이 너무나도 억울했다. 하지만 자신이 할 수 있는 것은 아무것도 없었다.

울컥하는 것이 치솟았지만 분출할 대상이 없었다. 누굴 탓하고 원망할까? 운이 없었을 뿐인걸.

신을 원망하자니 존재감이 너무나 희박했다.

한규는 고개를 돌려 방 밖을 보았다. 한 달이나 전원조차 뽑힌 채 방치된 샹그릴라의 콘솔이 눈에 들어왔다.

그리곤 무언가에 홀린 듯 그쪽으로 다가갔다.

저곳에서……

형이 만든 저 안에서 무언가를 할 수 있지는 않을까?

아니, 무언가를 하고 싶었다.

막연하나마 그런 기분이 들었다.

손발을 조작기에 넣고 헬멧을 썼다.

온수에 몸을 담근 것처럼 몸이 나른해진다. 하얀 빛 속으로 빨려들어 가는 듯한 기분과 함께 어느 사이엔가 평온한 잠에 빠져들었다.

2

"다시 돌아오셨군요."

여신이 나를 반긴다.

"한큐님, 샹그릴라에 오신 것을 환영합니다."

그녀의 말을 들으며 나는 내 몸을 살펴보았다. 한 달 전까지 플레이하던 한큐의 몸 그대로였다. 클로즈 베타 테스트를 마치며 다른 능력치는 모두 초기화되지만, 외형과 캐릭터 이름, 사람들과의 팩션만큼은 유지할 수 있다고 했다.

"시공의 불안정으로 세계를 원래대로 돌려야 했지만 한큐님은 잊지 않았습니다. 다시 한 번 샹그릴라 세계를 대신해 감사의 말씀을 드립니다. 특별히 한큐님께는 아래 세상에서 활동하실 때 쓰실 이름과 겉모습을 정할 수 있는 권리를 드리고자 합니다. 어떻게 하시겠습니까?"

여신의 물음에 나는 고개를 저었다.

"이대로 갈게요."

"네, 알겠습니다. 그럼 길잡이 요정 페이가 한큐님을 안내해 드리겠습니다. 자세한 것은 페이와 이야기해 주세요."

일전에 보았던 우주의 풍경, 그리고 샹그릴라 세계의 전경이 내 눈을 가득 채웠다. 길잡이 요정 페이도 여전했다. 내게 진영을 묻고, 원하는 시작 포인트를 결정하게 해주었다.

진영은 그로얀 왕국.

하지만 시작 포인트는 잠시 고민을 하게 되었다. 굳이 롬로스에서 시작할 필요가 없었다.

내 결정을 기다리며 페이는 나와 함께 그로얀 왕국을 일주하기 시작했다. 칼날같이 솟아난 산맥, 사막 위, 호수 따위를 지나며 각각의 이름을 이야기해 준다.

국경지대를 택할까? 적들과 싸워 명성치를 빠르게 올릴 수 있을 것이다. 대신 몬스터를 사냥해 레벨을 올리는 작업은 느려질 테다. 1레벨 캐릭터가 전장에서 무슨 힘을 발휘할까?

산맥 동쪽의 사막지대? 아니면 수도 근처?

이것저곳을 따져 보았지만 딱히 떠오르는 게 없었다.

문득 문기를 생각해 보았다. 그 뒤로도 샹그릴라를 계속하고 있다고 한 그는 수도 롬로스 근처에 있을 듯했다. 3번가 상점 거리에 애착을 갖고 있었으니.

하지만 나는 문기, 문블레이드와는 다른 길을 택하기로 마음먹었다. 차이가 너무 벌어져 있다. 그것을 채울 때까지는 함께 다녀봤자 문블레이드의 방해가 될 뿐이다.

그 순간,

페이가 갑자기 몸을 부르르 떨었다.

"이, 이건 뭔가요?"

오히려 내가 하고 싶은 이야기였다. 갑자기 하늘이 어두워지며 먹장구름이 드리워졌다.

눈 깜짝할 사이에 번개가 내리쳐 내 몸을 휘감았다. 엄청난 충격과 함께 바닥으로 추락하기 시작했다. 겁먹고 달아나는 페이의 모습이 의식을 잃기 전 내가 마지막으로 본 모습이었다.

다시 눈을 떴을 때, 눈앞에 사람의 모습이 보였다. 사람인지 아닌지 확신할 수는 없었다. 하나같이 긴 귀를 가지고 있었으니까.

"엘프……."

짧으나마 가지고 있던 지식 속에서 눈앞의 종족을 알 수 있는 단서가 들어 있었다.

"오, 젊은이, 정신이 드나?"

늙수그레한 목소리가 들린다.

"하늘에서 갑자기 번개가 치고 자네가 떨어져 내려와 깜짝 놀랐네. 혹시 자네, 이세계의 사람인가? 엘모아님의 축복을 받았다는."

"여긴 어디입니까?"

　나는 몸을 일으키며 이렇게 물었다. 허리를 드는 것만으로도 몸이 묵직하게 느껴졌다.

　"여기는 벨프스 산맥 북쪽의 욜 숲이라네. 인간들은 요정의 숲이라고 부르고 있지."

　"욜 숲……."

　그러고 보니 샹그릴라 설정집에서 본 것 같았다. 그로얀 왕국은 인간과 엘프의 연합왕국이었고, 케세린 공화국 역시 인간과 드워프의 왕국이었다. 욜 숲은 엘프들의 고향이자, 인간에 동화되기를 거부한 엘프 순혈주의자들이 자치구를 이루어 살아가는 장소였다. 하프엘프는 발을 들여놓을 수 없으며, 숲 깊은 곳은 욜의 주민 외에는 접근 금지이다.

　"촌장님, 저자는 인간입니다. 이 신성한 장소에서 쫓아내야 합니다."

　건장한 체격의 남자 엘프가 노인에게 말했다.

　"엘모아를 모시는 자로서 어찌 그분의 뜻에 거역하려 하느냐? 비록 그의 겉모습이 인간과 같지만 어디까지나 이세계의 존재이다. 신께서 그를 이곳으로 인도하였다면 분명 이유가 있을 것이다. 우리가 함부로 판단할 일은 아니다."

　"촌장님의 뜻이 그러시다면 저는 따를 뿐입니다."

　젊은 엘프는 촌장의 말에 고개를 숙였다. 하지만 눈빛과 태도에 불만이 가득 들어차 있었다.

　"이계인이여, 이름이 무엇인가?"

“한큐입니다.”

“한큐……. 나는 욜 숲의 마을 미드 포레스트의 촌장인 이위페라고 한다. 이자는 마을의 젊은 전사로 자네를 이곳까지 데려온 것도 바로 그이지. 거벨룽이 그의 이름일세.”

나는 거벨룽이라는 엘프에게 고개를 꾸벅 숙였다.

“구해줘서 고맙습니다.”

“엘모아님의 가르침에 따른 것뿐이다.”

대꾸가 쌀쌀맞다. 새삼 샹그릴라라는 세계에 놀랐다. 1억 명이나 되는 NPC들이 정말 이렇게 살아 있는 듯 움직이는 걸까?

시험해 보고 싶은 생각이 들었다.

“아딥벨마에룽입니다.”

말이 안 되는 소리다. 이 말에 NPC인 촌장 이위페와 거벨룽이 서로를 쳐다보았다.

“그건 무슨 말인가?”

촌장의 물음에 나는 고개를 저었다.

“외계어입니다.”

“아, 그런가? 뜻이 뭐지?”

“구해줘서 고맙다는 말입니다.”

“오, 그렇구만. 이세계에서는 참 이상한 말을 쓰고 있군그래.”

장난을 친 게 멍청하게 느껴질 정도로 자신의 역할에 충실하다. 나는 다시 침대에 누웠다. 스테이터스 창을 열어보니 1레벨로 돌아온 자신의 능력치가 보였다.

그때, 나는 이상한 부분을 발견했다. 가지고 있는 소지품의 무게가 제법 되는 것이다. 곧바로 모험가 가방 안을 살펴보았다.

"어……."

두 자루의 검이다.

먼저 하나에 시선을 주었다. 무기 곁으로 설명 창이 떠오른다.

Item

[샹그릴라 클로즈 베타 참여 감사의 검]

이름 참 길다.

공격력 2, 무게 1.5킬로그램.
클로즈 베타 테스팅에 참가해 주신 분들께 감사의 뜻을 담아 선물해 드립니다. 기념으로 간직해 주세요.

그냥 클로즈 베타 테스터들에게 나누어 주는 무기인 듯했다. 하필이면 검이냐? 나는 주먹이 좋은데. 차라리 가죽장갑 같은 거라도 주지.

이어 두 번째 검으로 눈을 주었다. 하지만 옆에 아무것도 떠오르지 않았다. 감정이 되지 않은 무기도—알 수 없는 검— 따위의 문구는 나타나게 마련인데.

이상하다는 생각에 주머니 안으로 손을 넣었다. 하지만 이름을 알지 못하다 보니 잡고 꺼낼 수가 없었다.

페이와 함께 날아올 때 번개를 맞은 것도 그렇고, 무슨 버그인 모양이었다. 괜히 인벤토리만 세 칸 잃어버린 셈이다. 나중에 GM에게 신고해야겠다.

"그런데 한큐 자네는 이곳 욜 숲에 어떤 용건이 있나?"

"네? 아……."

용건이 있을 리 없다. 아니, 올 생각도 없었다. 하지만 어지간해서는 올 수 없는 곳이라는 것 또한 알고 있었기에 그대로 나갈 마음은 없었다.

"그게 그러니까……."

딱히 뭔가 떠오르는 게 없다. 뭘 아는 게 있어야 말이지.

"저도 모르게 떨어진 거라……. 엘모아님만 알고 계시겠죠."

괜한 소리로 미움받느니 솔직한 게 낫다.

"그런가? 그럼 우선 마을 안을 돌아보게나. 여신께서 자네의 길을 인도해 주시겠지."

촌장 이위페가 이렇게 말하며 거벨룽에게 말했다.

"자네가 구해온 셈이니 그 책무를 다하게나. 한큐에게 이 마을을 안내해 주게."

거벨룽은 마음에 들지 않는다는 눈빛으로 이위페에게 고개를 숙였다.

"예, 알겠습니다."

이어 촌장은 내 몸에 회복 마법을 걸어주었다. 한결 몸이 가뿐해지며 욱신거리던 느낌이 사라졌다.

침대에서 몸을 일으키는 내게 거벨룽이 무뚝뚝하게 말했다.

"따라오게."

엘프의 마을 미드 포레스트는 이름 그대로 욜 숲 중앙부에 위치하고 있었다. 곁가지 없이 곧게 자란 숲 중간중간에 나무로 지은 집으로 이루어진 마을이었다.

가끔 넋 놓고 걷다가 나무집 사이에 이어진 흔들다리 난간에 턱 하고 걸릴 때는 심장이 두근두근했다. 아래를 보면 추락사한 시체가 즐비할 것 같은 아슬아슬한 구조다.

"우리 엘프들은 긍지 높은 전사들이다."

묻지도 않았는데 거벨룽이 설명을 시작한다.

"우리 미드 포레스트는 그중에서도 만물의 신 엘모아님을 모시는 신전을 지키기 위해 세워진 마을이지. 전사가 되기 위해 태어난 민족이라고도 할 수 있다."

거벨룽과 함께 걷는 도중 몇몇 엘프들과 마주쳤다. 전사라는 주제에 왜 저리 헐벗고 다니는지. 게임 세계라는 게 비키니가 풀플레이트보다 방어력이 높은 정신 나간 곳이긴 하지만 정작 현실처럼 눈앞에서 보자니…….

매우 바람직하다.

"뭘 그렇게 한눈을 파는 건가? 우리 부족의 여전사들에게 파렴치한 짓을 하려 한다면 비록 신의 사자라 하더라도 용서치 않을 것이다!"

거벨룽이 내 시야를 가리며 얼굴을 불쑥 내밀었다. 동시에 예의 그 창이 떠오른다.

"이쪽으로 와라."

거벨룽이 안내한 곳은 엘리베이터였다. 마법으로 움직인다는 것을 자랑이라도 하려는 듯 번쩍번쩍하는 돌들이 곳곳에 박힌, 위가 좁은 새장 모양을 하고 있었다.

엘리베이터에서 내려 거벨룽을 따라 조금 걷다 보니 너른 공터가 나왔다. 잔디 느낌의 푹신한 풀이 깔린 운동장에 사람이나 신화 속에 나올 법한 괴물 모양의 조각상들이 즐비해 있었다. 하나같이 약점 부분에 푹신한 천을 달아놓은 것으로 보아 수련용 목각 인형 같은 것이었다.

"이곳이 우리 전사들의 수련장이다."

나는 고개를 끄덕이며 인간 모양의 인형 앞에 섰다.

"한번 시험해 보겠는가?"

"아, 예."

"작동시켜 주도록 하겠다."

거벨룽이 알 수 없는 언어로 무어라 지껄인다. 그러자 목각 인형이 눈을 번쩍 뜨고 숨을 쉬기 시작했다.

피부의 질감은 나무 그대로였는데 흡사 살아 있는 듯 근육의 움직임마저 느껴졌다.

멍청하게 서 있는 나무 인형을 때리는 것보다는 재미있겠지.

기수식인 삼체식을 열고 상대를 노려보았다. 그러자 나무 인형이 두 팔을 뻗어 나를 안아 쥐려 한다.

두 손을 가슴 앞에 십자로 꼬고, 탄력을 이용해 뻗는다. 왼쪽 팔로 목각 인형의 손을 밀치고 오른 주먹을 인형의 인후에 찔러 넣었다. 오행권 중 포권(砲拳)이다.

빠악—

뭔가 단단히 깨지는 소리가 나며 인형의 몸이 뒤로 밀려났다. 주먹 끝에 제법 묵직한 느낌이 든다. 오래간만에 마음껏 주먹을 내지르고 나니 가슴의 답답한 게 조금 가시는 느낌이었다.

다리를 45도 왼쪽 앞으로 내딛고 뒷발을 당겼다. 화생토(火

生土)! 포권은 횡권(橫拳)을 낳는다.

첫 일격에 스턴 상태가 되었는지 목각 인형은 동작이 둔해졌다. 오른 주먹을 휘둘러 인형의 관자놀이에 꽂았다. 또 한 번 경쾌한 타격감이 울리고 인형의 목이 돌아가는 게 보였다.

뒤뚱거리며 물러나는 목각 인형을 쫓으며 마지막으로 붕권(崩拳)을 꽂아 넣었다. 단순하면서도 호쾌한 일격이 마음에 들어 특별히 애착을 갖고 수련해 왔다.

현실에서 한큐라는 별명을 낳아준 일권이다. 뭐, 애들 싸움이긴 하지만.

장 사부도 붕권만큼은 어느 정도 경지에 이른 것 같다며 칭찬하곤 했다.

뒷발을 앞발에 붙이는 근보는 몸을 전진시킨다. 거의 같은 타이밍으로 허리를 틀며 좌권을 내뻗는다. 주먹을 지른다는 느낌이 아니라 어디까지나 허리와 어깨의 힘을 주먹으로 전달한다는 기분이다.

몸 전체가 하나의 근육덩이가 되어 거기서 생겨난 힘을 주먹 끝에 집중하는 것이다.

붕권이 틀어박힌 곳은 특별한 약점도 뭣도 아니었다. 그저 목각 인형의 몸통, 등 부분이다. 하지만 둔탁한 소리와 함께 인형의 몸이 앞으로 튕겨 나갔다. 무릎을 꿇고는 꼴사납게 두 손을 바닥에 짚었다.

목각 인형의 몸에 흐르던 미미한 빛들이 서서히 사그라졌다. 마지막 힘을 짜내어 일어나더니 원래의 자리로 돌아간다.
그 순간 갑자기 눈앞에 창이 하나 떠올랐다.

상그릴라 세계로 들어와 처음으로 스킬이라는 말을 보았
다. 지금까지 듣기로는 스킬은 다른 NPC에게 배운다고 했는
데, 이런 식으로 도시 안에 있는 수련장에서 스킬을 만들어내
는 시스템도 있는 모양이다.
하지만 나는 굳이 스킬로 저장할 필요성을 느끼지 못했다.
이미 몸에 완전히 배어 있는 동작들이기 때문이다.
'아니오'를 선택하니 또 한 번 두 줄의 메시지가 떠올랐다.

나는 '예'를 선택했다.
시스템적인 부분을 해결하고 나니 거벨룽이 내게 말을 걸
었다.

"한 가닥 재주는 있군그래. 자네가 골탕을 먹도록 자네보다 2레벨 높게 인형을 조작해 두었는데……."

아무 생각 없이 받아들인 테스트였는데, 팩션과 관련된 퀘스트였던 모양이다. 뭐, 2레벨 높아봤자 3레벨인데 못 잡을 게 뭐 있을까?

"앞으로도 이곳에서 수련을 하고 싶다면 원하는 모습의 수련 인형 앞에 서서 '케히 히비야 움트' 라고 말하면 되네."

"알겠습니다."

단어장을 열어 그가 말해준 단어를 기록했다.

"다음으로 엘모아님의 신전을 안내해 주겠네."

나는 고개를 끄덕였고, 거벨룽을 따라 숲 안 깊은 곳으로 걸음을 옮겼다.

3

숲은 살아 있었다.

자연은 살아 있다 따위의 무슨 자연보호 단체에서 뱉을 만한 문구가 아니라 정말로 살아 있었다.

살다 살다 나무가 말을 걸고 인사하는 꼴을 보자니 웃음만

나온다. 늙수그레해 주름 가득한 졸참나무가 가지를 흔들며 말을 건다.

"덴드로움과 덴드로아들이지. 나무의 전사들일세."

그때, 한 그루의 전나무가 뿌리를 들어 내 발을 감쌌다. 채찍 같은 긴 뿌리가 나를 들어 올렸고, 나는 공중에 대롱대롱 매달렸다.

엘프 거벨룽이 대뜸 소리를 친다.

"숲의 동맹자여, 멈추게. 그들은 엘모아님의 사자이자 우리 엘프들의 손님이네."

그 말에 전나무가 나를 천천히 바닥에 내려놓았다.

"인간은 나무를 베고 숲을 태운다."

목소리가 투박한 것을 보니 숫나무 덴드로움인 모양이었다.

"그대들의 원한은 잘 알고 있지만, 지금은 참아주게."

내 발목을 옥죄었던 뿌리가 풀리는 것이 느껴졌다.

"엘프는 우리의 동맹자. 엘프의 요청에 따르겠다."

"고맙네."

전나무의 눈이 감기고, 다시 나무의 모습으로 돌아갔다. 흙을 털며 자리에서 일어나니 거벨룽이 변명조로 말한다.

"덴드로이드 클랜은 인간을 싫어하지. 이 숲을 무사히 돌아다니고 싶다면 그들과 먼저 친해져야 할 것일세."

덴드로이드 클랜과 친해지기 위한 팩션 퀘스트 같은 것이 존재하는 모양이었다. 하지만 1레벨인 내가 할 만한 것은 아닐 게 뻔했기에 기억에 담아두지는 않았다.

"엘모아님의 신전이 바로 저 너머에 있네."

거벨룽은 숲 저편으로 손짓을 했다. 울창한 삼림 틈 사이로 거뭇한 돌 제단이 눈에 들어왔다.

언젠가 다큐멘터리 채널에서 보았던 남미의 정글 속 피라미드가 그곳에 있었다. 마야던가, 잉카던가, 아즈텍인가? 아무튼 늘 헷갈리는 그 세 남미 토착 민족의 국가 중 하나가 세웠다는 신전이다.

10년 전쯤에 나왔던 재난 영화의 소재도 그들이 한 예언에서 따왔다. 2012년에 지구가 멸망한다나 뭐라나? 그 영화는 명절 때마다 텔레비전에서 지겹도록 재방송해 주고 있었다.

현무암 느낌의 피라미드에는 녹색의 넝쿨식물들이 어지럽게 자라 있었다. 피라미드 중앙에 있는 계단을 따라 오르며 거벨룽이 말했다.

"엘모아님은 자비로운 분이시네. 우리 위대한 엘프들은 물론 사악한 땅속의 짐승, 하늘의 괴수들에 이르기까지 모두 상그릴라에 살 수 있도록 안배하셨지."

피라미드의 위에는 세 사람의 어깨 폭쯤 되는 출입구가 있었다. 그 앞에서 서른쯤 되어 보이는 여자가 우리 두 사람을 맞이했다.

"숲의 전사여, 엘모아님의 신전에 온 것을 환영한다."

"이페투 사제님께 인사드립니다. 엘모아님께서 보낸 이계 인과 함께 왔습니다. 부디 숲을 어지럽히는 것을 용서하여 주십시오."

그녀가 이 신전을 지키는 사람인 모양이다. 나는 이페투라는 여사제에게 고개를 숙였다.

"안녕하세요?"

"당신의 방문을 환영합니다. 여신께서는 모두에게 공평하십니다."

"아, 예."

이페투의 말이 이어졌다.

"어떻게 초보 모험자께서 이곳 욜 숲에 오게 되었는지는 모르겠습니다만, 엘모아님을 모시는 자로서 신전은 당신께 가능한의 편의를 제공해 드릴 것을 약속드립니다. 저를 따라 오십시오."

여사제는 신전 안으로 나를 안내했다. 검은 색조의 겉모습과는 달리 내부는 예전 롬로스의 신전과 비슷하게 우윳빛으로 가득했다. 연둣빛의 넝쿨이 내부를 장식하고 있다는 것 정도가 다르다면 다를까?

"상처를 입으셨을 경우에는 엘모아 여신님의 성수가 도움이 될 것입니다."

처음 나를 안내해 간 곳은 신전 벽을 따라 흘러나오는 성수 샘이었다. 아마 롬로스의 것과 같은 효과를 가지고 있을 것이다. 병에 담긴 판매 가격까지 같으니 말이다.

"휴식을 취하고 싶으실 때에도 이곳으로 오시면 됩니다. 그리고 욜 숲에서 만약 의식을 잃으시거나 한다면 숲의 전사들이 당신을 이곳으로 데려올 것입니다. 하지만 이러한 일들은 어디까지나 당신이 초보 모험자일 때만 제공되는 혜택임을 염두에 두십시오."

게임을 시작한 지 꽤 시간이 흐르고 나서 안 일이지만 초보 모험자는 5렙까지를 이야기한다.

"알겠습니다."

사실 샹그릴라에 있어 레벨 시스템은 능력치를 상승시켜 주기보다는 일종의 통행증 같은 것이었다. 레벨 차이가 현격한 몬스터를 잡을 수 없도록 명중률을 조정함으로써 저렙이 고렙 지역에 들어가는 것을 막는 역할을 했다.

사실상 능력치의 상승은 레벨 업보다는 각 능력을 계속 사용함으로써 스테이터스 경험치를 누적시켜 올리는 시스템을 택하고 있었다.

하지만 능력을 쓰다 보면 레벨이 오르는 게 당연했고, 결국 능력과 레벨은 어느 정도 비례하고 있었다.

"더 궁금한 것이 있으십니까?"

이페투가 묻는다.

"아, 혹시 근처에 제가 레벨을 올릴 만한 사냥터는 있습니까?"

이페투는 고개를 저었다.

"욜 숲은 초보 모험가들이 올 만한 곳은 아닙니다."

역시나. GM을 부르든지 해서 좀 더 난이도 낮은 곳으로 옮겨야 했다. 버그 때문에 생긴 번개를 맞고 이곳에 떨어진 것이니 말이다.

"가까운 곳에 델스라는 인간들의 도시가 있습니다. 남쪽으로 300킬로미터쯤 떨어져 있지요. 그곳이라면 초보자들도 적응하기가 쉬울 것입니다. 원하신다면 욜 숲의 경계 지점까지 당신을 안내해 드릴 수 있습니다."

아마도 엘프 전사들의 보호를 받으며 가는 것을 말하는 듯했다.

게임상 하루에 갈 수 있는 거리가 끽해야 30~40킬로미터다. 숲길이라는 걸 감안하면 그보다 적으면 적지 더 많이 가지는 못할 것이다. 먹을 것도 없고 돈도 없는 지금 상태에서 열흘 넘게 걷는 것으로 시간을 낭비할 마음은 들지 않았다.

"아니요. 그건 제가 알아서 할게요."

GM 한번 부르면 될 일 아닌가? 그게 안 된다면 그때 가서 부탁하든지 해야겠다.

"엘모어님께서 당신을 보살펴 주실 겁니다."

여사제 이페투는 두 손을 모으며 내게 말했다.

바로 그 순간이었다.

갑자기 여사제의 몸이 딱딱하게 굳었다. 역동적으로 움직

이던 눈꺼풀이니 옷의 찰랑거림 따위가 흡사 얼어붙기라도
한 듯 멈추었다.

고개를 돌려 거벨룽을 보니 그 역시 마찬가지다. 그뿐 아니
라 신전을 감싸고 있던 넝쿨들도 바람에 살랑거리는 것을 그
만두었다.

나를 제외하고 이 공간의 모든 것이 멈춘 것이다.

"또 버근가?"

중얼거리며 나는 몇 걸음 앞으로 걸어보았다. 구시대 게임
에서 종종 발생했다는 랙(lag) 현상 같은 느낌이었다.

상용화가 내일모레인데 문제 많구만. 투덜거리며 나는 신
전 저편에서 모두를 굽어 살피고 있는 여신 엘모아의 조각상
곁으로 다가갔다.

"안녕?"

그때 누군가의 인사말이 들렸다.

"안녕?"

대답이 없자 다시 말을 걸어온다. 눈을 돌려 주위를 살폈지
만 말을 걸 만한 것은 아무것도 없었다.

"안녕?"

"누구……?"

"나? 엘베로사."

"엘베로사? 그게 누군데?"

"엘베로사가 엘베로사야."

약간 어린 듯한 소녀의 목소리였다. 아니, 어쩌면 변성기가 지나지 않은 소프라노 톤의 남자 아이일지도 몰랐다. 하지만 이름을 봐서는 소녀일 가능성이 높았다.

“너, 한규지?”

“어, 맞아.”

엉겁결에 대답을 했다. 근데 어떻게 내 본명을 아는 거지?

“맞구나. 꺄르륵.”

무구한 웃음소리에 오히려 소름이 돋았다.

“나는 엘베로사.”

“너도 샹그릴라 속 NPC야?”

“NPC가 뭔데?”

“그, 그러니까… 그냥 이런 애들 같은 거.”

막상 답하기가 애매해 나는 손가락질로 이페투와 거벨룽을 가리켰다.

“아니야. 나, 틀려.”

“그럼… 플레이어야?”

“플레이어는 뭐야?”

“나 같은 사람 말이야, 현실에 몸이 있는.”

목소리가 다시 부정했다.

“아니야. 나, 틀려.”

플레이어도 아니고 NPC도 아니라면… 아, 혹시……

떠오르는 것을 물었다.

“혹시 너 전신불수 환자야?”

“전신불수가 뭐야?”

“그러니까 몸이 아파서 꼼짝도 할 수 없는 사람.”

“아니야. 나, 틀려.”

그녀의 대답에 갑자기 혼란스러워졌다. 이도 저도 아니면 뭐란 말인가?

“나, 신. 이 세계, 만들었어. 한상이 말했어. 나, 신.”

헷갈려 하고 있는 것도 잊을 만큼 충격적인 한마디에 나는 순간 몸이 굳는 듯했다.

“한상? 우리 형 성한상 말이야?”

“성한상, 맞아. 한규의 형, 맞아.”

“너 우리 형을 알고 있어?!”

“응, 알아.”

“너 도대체 정체가 뭐야?”

나도 모르게 언성이 거칠어졌다. 대답하는 목소리에 가벼운 떨림이 느껴진다.

“나는 엘베로사.”

겁을 먹은 모양이다. 목소리만 어린 게 아니라 정말 어린애인 모양이었다.

플레이어는 아닌 것 같았고, 아무래도 엘베로사라고 하는 저 목소리의 주인은 전신불수 환자인 모양이었다. 생각해 보니, 아주 어렸을 때부터 전신불수였다면 자신이 병에 걸린 것도 모르고 사는 게 당연했다.

　형을 아는 것도 이상할 것은 없다. 게임 제작자로서 환자들과 한 번쯤은 이야기를 해봤을 테니까.

　"소리 질러서 미안해."

　상대가 어린애라는 것을 안 이상 굳이 열을 낼 필요는 없다.

　"무서운 거 싫어."

　"알았어. 그런데 이거 어떻게 된 거야? 전부 멈춘 것 같은데. 혹시 왜 이러는지 알아?"

　"내가, 했어. 에헴."

　자랑스러운 목소리로 헛기침을 한다.

　"네가? 어떻게……."

　"나, 신. 전부 할 수 있어. 하지만 전부 할 수 없어."

　불쌍한 것. 한국말도 제대로 못한다. 말도 떼기 전에 병에 걸린 모양이다.

　"어떻게 한 건지 모르지만 정상으로 돌려놔. 이러다가 너 GM한테 걸려서 혼난다."

　"아직 안 돼. 할 거야, 이야기."

　엘베로사의 말이 이어졌다.

　"한규, 계속 샹그릴라 해야 해. 나 잘못했어. 한상, 아직 말하면 안 돼."

　"있잖아, 엘베로사."

　"응?"

"게임 속이라서 잘 모르는가 본데 우리 형…… 사고를 당했어."

입 밖에 내자니 씁쓸한 기분이 가슴을 가득 채웠다.

"형은 이제 아무도 만날 수 없어. 너도 이제 형을 못 만나."

"한상, 못 만나. 나도 알아."

엘베로사가 답한다.

"그래, 그러니까……."

"그러니까 한규, 계속 샹그릴라에 있어야 해."

문득 왜 이 게임 속으로 다시 돌아왔나 하는 것이 떠올랐다. 아마도 이런 것 때문일 것이다.

여긴 형이 만든 세상이다.

그리고 형의 모든 것이 녹아 있다. 생면부지의 어린 소녀가 형의 이름을 부른다. 이거야말로 형이 이 세상에 있었고, 또 있다는 증거가 아닐까?

이 게임이야말로… 형이다.

나는 고개를 끄덕였다.

"알았어. 계속할게. 하긴 현거래로 용돈이나마 만들 수 있게 되면 그것도 나름 도움이 될 테니까."

"한규, 계속해."

"알았어."

"티아메트 만나."

"티아메트가 뭔데?"

“켈드리안 산맥에 살아. 가장 강한 드래곤. 나도 한상, 못 만나.”

엘베로사의 말은 문맥이 엉망진창이었다. 나는 적당히 가감해 가며 그녀의 이야기를 정리했다.

“켈드리안 산맥에 있는 강한 드래곤이라고?”

“티아메트 묶여 있어. 나도 못 만나.”

“오케이. 나중에 레벨 높아지면 그쪽으로도 모험을 가볼게.”

내 말에 엘베로사가 답한다.

“티아메트 빨리 만날 수 있어.”

“그건 또 무슨 말이야?”

“한상, 칭찬했어. 전부한큐 강하다고.”

“응? 전부한큐? 아아, 그건 ‘무림혈비사’ 라는 다른 게임 속 내 캐릭터야. 샹그릴라 속 한큐는 이제 1렙짜리고. 가장 강한 드래곤 같은 거 만나려면 모르긴 해도 만렙 찍고도 파티 맺고 가야할걸?”

내 말을 알아듣기는 한 걸까? 엘베로사가 또 딴청을 피운다.

“똑같이는 못 옮겨. 그치만 옮겨.”

“뭔 말인지 하나도 모르겠다.”

하지만 엘베로사는 제대로 된 설명도 없이 작별을 고했다.

“시간, 끝. 나, 가야 해.”

아마도 설정된 여덟 시간 플레이 타임을 다 채운 모양이었다.

“그래, 잘 가. 그리고 이런 장난은 치지 마. 잘못하면 운영진한테 불이익받을 수도 있으니까.”

“나, 신. 세계 안에서는 나 못 만져.”

“그래그래, 알았어.”

적당히 엘베로사의 말에 장단을 맞춰주었다.

“그럼 다시 만나, 한규.”

“알았어. 다시 보자, 엘베로사.”

미풍이 불었다.

다시 사원을 감싸고 있는 넝쿨의 이파리가 파르르 떨리기 시작했다. 조금 떨어져 있는 곳에 서 있던 여사제 이페투와 거벨룽이 이상한 표정으로 주위를 살폈다. 아무래도 나를 찾는 모양이었다. 나와 눈이 마주치자 고개를 갸웃한다.

“어떻게 그곳에 계십니까?”

“하하, 글쎄…….”

이페투의 물음에 나는 말꼬리를 흐렸다. 어떻게 설명해야 할지 난감했다. 하지만 다행히 이페투는 더 이상 그 점을 물고 늘어지지 않았다.

4

거벨룽과 함께 마을을 한 바퀴 돈 후 도착한 곳은 처음 눈을 떴던 촌장의 집 근처였다.

"내가 해야 할 의무는 모두 마쳤다."

"고맙습니다."

"해야 할 일을 했을 뿐이다. 네가 욜 숲을 방문한 것이 엘
모아님의 뜻이라면 이 인연이 부디 좋은 결과를 낳길 바랄 뿐
이다."

거벨롱은 이렇게 말하며 작은 배지 같은 것을 내게 주었다.

"이건 미드 포레스트의 통행증이다. 적어도 우리 도시의
일족들은 너의 통행에 거부감을 갖지 않게 될 것이다."

나는 잠자코 그것을 받아 들었다.

퀘스트가 끝이 났다는 메시지가 떠오른 게 그때였다. 미드
포레스트 엘프족과 사이가 좋아졌다는 말과 함께 미드 포레
스트의 통행증을 아이템으로 획득하게 되었다.

거벨롱과 헤어진 후 나는 잠시 생각에 잠겼다.

이대로 욜 숲에 좀 더 머무를까? 아니면 아까 여사제에게
들었던 델스라는 도시까지 무리해서 갈까?

GM을 부르는 것도 취할 수 있는 방법 중 하나였지만, 그건
최후의 최후까지 아껴두기로 했다. 샹그릴라 세계 안에서 세
계 밖의 존재에게 도움을 청한다는 게 조금 내키지 않아서였
다. 게다가 형이 만든 세계를 부정하는 것 같은 기분도 약간
이나마 들었다.

말마따나 엘모아 여신의 뜻이다.

어디 나무 같은 데 끼어서 옴짝달싹 못하게 된 것도 아니

고, 단지 스타팅 포인트가 남다를 뿐이다. 오히려 이런 것이야말로 재미가 될 수 있을 것이다.

델스라는 도시로 가는 것도 일단 나중에 하기로 했다. 일찌감치 이런 고 레벨 존에 온 행운을 간단히 발로 차버리고 싶지 않았다.

잠이야 신전에서 자고, 먹을 것도 거기서 얻어오면 되지 않을까?

이런 생각을 하며 나는 다시 여신의 신전으로 향했다. 하지만 막 미드 포레스트 마을의 경계 밖으로 발을 내미는 순간 생각을 고쳐먹어야 했다.

망할 덴드로이드 클랜이 거기에 떡 버티고 서 있었으니까.

다시 마을로 돌아와 이번에는 반대쪽으로 나가보았다. 다행히 그곳은 덴드로이드 클랜의 영토는 아닌 모양이었다.

"뭐야, 먹고 자고 하는 것부터 문제네."

공복도 수치가 벌써 반이나 닳아 있다.

미드 포레스트를 벗어나 주변을 탐색해 보았다. 누가 엘프 아니랄까 봐 풍수 좋은 데에도 마을을 차려놓았다. 산열매들은 그리 어렵지 않게 구할 수 있었다.

수풀을 헤집고 산딸기처럼 생긴 빨간 열매를 따 모으기 시작했다. 입에 넣어보니 달콤한 맛이 느껴진다. 눈곱만치나마 배가 차오르기도 했다.

그렇게 산딸기를 따던 나는 어느 순간 등골이 싸늘해지는 기분을 맛보았다.

뭔가가 나를 주시하고 있다.

절대 호의적이지 않은 그 눈빛에 나는 천천히 몸을 돌려 시선이 느껴지는 방향을 보았다.

늑대.

롬로스 근교에서 신물 나게 잡았던 그거다. 하지만 결코 같은 몬스터는 아니었다. 발톱이 두 배 길이에 덩치도 훨씬 크다.

전의 것이 시베리안 허스키만 하다면 얘는 황소만 했다.

죽는다.

쫙 소름이 돋은 나는 산딸기를 내던지며 마을 쪽으로 도망쳤다. 다른 온라인 게임과 같다면 분명 가드가 달려나와 구해줄 것이다.

커엉— 울며 늑대가 내 뒤를 쫓는다.

"사람 살려!"

내 외침이 숲 안에 메아리쳤다. 하지만 산딸기를 쫓느라 마을에서 꽤 멀리 떨어진 모양이다. 아무리 뛰어도 미드 포레스트의 경계가 나오지를 않는다.

점점 늑대가 가까워져 왔다.

꽤 떨어져 있던 발자국 소리가 귓전을 울렸다. 내뿜는 콧김까지 등에 닿는 듯한 기분이었다.

아아, 죽는 건가?

하지만 포기할 수는 없었다. 힘차게 앞으로 다리를 뻗었

다. 그런데,

"어, 어?"

몸이 앞으로 쏜살같이 날아간다. 무협지에서 빠지면 섭한 경공인지 뭔지를 현실에서 쓰면 아마 이런 기분이 아닐까?

갑작스레 더해진 가속도에 종아리뼈가 찌르르 울렸다. 체력까지 조금 깎여 나간 기분이 들었다.

하지만 속도는 줄지 않았다. 다시 한 걸음, 또 한 걸음을 내딛자 늑대와의 거리를 제법 벌릴 수 있었다.

늑대보다 빠른 사나이라는 타이틀이 머리에 떠오를 것만 같은 기분이었다. 고개를 돌려보니 늑대가 점점 멀어져 간다.

"뭐, 뭐지? 산 건가?"

중얼거리며 고개를 앞으로 돌렸다. 시야 한가득 갈색 덩어리의 모습이 눈에 들어왔다. 나무다.

퍼어억—

별이 번쩍하고, 나는 그대로 벌렁 뒤로 넘어갔다.

시야 주변에 붉은 빛이 아른거렸다. 피 부족 경고다. 나무에 꼴아박아 빈사 상태에 빠지다니.

그때, 뒤쪽 먼 곳에서 캐캥 하는 소리가 들렸다. 뒤늦게 나무에서 뛰어내린 미드 포레스트의 경비병들에게 늑대가 쫓겨가며 내지른 소리다.

무지하게 쪽팔린 이 상황을 피하기 위해 나는 경비병들을 무시하고 조금 떨어진 곳으로 걸음을 옮겼다. 몸에 힘이 없어

능력치 창을 열어보니 체력이 5 정도 남아 있었다. 이거 잘못
해서 나무뿌리에 걸려 넘어져도 신전으로 실려 가는 거 아닌
가 하는 생각이 든다.

인기척없는 곳으로 간 나는 일단 나무둥치에 몸을 기대고
앉았다.

상황부터 파악해야 했다. 갑자기 왜 달리기가 빨라진 건
가? 채팅 창을 열어 전투 로그를 살펴보았다.

가장 아랫줄엔 이런 글이 쓰여 있었다.

> 한큐님이 '오동나무'로부터 ㅁㅁ 데미지를 입었습니다.
>
> 빈사 상태에 빠졌습니다. 모든 능력치가 반으로 줄어듭니다.

오동나무였냐?!

새로 알게 된 사실은 일단 접어두고 그 위쪽 기록을 살폈
다. 그런데 뭔가 아무리 봐도 이해가 가지 않는 문구가 적혀
있었다.

> 한큐님이 스킬 '질뢰답무영'을 사용하였습니다. 15초간 이동 속도
> 가 약간 증가합니다.

> 스킬 발동 '내공'이 부족하여 체력에 손상을 입었습니다. 체력이 5
> 퍼센트 감소했습니다.

잠깐잠깐. 웬 질뢰답무영? 그건 무림혈비사에 나오는 기술 이름이다.

한참이나 전투 로그를 뚫어져라 살펴보았다. 하지만 아무리 본다 해도 답이 나올 리 없었다.

스테이터스 창을 열어 스킬 탭을 눌렀다.

"말도 안 돼!"

삼라일규(森羅一刲), 질뢰답무영(疾雷踏無影), 청구연환삼식(靑丘連環三式)에 구규일극(九竅一極)까지. 비록 스킬 경험치는 전부 0이었지만 낯익은 이름 열 개가 스킬 창을 가득 채우고 있었다.

시선을 먼저 구규일극으로 가져가 보았다. 어떤 설명이 떠오를지 궁금해서였다.

가장 윗줄에 '플레이어 오리지날 스킬' 이라는 문구가 있었다. 그 아래 설명 칸은 비어 있다. 빈 칸에 눈을 가져가자 커서가 껌뻑거린다. 내용을 채워달라는 제스처였다.

그 아래 스킬의 능력치가 쓰어 있었다.

스킬 레벨에 따라 캐릭터의 최대 카르마 치가 증가하게 된다.
스킬 1 최대 카르마 증가치 +15%

이, 이게…….

카르마는 샹그릴라 안에서 격투가나 검사 같은 신체 능력 쪽 캐릭터가 기술을 쓸 때 소모된다는 일종의 내공 개념 같은 거였다. 마법사 역시 카르마를 소모해 마법을 사용했다.

늑대의 공격을 피한 것은 우연이 아니었다.

무림혈비사의 '전부한큐' 가 가지고 있는 스킬을 누군가가 샹그릴라의 내 캐릭터로 옮겨놓은 것이다. 내가 한 달간 접속하지 않은 사이에.

나는 가장 먼저 형을 떠올려 보았다.

하지만 형이라면 이런 짓은 하지 않는다. 제작자로서 '공정함' 을 늘 강조하던 사람이었으니까. 물론 장난으로 해놓았을 가능성은 있었지만.

생각을 정리하던 도중 갑자기 조금 전 엘베로사라는 꼬마가 생각났다. 그 아이가 분명 '전부한큐' 라는 게임 속 닉네임을 언급했다. 옮기느니 어쩌느니 하는 이상한 말도 한 기억이 났다.

갑자기 엘베로사라는 소녀의 정체에 의심의 불이 당겨졌다. 정말 어린아이인가? 혹시 해커라던가…….

하지만 어느 누구도 이 사태에 대해서는 대답해 줄 수 없었다.

게다가 지금 질뢰답무영을 사용했음에도 GM으로부터 아무런 제제도 없는 것으로 보아 정식 능력으로 인정까지 받은 모양이다. 스킬의 설명까지 이 세계에 맞추어져 있지 않은가?

생각을 멈추고, 삼라일규의 스킬을 활성화시켰다. 만약 무림혈비사에서 있던 능력과 같다면 비록 일성 공력의 삼라일규라 할지라도 빠른 속도로 체력과 내공, 아니, 카르마를 채워줄 것이다.

그런데,

"어떻게 발동을 시키는 거지?"

샹그릴라의 모든 기술은 클릭 한 번으로 이루어지는 다른 게임과는 달랐다.

아까 거벨룽과 함께 나무 인형을 때렸을 때처럼 얼마간의 조건이 충족되었을 때 '스킬화' 작업이 이루어지게 된다.

매뉴얼에 의하면, 비슷한 행동을 하며 그 스킬을 떠올리면 흡사 궤도를 따라가듯 몸이 움직인다고 한다. 힘을 넣지 않아도 위력이 비슷하게 된다는 게 장점이라면 장점일까?

문제는 이 스킬들의 발동 동작 같은 것을 전혀 모른다는 점이다. 그야 당연한 것이, 내가 만든 스킬이 아니니까.

삼라일규를 포기하고, 나는 구규일극에 도전해 보기로 했다. 구규일극이 무림혈비사에서 어떤 기술인지는 이미 알고 있었다. 구규라는 것은, 9가 상징하듯 모든 구멍이라는 뜻이다. 전신에 있는 콧구멍, 입 같은 구멍은 물론이고 피부에까지 있는 모든 구멍으로 세상의 기를 흡수하는 내공심법이었다.

물론 그런 게 있을 리 없다. 게임에서 적당히 때려 맞춘 설정에 불과하다.

하지만 샹그릴라도 게임 세계였다.

내공.

나에게 우슈를 가르쳐 준 장 사부님은 내공이니 기 같은 것에 대해 딱 한마디 하셨다. 돈벌이용 체조. 해서 몸에 나쁠 건 없지만, 장풍 같은 것은 안 나간다는 말이다.

그런 주제에 사부님이 내게 가르쳐 준 것은 '역근경(易筋經)' 이었다. 만날 무협지에 소림의 절기로 나와서 내공심법 TOP 3 자리는 맡아놓고 시작한다는 그거다.

전신송개(全身鬆開), 의수단전(意守丹田).

온몸의 힘을 빼고 의식을 단전에 집중한다. 내공을 익히는 그 첫 번째 단계다.

몸에 힘을 빼며 나는 샹그릴라라는 게임의 리얼함에 다시 한 번 놀랐다. 몸 밖의 모습은 물론이고 몸 안의 느낌까지 현실과 똑같았다. 온몸의 근육을 자연스럽고 유연하게 펴는 것도, 단전에 의식을 모으는 것도, 흡사 현실에서 수련을 쌓을 때랑 완전히 똑같았다.

첫 번째 행법(行法), 위타헌저(韋馱獻杵). 흰두교의 신이라는 위타천(韋陀天)이 절구공이를 바친다는 뜻의 동작이다.

천천히 호흡을 조절하며 온몸의 힘을 더더욱 뺐다. 그리고

천지의 기를 온몸으로 받아들인다는 기분으로 동작을 취했다.

사실 별 기대 않고 한 동작이다. 어쨌거나 내공심법은 기술에 있고, 기는 모아야겠고, 알고 있는 기체조라고는 역근경뿐이었으니 말이다.

하지만 현실을 지독하리만치 투사한 샹그릴라에서 현실과 다른 점이 딱 하나 있었으니,

여기엔 정말로 '기'가 있었다.

반개(半開)한 눈으로 빛 알갱이를 보았다. 처음에는 햇빛에 반사된 먼지같이 떠돌더니 이제는 제법 또렷이 형체가 보이기 시작했다. 하얀 빛의 알갱이들이 시야를 가릴 정도로 주위를 가득 채웠다.

기의 알갱이가 보이기 시작하자 나는 억지로 구규일구를 흉내 내보았다. 어디까지나 이미지화한 것뿐이다. 온몸에 뚫린 땀구멍을 통해 기를 받아들이는 흉내다.

그런데 정말로 아주 적은 양이기는 했지만 그 빛의 알갱이들이 피부를 통해 흡수되기 시작했다.

여기까지 오니 재미있다는 생각이 들었다.

이번에는 그 빛의 알갱이들을 단전으로 보낼 차례였다. 몸 안에 흡사 커다란 강줄기가 있는 듯 상상을 했다. 하지만 아직 흐름이 원활하지는 않았다. 그 빛의 알갱이 하나하나가 찔끔찔끔 움직이다가 이내 사그라졌다. 수천만은 될 듯한 빛의

알갱이 중 단전까지 닿은 것은 하나나 둘이 될까 말까였다.

위타헌저의 동작들이 끝이 나고 적성환두(摘星換斗)로 옮겨갔다. 그러다 문득 게임 안에서 우스꽝스러운 기체조를 하고 있는 내 모습이 떠올랐다.

차라리 뒷산 약수터에서 이 짓을 하면, '아, 태극권 하나 보다' 하고 넘어갈 텐데, 인기척없는 엘프의 숲에서 역근경의 한쪽 팔을 올렸다 내렸다, 앞으로 양손을 내밀었다 오므리는 짓을 하고 있다니…….

집중이 깨어지고, 희미했던 눈앞이 맑아지며 빛 알갱이도 온데간데없이 사라졌다.

"이런, 이런……."

나는 머리를 흔들며 곧바로 전투 로그를 확인해 보았다. 그리고는 씩 미소를 띠었다.

> 한큐님이 스킬 '구규일극'을 시전하셨습니다.

> '구규일극' 스킬의 경험치가 1 증가하였습니다.

생각했던 대로다.

누가 내 몸에 이런 스킬들을 옮겨놓은 건지, 이 기술이 얼마나 쓸모있을지 전혀 아는 바는 없었다.

하지만 무협 게임의 세계관이 훨씬 더 좋은 나로서는 오히려 좋은 기회다. 앞으로 만들어내게 될 기술들도 전부 무협지의 느낌으로 해야겠다.

샹그릴라 세계에 떨어진 무협 고수.

생각만 해도 재미있을 것 같았다.

형이 저렇게 된 지금 재미를 말한다는 게 사치일지도 몰랐다.

하지만 한규는 애써 샹그릴라에 있는 것이 형과 함께 있는 것이라 자위하며 우울한 생각들을 지우려 애썼다.

CHAPTER 6

호접지몽(胡蝶之夢)

1

“어? 정말로 게임 다시 시작했어?”

문기의 물음에 한규는 고개를 끄덕였다.

“응.”

“오우, 잘 생각했네. 그런데 설마 너 3번가 상점 거리를 버린 건 아니겠지? 꽃집 엘리제가 가끔 네 안부를 묻는데, 참 마음 아프더라.”

체육복 차림을 한 한규와 교복을 입고 있는 문기가 운동장 한쪽에서 이야기를 나누고 있다.

두 사람은 서로 반이 달랐지만 오늘은 합동체육이 있는 날이었다. 남녀 학생들 모두 반 대항 구기 종목 경기를 하기로 되어 있었지만, 한규도 문기도 학교 수업에는 참가하지 않고 있었다.

한규는 비록 체육특기생으로 학교를 다니고 있었지만, 그건 어디까지나 우슈 세계 선수권대회에서 4강에 올랐던 전적 덕분이다. 구기 종목 같은 것은 한규의 관심 밖이었다.

체육복마저 입지 않은 문기야 더 말할 필요도 없었다.

보다 못한 체육선생이 두 사람에게 다가왔다.

"야, 너희들!"

한규와 문기가 눈을 돌려 그녀를 본다. 24세, 한가희. 아시안게임 마루운동 은메달 리스트가 그녀의 프로필이었다. 서안고등학교 체육 교사이자 학교 체조부의 감독이기도 했다.

"가희 씨다."

문기의 말에 한가희 선생이 눈을 치켜떴다.

"선생님이라 그래."

한규가 웃으며 말한다.

"가희 누나, 왜 화를 내고 그래요."

"너, 한규 너! 개학하고 열흘이나 학교를 안 나오다가 오늘 등교해서는!"

말을 하던 가희가 아차 하는 얼굴이 되었다. 참 감수성이 풍부한 사람이었다. 화난 얼굴이 울상으로 바뀌는 데는 얼마 시간이 걸리지도 않는다.

"뭐 그야 어쩔 수 없는 사정이 있었다곤 하지만……."

“괜찮아요. 신경 쓰지 말아요.”

한규가 오히려 위로를 하고 나섰다.

“그래요, 가희 씨. 울지 말아요.”

가희가 또 한 번 문기를 노려본다. 다시 화난 얼굴이다.

젊은 처녀 선생이라는 게 남학생들 사이에서 놀림감이 되는 것은 흔한 일이었다. 하지만 한가희는 문기가 놀리는 말에는 반항하기가 힘들었다. 문기의 배경이나 성격 때문이 아니었다. 예전에 은혜를 입은 탓이다.

“아무튼, 학교에서는 선생님이라고 불러.”

“응? 학교 밖에서는 가희 씨라 그래도 괜찮아?”

“그것도 안 돼!”

“그럼 나도 싫어.”

한규는 문기와 가희 사이의 촌극을 보며 미소를 지었다. 하지만 미소는 금세 사그라졌다.

형이 그렇게 된 후로는 감정이 자꾸 막힌다.

그런 점을 인식하며 한규는 고개를 털었다.

“한규야, 사는 건 괜찮은 거야?”

“네? 아, 그야 뭐……..”

“나는 네 담임이잖아. 어려운 일이 있으면 내게 말해. 얼마나 도움이 될지 몰라도 하는 데까진 해볼 테니까.”

“가희 누나.”

“선생님이라니까!”

"고마워요."

한규가 고개를 꾸벅 숙이자 가희는 다시 울적한 표정을 하다 갑자기 뭔가를 떠올린 듯 무서운 얼굴로 변했다.

"너희 둘, 체육 안 할 거면 저쪽 스탠드로 가. 딴 애들 경기하는 데 방해되니까."

한규와 문기는 가희의 말대로 스탠드 쪽으로 자리를 옮기면서 전에 하던 대화를 이어나갔다.

"아무튼 그래서 지금 어디에 있는 거야? 3번가 상점 거리에서는 네 소문 못 들었는데."

"응? 아, 그게……."

한규는 대답을 하려다가 그만두었다. 미스터리에 싸인 스킬이니 엘베로사라는 이상한 소녀 이야기까지 아직 정리되지 않은 것이 너무나 많았다.

게다가 현실에서 문기에게 너무 많은 도움을 받고 있었다. 게임에서까지 손 벌리고 싶지는 않았다.

"일단은 비밀."

"응? 왜?"

"그냥. 너도 한번 혼자 키워봐. 그래야 인맥도 생기고 할 것 아냐. 지금 몇 렙이냐?"

문기는 한규의 말에 더 캐묻지 않았다. 자잘한 것에는 원래 신경 쓰지 않는 성격이다. 단 하나, 사사건건 부딪쳤던 그 유이라는 여자 애를 제외하고는.

“나? 17레벨.”

“어? 벌써? 저번보다 빠르네.”

“아아, 많이 익숙해져서 그렇지. 게다가 3번가 상점 거리가 조금씩 번창해 가면서 쓸 만한 퀘스트들도 꽤 나오기 시작했고. 다들 건너편 대형 마트랑 친하게 지내잖아. 그래서 그놈들과 상대되는 퀘스트들이 많이 나와서 퀘스트가 풍부해.”

한규가 고개를 끄덕였다.

“그건 그렇겠구나.”

“그리고 스킬도 잘 이용하니까 좋더라. 너랑 할 때는 스킬 안 만들었잖아. 그런데 이번에는 스킬부터 쫙 만들고 시작했거든.”

“오오, 검도로?”

“당연하지. 여검사 문블레이드니까. 아, 나 전직했다. 이제 클래스 검사야. 카르마인가 하는 것도 생겨서 칼에서 빔 같은 것도 나간다.”

문기의 설명을 듣던 한규가 문득 한 가지 생각을 떠올렸다.

“아참, 그러고 보니 너, 단전호흡도 배웠지?”

“응? 어. 배웠지.”

“그거 한번 게임에서 해봐. 기, 그러니까 카르마를 기라고 생각하고, 그게 정말 있다고 이미지화하면서.”

문기는 고개를 갸웃했다.

“그럼 뭐가 되냐?”

"아무튼 한번 해봐. 재밌는 걸 보게 될 거야."

"그렇구만."

문기가 기억해 두겠다는 듯 한규의 말을 머릿속에 되뇌었다. 그러더니 갑자기 한규의 어깨를 툭 친다.

"너 거의 회복됐구나."

"응? 무슨 말이야."

"형의 일 말이야."

"아, 하하! 다들 그러잖아, 세월이 약이라고."

"그래, 산 사람은 살아야지. 게다가 한상이 형, 아직 죽은 게 아니잖아? 가끔 있다더라. 뇌사자들이 갑자기 의식을 차리는 일 말이야."

한규는 고개를 끄덕끄덕하며 자리에서 벌떡 일어났다.

"그럴 거야. 아니, 그래야지. 그때까지는 문기야, 신세 좀 질게."

"인마, 서운하게 신세라 그러지 마."

문기도 한규를 따라 자리에서 일어났다.

"그럼 게임 속에서는 서로 만렙 찍으면 다시 만나기로 하자."

"크크, 나중에 다시 만나면 아마 놀랄 것이다."

한규의 자신감 넘치는 말에 문기는 어깨를 으쓱거렸다.

집에 돌아온 한규는 먼저 청소를 했다. 지난 한 달간 아르바이트 핑계로 게으름을 피운 탓에 집 안에는 구석구석 먼지가 쌓여 있었다.

청소를 하던 도중 한규는 한 장소에서 멍하게 멈춰 섰다. 형과 찍은 사진을 담은 액자 앞이었다. 걸레로 조심스럽게 액자틀을 닦았다. 그곳에서 형은 어설프게 미소를 짓고 있었다.

"하여간 사진을 그렇게 못 찍으니 선 자리 하나 안 들어왔던 거 아냐."

한규는 먼지를 닦아내며 투덜거렸다. 코끝이 찡했다. 별것도 아닌 것에 가슴이 아려온다.

자꾸 약해지는 것 같은 생각이 들어 이를 악물었다. 그때, 딩동 하는 초인종 소리가 들렸다.

"누구십니까?"

"나야, 매영이."

"어, 매영이 누나?"

한규는 서둘러 문고리를 비틀었다. 문을 여니 정장 차림의 은매영이 홀로 서 있었다.

"무슨 일이야?"

"성철이 아직 안 온 거야? 여기서 만나기로 했는데."

"성철이 형? 아니. 뭐야, 둘이 같이 오기로 한 거였어? 그럴 거면 전화라도 하고 오지. 나 집에 없었으면 어쩔 뻔했어?"

"응? 난 또 성철이가 얘기한 줄 알았는데. 아무튼 들어갈게."

매영의 말에 한규가 뒤로 물러나 들어올 곳을 마련해 주었다. 구두를 대충 벗은 매영의 발에는 코 나간 스타킹이 누에고치처럼 긴 실을 뽑아내고 있었다.

"아이 씨, 또 나갔네. 이 구두, 가져다 버리든지 해야지."

"뭔 구두 탓이야. 누나가 너무 터프해서 그렇지."

"한규 너……."

도끼눈을 뜨며 매영이는 한규의 집 안으로 성큼성큼 걸어 들어왔다.

"청소 중이었던 거야?"

"응? 어."

"이리 줘. 누나가 도와줄게."

"됐어. 나중에 천천히 하지, 뭐. 저기 아무 데나 앉아서 기다려. 음료수라도 가져다줄 테니까."

"되긴 뭐가 돼? 이 누님은 청소기를 돌릴 테니 너는 걸레질을 하거라."

한규의 대답도 듣기 전에 매영이는 부엌으로 이어진 수납장을 열어 청소기를 꺼냈다. 한상, 성철, 매영의 동갑내기 삼총사의 인연은 벌써 10년이 넘었다. 성철이가 고등학생일 때 다른 학교와 동아리 교류로 처음 말을 텄으니 꼭 13년째다.

"한 달 동안 알바했다면서?"

청소기 소리에 묻힐까 언성 높인 매영의 물음에 한규가 고개를 끄덕였다.

"응."

“아주 새까맣게 탔네.”

“그야 밖에서 하는 일이었으니까.”

“하여간 고생이다. 있다 성철이 오면 얘기하겠지만, 너 일 같은 것은 하지 말고 학교에 전념해.”

한규의 손이 멈춘다.

“무슨 말이야?”

“한상이 동생은 내 동생이기도 해. 성철이한테도 마찬가지고. 걔나 나나 못 버는 편은 아니니까 생활비 정도는 대줄게.”

한규가 힘없는 미소를 지었다.

“됐어. 거기까지 안 해도 돼.”

“싫어. 할 거야.”

“누나.”

“너, 나랑 말싸움해서 이긴 적 있어?”

국내 최대 규모의 인터넷 잡지사 기자다. 말발로 누가 이길 수 있을까?

“부담스러워하지 말고. 나중에 커서 이 누님께 효도하면 되잖아.”

그때, 또 한 번 초인종 소리가 울렸다.

청소기를 바닥에 내려놓으며 매영이 현관으로 달려갔다.

“성철이야?”

“응? 애기 벌써 왔어?”

“아까 와서 청소 중이야.”

매영이 문을 열자 성철이 등장한다.

“그리고 애기라고 한 번만 더 하면 죽탱 날아간다고 그랬지?”

“아, 우리도 좀 연인 분위기 좀 내보자. 성철아, 매영아, 이게 뭐냐?”

“연인은 얼어 죽을.”

매영의 매서운 눈에 성철은 어깨를 움츠렸다. 어쩌다 저런 ‘사나이’를 사랑하게 돼서는 이럴까, 분명 고백하기 전에는 안 저랬던 것 같다.

“너도 빨리 와서 청소나 해.”

“응? 아, 알았어.”

양복 재킷을 벗으며 성철이 한규에게 인사를 한다.

“여, 철공소 사장님한테 들었다, 일 잘한다고. 고등학교 졸업하고도 계속할 생각 있으면 말하라더라.”

“그때 봐서요. 아무튼 고마워요. 덕분에 몇 달치 생활비는 벌었어요.”

“뭘, 인마. 한상이 동생은 내 동생이야.”

매영과 똑같은 소리에 한규는 왜인지 눈물이 핑 돌았다.

배달 온 탕수육과 자장면을 앞에 두고 성철이 말문을 열었다.

“한규야, 매영이랑 상의해 봤는데, 일단 네 고등학교 학비랑

생활비는 우리가 내줄게. 고등학교 등록금이야 너 같은 경우에는 체육특기로 면제지만, 용돈 같은 것도 필요할 것 아냐.”

매영이가 단무지를 똑 끊으며 끼어들었다.

“아까 잠깐 이야기했어.”

“아, 그래?”

한규는 성철과 매영을 번갈아 바라보고는 고개를 꾸벅 숙였다.

“더 거절하는 것도 예의가 아닌 것 같으니까 감사히 받을게요.”

성철이 미소를 짓는다.

“그래, 잘 생각했다. 조만간 이사도 갈 것 아니야? 한상이가 집도 새로 샀다면서.”

한규가 고개를 젓는다.

“그건… 사정 말씀드려서 계약을 없던 걸로 해두었어요. 저 혼자 큰 집에서 살 필요도 없는데다가 집 살 돈으로 하고 싶은 게 있어서요.”

“음? 왜?”

“뭐가 하고 싶은 건데?”

두 사람의 물음에 한규가 말했다.

“형을 집으로 데려오고 싶어요.”

“아!”

성철이 탄성을 냈다.

“뇌사자의 경우에는 재가 치료하는 경우가 종종 있다고 하더라고요. 거기에 드는 비용이랑, 제가 계속 형을 돌볼 수는 없으니까 간병인도 고용하고 하려고요. 어디까지나 형 돈이니까, 형을 위해서만 쓸 생각이에요. 문기한테 빌린 병원비도 갚아야 하고.”

잠시 생각에 잠겼던 성철이가 고개를 끄덕인다.

“그거 괜찮겠다. 너도 한상이가 집에 있으면 덜 외로울 테고.”

매영이도 찬성을 하고 나선다.

“그래. 그건 나도 동감이야. 필요한 절차는 내가 좀 알아볼게.”

“감사합니다.”

한규가 또 한 번 꾸벅 고개를 숙였다. 그때 성철이 등 뒤에 놓여 있는 샹그릴라를 손가락질했다.

“그러고 보니 저거…….”

“네?”

“진짜 어마어마하게 잘나가는 모양이더라. 그 얘기 들을 때마다 어찌나 속이 쓰린지. 한상이가 깨어 있었으면…….”

“할 수 없죠.”

힘없는 한규의 말에 성철이 물었다.

“호열이도 완전히 빠져 산다는 것 같던데. 혹시 너도 하고 있어?”

한규가 고개를 끄덕였다.

“예. 어제 다시 시작했지만······.”

한규의 입가에 자그맣게 미소가 걸린다.

“그래도 저걸 하고 있으면 형이랑 같이 있는 것 같아서 좋아요. 따지고 보면 형의 아이 같은 녀석이잖아요.”

성철이 입을 다문다. 매영이도 할 말을 찾지 못했다.

“게임일 뿐이지만요.”

어색한 침묵을 깨려 한규가 한마디 하고는 자장면 한 젓가락을 입에 넣고 후르르 들이마셨다.

한규의 집을 등지며 성철과 매영이 아파트 단지를 벗어났다. 멀리 전철이 지나가는 소리가 규칙적으로 들려왔다.

“불쌍한 놈.”

성철의 말에 팔짱을 끼고 있던 매영이 그의 어깨에 기댔다. 그러다 문득 한마디 한다.

“그런데 정말 사고였을까?”

“응?”

“생각해 봐, 그 뒤로 있던 일들. 전 지하철 노선에 스크린도어가 설치된 후로 선로 추락 사고라고는 일 년에 한 건 날까 말까였잖아. 그것만으로도 대단한 우연인데 한상이가 사고를 당한 그날 밤, 회사가 합병되었다니 어딘가 께름칙한 부분이 있어.”

“억지 해석이야.”

성철은 한마디로 매영의 말을 일축했다. 그리고는 말을 덧붙였다.

“사건 조사 내용을 읽어봤는데, 그건 그냥 사고였어.”

“그건 나도 알지만…….”

“한상이가 저렇게 된 건 마음 아프지만…….”

“하지만 생각해 봐. 만약 한상이가 깨어 있었다면 샹그릴라를 간단히 손에 넣을 수 있었을까? 우리 쪽 정보통 이야기인데, 샹그릴라는 한상이 말고는 손댈 수 없는 부분이 한둘이 아니래. 인수해 간 주에스 크로스사의 엘아힘 엔터테인먼트의 엔지니어들도 그것 때문에 쩔쩔매고 있는 모양이야. 한상이가 만약 살아서 대놓고 반기를 들었다면 어떻게 됐을까?”

“그야… 만약에 처음부터 샹그릴라가 목적이었다면 한상이가 없는 편이 편했겠지. 하지만 고작 게임 하나 때문에 누가 그렇게까지 할까?”

“고작이 아니야, 고작이. 샹그릴라는 일반에 공개된 지 겨우 두 달이지만 벌써 사회현상이라고까지 부르고 있어.”

하지만 여전히 성철은 매영의 음모론에 회의적인 반응을 보였다.

“그건 알고 있지만, CCTV에도 찍혀 있었어. 한상이가 혼자 스크린 도어에 기댔다가 스크린 도어의 오작동으로 혼자 떨어진 거야. 매영아, 한상이가 저렇게 된 것이 안타깝기는

나도 마찬가지야. 하지만 우선 지금 생각해야 할 것은 혼자가
된 한규잖아? 네가 만약 그런 이야기를 한규에게 하기라도 해
봐. 어떨 것 같아?"

　매영은 성철의 말에 입을 닫았다.

　한규는 사고 후 한 달이 지난 지금에서야 간신히 제자리를
잡아가는 듯 보였다. 음모로 형이 죽었느니 하는 확인되지도
않은 이야기가 그의 귀에 들어간다면?

　매영은 조용히 고개를 끄덕였다.

　"그건 그래."

　성철이가 매영의 머리를 쓰다듬었다.

　"혹시 새로운 정보가 들어오거나 하면 이야기해 줄게."

　"꼭이다."

　"약속."

　성철이 내민 새끼손가락에 매영의 손가락이 얽힌다.

2

　성철이 형과 매영이 누나가 집을 떠나고 나서 한규는 집 정
리를 마저 했다. 그나마 사람이 있어 떠들 때는 못 느꼈는데
홀로 있는 집이라는 건 쓸쓸했다.

　아직 형의 방에는 들어갈 엄두가 나질 않았다. 깔끔한 성격
이었던 만큼 먼지만 털어내고 쓸면 끝일 테지만, 무얼 보고

눈물이 터져 나올지 감도 잡히지 않았다.

거실과 부엌, 한규 자신의 방까지 청소를 마치고 나니 아홉 시를 훌쩍 넘겨 있었다. 텔레비전을 켜보자 평소 즐겨 보던 게임 채널이 흘러나온다.

─오늘은 샹그릴라의 직업별 공략 코너입니다. 먼저 그로얀 제국의 검사부터 소개해 드리겠습니다. 해설을 위해 모셨습니다. 샹그릴라 한국 서버 최고 렙 검사이시죠. 김병석 씨입니다. 안녕하세요?

─네, 안녕하세요.

─샹그릴라 한국 서버에서 두 번째로 레벨이 높다고 들었어요.

─네, 어제 22레벨 찍고 왔습니다.

─와, 겨우 한 달 만인데요. 듣자 하니 클로즈 베타 때는 원활한 테스팅을 위해 좀 더 레벨을 올리기 쉽게 만들어놓았던 거라던데요. 어떠신가요, 오픈 베타의 렙업 느낌이?

─확실히 경험치 테이블이 늘어났어요. 게다가 플레이하는 사람이 워낙 많다 보니 퀘스트 진행이 좀 힘든 편이죠.

─아, 그렇겠군요.

멍한 눈으로 한규가 텔레비전의 화면을 훑는다. 그러다 전원 스위치를 눌러 다시 검은 화면으로 되돌려놓고는 샹그릴

라의 조작기로 걸음을 옮겼다. 지금 잠들면 새벽 여섯 시 정
도까지는 플레이가 가능할 것이다.

적어도 하루에 그만큼은 이 공허한 마음을 느끼지 않아도
된다. 형이 만든 게임 속에서 모험을 즐길 수 있다.

처음 느꼈던 샹그릴라라는 게임에 대한 거부감이 완전히
사라지고, 지금은 현실에서 도망치듯 게임 안으로 들어갔다.

나른해지고, 잠에 빠졌다.

샹그릴라의 푸른 숲이 시야 가득 들어왔다.

욜 숲은 판타지이기에 가능할 만큼의 다양한 나무들이 한
데 엉켜 있었다. 한대지방에서 열대지방에 이르는 나무들이
한자리에 모인 모습은 웅장하다 못해 아름답기까지 했다.

내가 지금 있는 곳은 욜 숲의 남쪽, 쉐커이어 숲이었다. 밑
둥치 둘레가 2, 30미터는 족히 될 거대한 나무들이 군락을 이
루고 있었다.

먼저 지난번에 하다 만 작업을 이어갔다.

욜 숲을 탈출하는 것은 천천히 해도 될 일이다. 그렇게 마음
을 먹고 나니 의식주가 문제였다. 아직 1렙 그대로였기 때문
에 신전에 가면 해결될 일이었지만, 신전까지 이르는 길에는
인간인 나와 팩션이 나쁜 덴드로이드 클랜의 영토가 있었다.

자살을 하면 그곳에 갈 수 있겠지만, 그런 방법은 쓰지 않
기로 마음먹었다. 그 대신 엘프들의 영토 바로 안쪽에 있는

비교적 안전한 이곳 숲에 움집을 짓기 시작했다.

떨어져 있는 나뭇가지를 잔뜩 모아 쉐커이어 나무둥치의 썩은 곳을 파내어 잠자리를 마련했다. 마른 나뭇잎으로 어설프게나마 침대도 만들었다. 나무로 넝쿨을 얽으면 훌륭한 가구가 된다.

놀라우리만치 자유도가 높은 샹그릴라의 세계였기에 가능한 일들이었다.

집이 있다고 해서 어떤 효과가 있는 건 아니었다. 비를 맞지 않는다거나 하는 정도가 유일한 장점이다. 그래도 머물 곳이 있다는 것이 적지 않게 안정감을 주었다.

그곳에서 나는 본격적인 수련을 시작했다.

샹그릴라 시간으로 한두 시간 정도면 하루치 먹을 식량은 충분히 구할 수 있었다. 그것을 제외한 나머지 시간은 모두 구규일극 스킬의 레벨 업에 투자하는 중이다.

역근경의 자세를 취하며 호흡을 시작했다. 오래잖아 다시 무념의 경지에 들었다. 현실에서는 그저 근육을 이완하고 체온을 조금 높이는 준비운동의 효과밖에 없었지만, 샹그릴라 세계에서는 기의 모습을 눈으로 볼 수 있었다.

빛 알갱이가 또렷해지고 그것들이 코와 입, 그리고 전신의 땀구멍을 통해 몸 안으로 흡수되었다. 나는 그렇게 모인 빛의 알갱이들을 이곳에서는 카르마라고 부르는 기의 통로를 통해 단전으로 흘려보냈다.

이론은 간단했지만 결코 쉬운 작업이 아니었다. 간신히 한 알갱이의 카르마가 지나고 나면 금세 그 길은 되막혀 버렸다. 그렇게 수백, 수천 개의 알갱이가 흐른 후에야 머리카락 두께도 되지 않을 법한 구멍이 몸 안에 생겼다.

물론 정말로 근육에 구멍이 뚫린 건 아니다. 어디까지나 이미지가 그렇다는 거다.

현실의 여덟 시간은 샹그릴라의 16일에 해당했다. 나는 하루 온종일 사방에 퍼져 있는 카르마들을 몸 안에 끌어 담았다. 가끔 답답할 때마다 스테이터스 창을 열어 구규일극 스킬을 살펴보았다. 어제 한 것까지 합치면 보름가량은 스킬 연마를 한 것 같은데 고작 1퍼센트 정도 스킬 경험치가 올랐을 뿐이다.

그래도 조금은 성과가 있었다. 단전 부근에 밤톨만 하게나마 기의 덩어리가 뭉친 느낌이 들었다. 이 정도면 소주천의 첫 관문 정도는 열 수 있을 것 같았다.

단전의 기를 조금 움직여 보자, 살짝 요동을 친다. 정신을 집중하며 은근하게 기를 왼쪽 아래로 밀어 넣었다.

샹그릴라의 시간으로 열흘이 흘렀다. 진전은 거의 없었다. 단전에서 가슴을 한 바퀴 돌아 다시 단전으로 이어진다는 소주천은커녕 간신히 가슴의 중단전 근처에까지 기의 통로를 뚫는 것으로 만족해야 했다.

가만히 앉아서 숨만 들이쉬고 내쉬는, 정말 말 그대로 숨쉬기 운동만 했는데도 온몸에 땀이 흥건했다. 천천히 구규일극 스킬의 수련을 멈추며 반개했던 눈을 감았다가 떴다.

문득 어디선가 퀴퀴한 냄새가 흘러나왔다. 팔을 들어보니 시커먼 땀이 주르륵 흘러내린다. 단전호흡을 하는 사람들이 흔히 말하는 노폐물 배출인가 뭔가가 일어난 모양이다.

한 달 가까이 일심으로 수련을 한 성과가 없지는 않은 모양이었다. 스킬의 경험치도 절반 이상 채울 수 있었다. 조금만 더 수련한다면 2레벨, 즉 이성 경지에 이르게 된다.

몸도 훨씬 가뿐했다. 자리에서 벌떡 일어나니 정말 날아갈 것 같은 기분이었다.

질뢰답무영의 경공 스킬을 이용해 앞으로 달려갔다. 얼마 전 늑대에게서 도망칠 때처럼 다리가 아프거나 하는 일도 없었다. 비록 보통 달리기보다 조금 더 빠른 정도에 불과했지만 가슴이 탁 트이는 듯했다.

가까운 산딸기 군락지로 향했다. 열흘 동안 먹은 거라고는 열매 몇 개뿐이다. 신기하게도 공복도 수치는 크게 줄어들지 않았지만 허기를 느끼기에는 충분했다.

게다가 그곳 근처에는 맑은 물이 고인 연못도 있었다. 냄새나는 몸을 씻을 수도 있을 듯했다.

질뢰답무영으로 숲 안을 질주했다. 천천히 카르마 수치가 줄어들어 간다. 절반쯤 소모하고 나니 산딸기 군락지에 도착할 수 있었다.

나는 그곳에서 닥치는 대로 과일을 따 입에 쓸어 담았다. 달콤한 산딸기의 향기에 혀가 다 즐거웠다.

게임 안에서 향기를 맡고 맛을 볼 수 있다니……. 이제는 더 놀랄 것도 아니지만 새삼 그런 것들을 떠올렸다.

적당히 배를 채운 후 물속으로 뛰어들었다.

연못 안에는 갖가지 물고기들이 헤엄을 치고 있었다. 문득 무슨 맛일까 하는 생각이 들었다. 어떤 것은 잉어같이 생기고, 다른 건 열대어처럼 장식이 달린 모습이었다.

나는 물이 허리쯤 차오른 곳에 숨을 죽이고 가만히 섰다. 처음 경계하며 먼 곳으로 떠났던 물고기들이 하나둘 내 주위로 돌아왔다. 그중 용감한 녀석은 내 몸에 입술을 가져다 대기도 한다.

이때다 하는 생각에 손을 뻗었다. 하지만 손안에 잡힌 것은 한 줌의 물뿐이었다.

하긴, 1렙짜리 캐릭터에게 맨손으로 잡힐 리가 없다.

대충 몸을 씻어낸 후 나는 물 밖으로 나왔다. 옷이 축축하게 몸에 달라붙는다.

나는 웃옷을 벗어 바닥에 던지고는 주위를 살피기 시작했다.

자고로 물고기 하면 낚시다. 샹그릴라에 낚시 스킬이 구현되어 있지 않을 리 없었다.

튼튼해 보이는 나뭇가지를 구하고, 질기고 부드러운 나무

껍질을 몇 줄기 꼬아 낚싯줄을 만들었다.

미끼는 흙 속에 잔뜩 있다.

문제는 낚싯바늘이었다. 잠시 고민에 빠졌던 나는 어쩔 수 없이 엘프들의 마을 미드 포레스트 깊은 곳으로 향했다.

내가 가장 먼저 찾은 것은 잡화상을 하고 있는 NPC 캐릭터였다.

"어, 당신은 예전에 만났던 인간이군요. 아직 미드 포레스트를 떠나지 않았나요?"

양 갈래로 머리를 묶은 엘프족 소녀가 나의 등장을 반긴다.

"아참, 내 정신 좀 봐. 엘케룽 잡화상에 어서 오세요. 가방에서 냄비까지 생활에 필요한 모든 도구가 있답니다."

"혹시 바늘 같은 것 있어?"

"물론 있답니다. 옷을 수선하려 하시나요? 그렇다면 실까지 함께 있는 반짇고리 세트를 권해 드립니다. 가격도 싸요. 20룸입니다."

"그, 아니, 그냥 바늘만 살 수 있을까? 돈은 없고."

잡화상 소녀가 곤란하다는 표정을 짓는다.

"바늘만 판매할 수는 있지만 공짜로는 곤란해요. 바늘 하나라면 1룸에 드릴게요."

"정말 한 푼도 없는데……."

낚시를 해 물고기를 먹겠다는 계획이 좌절될 찰나다. 만약 보통 게임이라면 더 이상 이야기를 할 필요도 없을 것이다. 하지만 나는 샹그릴라가 보통 게임이 아니라는 것에 한줄기 기대를 걸었다.

"혹시 대신 도와줄 일이 없을까?"

"곤란한데……."

엘프족 소녀가 입술에 손을 가져가며 머뭇거린다. 그러다가 가게 위쪽을 흘끗 훔쳐보고는 조그마한 목소리로 말했다.

"좋아요. 딱해 보이니… 저 대신 한 가지 일을 좀 해주세요. 저는 매일같이 파티룬 연못에서 물을 길러 오고 있답니다. 저기 물통이 보이죠?"

그녀의 손가락질을 따라 눈을 돌리니 지름 30센티미터쯤 되는 나무 들통이 보였다.

"바닥을 청소해야 하거든요. 만약에 손님께서 저를 대신해 물을 떠다 주신다면 바늘 하나를 공짜로 드리겠어요."

뭔가 손해 보는 기분이다. 파티룬 연못이라면 내가 조금 전 몸을 씻은 그곳이다. 왕복해 적어도 20분은 걸리는 거리인데 20리터는 족히 될 듯한 저 들통으로 물을 떠오는 대가가 고작 1롬이라니.

하지만 자고로 이런 말이 전해져 내려온다, 돈 없는 게 죄라고.

퀘스트 창이 떠올랐다.

나는 주저 않고 '예'로 눈을 가져갔다.

"어머, 고마워요. 주인 할아버지에게는 비밀이에요?"

고개를 끄덕이며 들통의 손잡이를 들었다. 그 길로 연못으로 돌아가 보니 만들다 만 낚싯대와 벗어놓은 웃옷이 그대로 놓여 있는 모습이 보였다.

문득 조잡하기 이를 데 없는 낚싯줄이 눈에 보였다. 저렇게 두껍고 투박한 것에 물고기가 정말 잡히기는 할까? 현실에서 낚시를 해본 적이 없으니 감이 전혀 없었다.

하지만 일단 그런 생각은 나중에 하기로 하고, 들통에 물을 한가득 채웠다. 역시나 제법 묵직하다.

돌아오는 길 10분 동안 몇 번이나 왼손, 오른손으로 번갈아 물통을 옮겼다. 너무 많이 흘리면 무슨 꼬투리를 잡힐지 몰랐기에 가능한 한 조심스럽게 물을 날랐다.

하지만 주렴을 열며 다시 엘케룽 잡화상으로 들어서는 나를 반기는 것은 조금 전의 소녀가 아니었다.

"어서 오시게. 엘케룽 상점의 주인 엘케룽일세. 어허, 얼마 전 거벨룽과 함께 다니던 인간이 아니신가?"

“아, 아, 예. 안녕하세요?”

수염 허연 노인이 나를 쳐다본다. 그 소녀는? 아니, 내 바늘은?

“그 물통 혹시 우리 가게의 것이 아닌가?”

내 몸을 위아래로 훑던 노인이 묻는다.

“아, 그건……”

“파뤼트 고 말괄량이가 또 게으름을 피운 모양이군그래.”

나는 잡화상 주인의 눈을 피하며 가게 안을 살폈다. 이 무거운 것을 들게 한 장본인을 먼저 찾아야 한다.

“파뤼트 그 아이가 무어라 이야기했나? 왜 자네가 그 아이가 할 일을 대신하고 있지?”

그의 물음에 나는 아무 생각 없이 대답했다.

“물을 대신 길러주면 바늘을 준다고 해서……”

바로 그때, 2층의 난간 밖으로 소녀가 머리를 불쑥 내밀었다.

“말하지 않기로 해놓고! 거짓말쟁이!”

그 순간 눈앞으로 창이 떠올랐다, 삐빅 하는 소리와 함께.

퀘스트 실패를 알리는 메시지 창이었다. 기껏 20분 동안 낑낑대며 물을 날라놓고 퀘스트까지 실패한 것이다.

허탈해하는 나를 아랑곳 않은 채 노인이 파뤼트라는 엘프 소녀를 나무랐다.

“요 녀석, 무얼 잘했다고 큰소리야?”

“그치만……”

"벌로 오늘은 상점 안 대청소를 해두어라!"

원망 어린 눈으로 파뤼트가 나를 노려본다. 또 한 번 창이 떠올랐다. 이번에는 팩션의 변동을 나타내는 창이었다.

이건 뭐, 해주고 욕먹고, 게다가 잡화점이라면 앞으로 이용할 일이 없지는 않을 텐데…….

"미안하네, 젊은이. 나 때문에 자네가 곤란하게 된 모양이구만."

노인이 허허 웃는다. 그 모습에 내 기분이 좋을 리 없다.

"아, 이거 완전히 헛수고했네."

투덜거리는 나에게 노인이 다가와 어깨를 툭툭 두들기고는 손에 무언가를 쥐어주었다.

"파뤼트가 잘못한 건 가게 안의 사정이고, 이왕 한 약속을 저버릴 수는 없는 일이지. 자, 바늘 여기에 있네."

"아!"

퀘스트를 실패했음에도 보상품이 들어왔다. 하여간 이 게임은 너무나 자유도가 높아서 어느 쪽으로 튈지 상상이 가질 않았다.

"또 뭐 필요한 게 있나?"

"아, 아니요. 어차피 돈도 없고…….

"그런가? 그럼 다음에 또 들려주게. 하지만 파뤼트의 일을 대신해 주거나 하는 짓은 다시는 하지 말게나."

고개를 끄덕이며 손안을 바라보았다. 손가락 길이만 한 대바늘 한 개가 종이에 싸여 있었다. 이 정도 크기면 딱 좋을 듯했기에 나는 만족하며 고개를 끄덕거렸다.

다시 파티룬 연못에 돌아온 나는 바늘을 휘어 낚싯대를 완성했다. 혹시 하는 마음에 행동 로그 창을 살펴보았다.

조잡한 낚싯대를 완성했습니다.

적어도 게임 시스템상으로 낚싯대로 인정받기는 한 모양이다. 반신반의하는 마음으로 나는 미끼 꿴 바늘을 물 안에 담갔다.

3

누가 말했던가? 고기는 진리라고.

며칠 동안 산과일만 먹어 삼킨 입안에 닿은 생선구이의 촉감은 나를 한없이 행복하게 만들어주었다.

하지만 한입 무는 순간 눈살이 찌푸러졌다. 아, 이제야 알 것 같다. 왜 세상에 빛과 소금 같은 존재가 되라고 하는지.

나는 입안에서 퍼석거리는 생선살을 땅에 뱉고, 나뭇가지에 꽂아 구은 물고기를 바닥에 푹 찍었다.

그 순간 들리는 인기척에 숲 안으로 눈을 돌렸다.

그냥 맛이나 없고 말 것이지. 이 지글거리는 향기가 불청객을 부른 모양이다. 숲 사이로 시퍼런 불덩이 한 쌍이 이글거린다.

"또 늑대냐?"

현실에서의 늑대는 십수 마리씩 무리를 짓는다던데, 다행히 샹그릴라 세계에서는 외톨이들이다. 무리 지은 늑대는 파티용 퀘스트를 할 수 있는 장소에서나 발견되곤 했다.

나는 일단 도망치리라 마음을 먹었다. 천천히 자리에서 일어나 몸을 틀 준비를 했다.

그러다 문득 율 숲의 늑대들이 얼마나 강한지 경험해 보고 싶은 생각도 들었다. 전에 경험해 본 바로는 적어도 달리기만큼은 질뢰답무영의 경공술보다는 느렸다. 위험하면 튀면 되는 것이다.

내가 생각을 하는 틈을 노려 늑대가 으르렁거리며 숲 안에서 모습을 드러냈다. 저렙 캐 하나뿐이라 만만하게 본 모양이다.

늑대 앞으로 몸을 돌려 기수식인 삼체식을 열었다. 그리고는 재빨리 내가 가지고 있는 스킬들을 다시 한 번 살펴보았다.

전부 일성, 1레벨의 기술들이지만 나름 무림혈비사 세계에서는 최고라 할 수 있는 무공들이었다. 어떻게 발동시키는지, 얼마만 한 위력이 나올지 알 수 없다는 게 문제라면 문제였지만.

금강부동신공이 보였다. 십성까지, 그러니까 10레벨까지 찍으면 들어오는 데미지의 95퍼센트를 감쇄시킨다. 아직 1레벨이다 보니 효과가 미미할 테지만, 조금은 도움이 될 것 같았다.

금강부동, 내공을 온몸에 충만하게 하여 타격을 견뎌내는 기술이다. 샹그릴라 안에서도 비슷한 컨셉으로 만들어졌을 것이다. 단전에 모인 기를 솜덩이라고 상상하며 전신으로 골고루 퍼뜨렸다.

그 순간 기술이 발동하며 가지고 있던 카르마의 절반이 쑥 하고 줄어들었다. 역시 이런 식으로 사용하는 것이었다.

늑대가 달려든 게 바로 그때였다. 나는 몸을 옆으로 빼며 일권을 찔러 넣었다. 묵직한 타격 음이 늑대의 갈빗대에서 울린다.

하지만 데미지는 거의 미미했다. 재빠르게 눈을 돌려 전투 로그를 살폈다. 들어간 데미지는 겨우 5.

모르긴 해도 저 늑대의 체력은 3, 4천 정도는 될 것이다. 욜 숲이 30레벨 이상 캐릭터를 위한 장소라는 점이 추정의 근거였다.

5데미지로 체력 4천짜리 몹을 잡으려면? 얼른 계산이 안 된다. 할 틈도 없었다. 늑대의 발톱이 다시 내 몸을 할퀴어왔기 때문이다.

이번에는 완전히 피하지 못했다. 발톱 끝이 내 어깨를 스쳤다. 그 순간, 눈앞이 어질하며 빨간 불이 번쩍이기 시작했다.

"스쳐서 빈사냐?"

나는 이렇게 외치며 바로 몸을 돌려 달아나기 시작했다. 빈사 상태였기에 몸이 무거웠지만, 레벨이 낮은 게 오히려 도움이 되었다. 지금 내 능력치 중 민첩성은 1에 불과했다. 50퍼센트의 페널티를 더해봤자 0.5이다. 소수점 부분을 반올림하는 시스템의 특성상 민첩성은 1 그대로였고, 달리기 속도는 빈사 상태가 아닐 때와 거의 차이가 없었다.

질뢰답무영으로 냅다 튀었다. 더 이상 늑대가 쫓아오지 않을 때까지 나는 뒤도 돌아보지 않고 도망쳤다.

아, 진짜 쪽팔린다. 늑대한테 맞아죽을 뻔하다니!

지금까지 롬로스 인근 숲에서 사냥한 늑대가 몇 마리인데…….

안전지대에서 숨을 고른 후 나는 그대로 바닥에 주저앉았다. 능력치를 살펴보니 체력이 10 남아 있다. 전투 로그에 의하면 늑대 앞발에 스쳐 입은 데미지는 100. 내 만피와 같은 수치였다.

하지만 천만다행으로 금강부동신공을 먼저 활성화시켜 놓았고, 거기서 감쇄된 10의 체력이 지금 남아 있는 것이다.

정말 운이 좋았다.

"저 늑대새끼… 내가 꼭 씨를 말려놓으마."

멀리 은은하게 타오르고 있는 모닥불을 보며 다짐 또 다짐했다.

샹그릴라의 금일 플레이 완료 시간이 30분 앞으로 다가왔다. 이 세계 시간으로는 꼭 하루 밤낮이다.

늑대에게 맞았던 상처는 지금 절반쯤 자연 치유된 상태였다. 눈앞에 붉은 빛이 번쩍이는 효과도 이제는 사라졌다.

그 상태에서 나는 구규일극의 수련에 박차를 가하고 있었다. 이제 곧 있으면 소주천이다. 바늘구멍만 한 기의 통로가 몸 안의 대맥을 따라 열리게 되는 셈이다.

무협지에서 보면 소주천만 이뤄도 한 가닥은 할 수 있게 된다. 우연인지 그렇게 설계되었는지 소주천의 완성과 동시에 구규일극 스킬의 레벨이 하나 오를 것 같았다.

마지막 관문인 단전 오른쪽 아래의 통로로 기를 흘려보냈다. 흡사 파도처럼 맥을 이룬 기의 흐름이 단전 벽을 두들겼다. 그럴 때마다 나는 칼로 저미는 듯한 통증을 느꼈다.

그러다 갑자기 막혀 있던 둑이 확하고 터지며 아랫배 쪽에 묵직하던 불편함이 거짓말처럼 사라졌다.

변비약 CF의 여자가 뛰어오르며 환호하는 모습이 돌연 떠올랐다. 더도 말고 덜도 말고 딱 그런 기분이다.

맥처럼 뛰던 카르마들이 정리되어 갔다. 단전에서 몸의 왼쪽을 타고 올라가던 기가 전중혈, 상단전에 쏟아져 들어간다. 그리고 상단전의 카르마가 하단전으로 오른쪽 몸을 타고 흘러내려 갔다. 비록 바늘구멍보다 조금 더 큰길에 불과했지만,

카르마들은 물 만난 물고기처럼 시원스럽게 몸을 돌았다.

　순식간에 몸을 열두 바퀴나 돌고 나니 이제야 카르마들이 조금 잠잠해지기 시작했다. 숨을 들이마셔 대기 중의 카르마 알갱이를 단전으로 가라앉히고, 몸에 난 작은 원을 따라 그것을 유통시킨다. 천천히 내뱉는 입김에 탁한 기운이 빠져나왔다.

　호흡을 갈무리하고 스킬 창을 열었다.

Skill

[구규일극]　　　　　　　　레벨 2

카르마 최대치 +30%

소모된 카르마 자연 재충전 +50%

　얼마 전까지 50에 불과했던 카르마 수치가 100으로 늘어 있었다. 수련으로 스킬 레벨뿐 아니라 카르마 수치 그 자체가 증가한 모양이었다.

　게다가 카르마 자연 재충전 +50%까지!

　무언가 이루었다는 달성감에 기쁜 마음이 샘솟는 듯 느껴졌다.

　이대로 앉아 있기에는 시간이 아깝다.

　나는 곧바로 미드 포레스트 중앙의 수련장으로 걸음을 옮졌다.

4

"케히 히비야 움트!"

내가 가장 먼저 깨운 것은 예전에 싸웠던 인간 모습의 목각 인형이었다. 그곳에는 나 외에도 이미 여러 명의 견습 엘프 전사들이 각각의 목각 인형을 상대로 수련을 쌓고 있는 중이었다.

시동어를 외우는 동시에 눈앞에 처음 보는 창이 떠올랐다.

수련용 인형을 가동하시겠습니까?

예, 하고 답하자 또 다른 창이 생겨난다.

수련용 더미 인형의 레벨을 지정하여 주십시오. 현재 당신의 레벨은 1입니다.

나는 눈짓으로 목각 인형의 레벨을 높였다. 예전의 경험을 바탕으로 대충 5렙 위 정도의 몬스터까지는 사냥이 가능했다.

레벨을 올리니 목각 인형의 아이콘 옆에 있는 능력치들이 따라서 높아져 갔다.

6레벨 수련용 인형. 힘이 7, 민첩성이 5, 체력은 무려 500이나 되었다. 내 다섯 배다.

이 정도면 될까 하는 생각에 완료 버튼을 눈짓으로 클릭하자 목각 인형이 살아서 숨을 쉬기 시작했다.

그 틈을 타 나는 재빨리 삼체식의 자세를 취했다. 예전과 다른 것이 있다면 바로 기의 융통이었다.

단전에 모인 카르마 덩이를 응축했다. 내가 배운 중국의 우슈에는 기의 운용법까지 요결에 있었다. 다만 현실에서는 '기'라는 것을 단순히 기운의 움직임 정도로 받아들였다면, 이곳에서는 카르마라는 형태로 실존하고 있다는 차이점이 있었다.

신기하게도 그 우슈의 기 운용법은 카르마의 움직임과 잘 맞아떨어졌다. 고작 밤톨 몇 개만 한 덩어리지만 분명히 카르마가 요동치기 시작했다.

목각 인형이 나에게 덮쳐 온다. 그것의 둥근 손끝을 피하며 나는 우권을 내뻗었다. 무언가가 몸 안에서 폭발한 것 같은 기분이었다. 하지만, 통증이 아니라 후련함이 느껴졌다.

쑥 빠져나가는 듯 주먹이 달린다.

붕권.

오행권 중 물줄기가 뻗어나가는 듯한 형세라 하여 수권에 속하는 권법이다.

나무 인형의 허리쯤에 내 붕권이 꽂혔다. 예전과는 비교도 할 수 없을 정도로 큰 소리가 울려 퍼지고, 나는 곧바로 다음 공격을 준비했다.

하지만 목각 인형은 그대로 뒤로 밀려나며 바닥에 털썩 주저앉았다. 가동을 멈춘 것이다. 목각 인형은 남은 힘으로 천천히 자리에서 일어나더니 원래의 자리로 돌아갔다.

설마…….

전투 로그를 열었다. 동시에 스킬을 만들겠냐는 질문의 창이 떠올랐다. 나는 성가신 그 창을 재빨리 닫아버리고 전투 로그를 살펴보았다.

542.

믿기지 않는 숫자였다. 5렙 위의 몹을 일격사시킬 정도의 위력이라니…….

분명 얼마 전 오행권 중 삼 권의 연환공격이 120데미지를 기록했었다. 그것도 삼 권 중 하나는 인후의 급소 부분을 공격해 치명타로 들어갔다.

그런데 고작 그중 하나, 붕권을 배 부분에 찔러 넣었을 뿐인데 이런 공격력이라니…….

나의 위력적인 공격에 놀란 것은 비단 나 혼자뿐이 아니었다. 가까이 있던 견습 엘프 전사 중 둘이 다가왔다.

"카르마를 사용할 줄 아시는군요!"

그중 한 명이 놀랍다는 듯 외친다.

"아, 아, 예."

"상당히 수준이 높은 무사들만 사용한다고 들었는데, 초보

모험가로밖에 보이지 않는 분이 카르마를 이토록 위력적으로
사용하시다니…….”

나는 정신을 차리며 그의 말에 답했다.

“우연입니다.”

“겸손하시군요. 우리 욜 숲의 전사들은 진심으로 당신의
능력에 놀랐습니다.”

갑자기 퀘스트 완료 창이 떠오른다. 받은 적도 없는 퀘스트
의 완료 창이기에 깜짝 놀랐다.

열어서 내용을 살펴보았다.

Quest

[육체의 경이 1]

3레벨 이상 높은 수련용 인형과 싸워서 승리한다.
보상:퀘스트 완료 시 도시의 수련 전사들과 사이가 조금 좋아진다.

아니나 다를까, 미드 포레스트의 견습 전사들과의 팩션이
조금 좋아졌다. 그뿐 아니라, 일반 전사들과의 사이도 약간
좋아졌다는 메시지가 나타났다.

그나저나 육체의 경이 1이라니……. 그럼 2, 3도 있다는 얘
기였다.

나는 견습 엘프 전사들을 뒤로한 채 다시 나무 인형을 가동
시켰다. 이번에는 1레벨 더 높여 7레벨 수련 인형이었다.

3레벨 이상이라는 조건으로 미루어볼 때 3배수로 레벨 차
이를 따질 가능성이 높았다. 그래서 6레벨 위로 인형의 레벨
을 조정한 것이다.

삼체식.

기의 움직임, 그리고 찬권.

크리티컬 데미지 수치를 알아보고 싶었다. 찬권의 위력은
붕권만 못할지 몰라도 노리는 부위가 딱 턱 아래였다.

7레벨 수련 인형의 체력은 620가량이었다. 하지만 여지없
이 일격에 자리에 털썩 주저앉았다.

또 한 번 퀘스트 완료 창이 떠올랐다. 예상했던 대로 육체
의 경이 2 퀘스트였다.

엘프 전사들의 칭찬이 이어진다. 숫제 구경꾼이 늘어 이제
는 열 명가량의 칭찬을 받아넘겨야 했다.

어디까지 갈 수 있나 하는 생각에 이번에는 10레벨로 수련
인형의 레벨을 설정했다. 9레벨 위다.

체력이 1200에 힘은 11, 민첩성이 10이다. 방어도 700가량
으로 이전과는 비교할 수 없을 정도로 높았다.

게임에 흠뻑 빠진 애들은 방어도에 따른 함수 같은 것도 계
산해 낸다고 하지만, 나는 그런 것까지 할 재주는 없었다. 다
만 방어도가 높아질수록 데미지가 잘 안 들어간다는 것 정도

는 알았기에 한층 더 긴장하며 나무 인형을 상대했다.

수련 인형이 주먹을 뻗는다. 그저 동글기에 주먹인지 뭔지 알 수는 없었지만, 그것을 왼팔로 거둬내며 오른 주먹을 뻗었다. 포권의 위력에 나무 인형의 목이 뒤로 젖혀진다. 하지만 조금 전처럼 일격사하는 일은 없었다.

오른쪽으로 몸을 흔들어 오른 다리를 뻗으며 이번에는 왼손의 포권을 날렸다. 꽝 하는 기분 좋은 소리가 나며 다시 나무 인형의 머리가 흔들렸다.

수련 인형이 마구잡이로 두 팔을 뻗는다. 나는 뒤로 물러서며 횡권으로 공격을 튕겨냈다. 팔뚝에 은근한 통증이 느껴지는 것을 보니 과연 10레벨의 공격다웠다.

틈을 노려 앞으로 달려나갔다. 이번에 뻗은 것은 주먹이 아니라 손바닥이었다. 오행권 중 금(金)에 속하는 벽권이었다.

가슴팍 한가운데로 벽권의 장권이 파고든다. 나무 인형이 조금 물러나는 틈을 파고들며 붕권을 찔러 넣었다.

퍽— 하는 소리가 들렸지만 위력이 전만 못했다. 몸 안에서 급격히 카르마의 느낌이 약해져 갔다.

전투 중이기에 다른 것을 살펴볼 겨를은 없었다. 나는 카르마가 실리지 않아 위력이 절대적으로 줄어든 붕권을 쉴 새 없이 앞으로 밀어 넣었다.

우요보(右拗步) 붕권, 오른손과 왼발을 뻗으며 한 번 찌르고, 좌순보(佐順步), 왼팔과 왼손을 동시에 내밀며 또 한 번 공격했다.

타격음이 쉴 새 없이 울리며 어느샌가 나무 인형을 10미터 가량이나 뒤로 물러나게 만들었다. 문제는 내 주먹도 같이 얼얼하다는 점이었다.

"좀 쓰러져라!"

내 외침을 알아듣기라도 했는지 연주붕권(聯珠崩拳)에 결국 목각 인형이 엉덩방아를 찧고 말았다.

구경을 하던 견습 엘프 전사들이 환호성을 내지른다. 당연하게도 퀘스트 완료 창이 떠올랐다.

하지만 나는 먼저 능력치 창을 열어보았다. 최대치 100의 카르마 수치가 0에서 막 1로 오르는 중이었다. 왜 갑자기 중간부터 주먹에 힘이 실리지 않았는지 그제야 원인을 알 수 있었다.

이어서 전투 로그 창을 열었다. 각 공격의 데미지들이 차례로 나열되어 있었다.

내공이 실린 붕권은 200가량의 데미지가 들어갔다. 조금 전 6레벨의 목각 인형에 적중했을 때에는 540 정도였는데……. 자세한 내용을 살펴보았다.

데미지 625, 방어력에 의한 감쇄 141, 레벨 차이에 따른 공격력 감소 273.

그제야 나는 샹그릴라가 고 레벨의 몬스터를 일종의 속임

수 같은 것으로 사냥하는 것을 막기 위해 레벨에 따른 데미지 감소를 두었다는 것을 떠올렸다. 이런 상태라면 더 이상 높은 레벨의 몬스터를 사냥하는 것은 불가능할 듯했다.

뒤이어 내 눈을 사로잡은 것은 연주붕권의 데미지 수치였다. 많게는 40대에서 적게는 15까지, 단순히 랜덤이라고 하기에는 차이가 너무 컸다.

게다가 데미지 양이 적어지는 것은 뒤로 갈수록 뚜렷했다. 지쳤다거나 하는 그런 이유는 아니었다. 주먹이 아파 자세가 흐트러진 것이다.

육체의 경이 3 퀘스트 완료 창을 열어보았다.

Quest

[육체의 경이 3]

9레벨 이상의 수련 인형을 상대로 승리한다.
사람들이 당신을 경이의 눈으로 바라보기 시작합니다.
보상:해당 도시의 세력과 사이가 좋아집니다.

게임 메시지 기록을 살펴보니 이제 미드 포레스트의 견습 전사 엘프들과는 보통에서 한 단계 사이가 좋아진 '사이좋음'으로 바뀌어 있었다. 아직 도시의 다른 세력과는 별다른 팩션 변화가 없었지만, 1렙 캐릭터로 30렙존의 NPC와의 팩션을 올린 것 자체가 놀라운 일이었다.

　나는 그 자리에 가부좌를 틀고 앉아 카르마를 움직였다. 조금이지만 카르마 수치가 오르는 속도가 증가했고, 1분가량이 지나자 70 남았던 카르마 치가 100까지 꽉 차올랐다.
　이대로 도시로 나갈까? 이제 1렙 퀘스트 같은 건 눈을 감고도 수행할 수 있을 것이다. 10레벨 몬스터까지는 조금 힘들긴 해도 사냥이 가능하다. 너무 레벨이 높은 몬스터는 죽여봤자 경험치가 거의 들어오지 않는다. 1, 2레벨 위의 몬스터들을 중심으로 사냥한다면 광렙도 가능할 듯했다.
　하지만,
　그 정도로 만족할 수는 없다.
　문득 무림혈비사의 '전부한큐' 캐릭터가 떠올랐다. 처음에는 지루하리만치 단순한 노가다의 연속이었지만 완성된 전부한큐는 무적이었다.
　샹그릴라에서도 그런 일이 없으리라는 법은 없다. 다른 스킬의 레벨 업 방법을 찾아내는 게 우선이다.
　지금은 질뢰답무영과 금강부동신공, 구규일극 심법 정도만 사용법을 알아냈다. 레벨 업을 한 건 구규일극뿐이다.
　게다가 욜 숲은 아직 어떤 게임 플레이어도 밟아보지 못한 땅이었다. 예로부터 수련을 쌓기에는 산속이 최고다. 플레이

어들 사이의 번잡한 싸움에 휘말리지 않고 능력을 키우기에
는 최적의 장소인 것이다.

그 빌어먹을 늑대만 제외하고.

이런 생각을 하는 사이, 어느덧 샹그릴라의 플레이 타임이
20여 분밖에 남지 않았다.

끝내고 싶지 않았다. 이제 겨우 하나를 이루었건만, 그것만
으로도 성취감이 보통이 아니었다. 무림혈비사를 하면서도
이 정도까지 즐겁지는 않았다.

남은 시간 동안 목각 인형을 상대로 수련을 쌓아올려 동작
이 정밀할수록 타격치가 높다는 것을 확인할 수 있었다.

장 사부님에게 배웠던 무술 동작들을 하나하나 떠올려 보
았다. 그러다 보니 현실에서 수련을 쌓는 건지 게임 안에서
하고 있는지 구분이 가지 않을 지경이었다.

그럼에도 '스킬화'를 시키지는 않았다. 가장 공격력이 높
았던 동작을 스킬화한다면 그 뒤로도 거의 균등한 공격을 펼
칠 수 있을 것이다. 하지만 그건 어딘가 나의 한계를 규정짓
는 듯한 느낌이 들었다.

점차 어두워지며 잔잔한 음악이 귓가에 들린다.

한규의 몸이 잠에서 깨어나기 시작했다. 게임 속에서 느꼈
던 희열은 차분하게 사그라졌다. 그러면서 점점 현실로 돌아
간다는 감각이 몸 안을 뛰놀았다.

샹그릴라로부터 로그아웃을 하고 나면 사람은 어딘가 의욕에 넘치게 된다. 무언가를 해야 한다는 기분에 빠지고, 무엇이라도 할 수 있을 것 같은 생각마저 든다.

동시에 게임 속의 기억이 약간 흐릿해지게 된다. 물론 기억해 내려면 할 수는 있었지만, 다른 게임을 끝냈을 때처럼 게임 안에서 했던 일들이 강렬하게 뇌리에 남아 있거나 하지는 않았다.

단순히 느낌만으로는 하루쯤 전에 게임을 했다 싶은 정도?

한규가 자리에서 일어나 기지개를 켰다. 샹그릴라 본체의 종료 버튼을 누르고 코드를 뽑았다. 전기세 1원도 허투루 내버릴 수는 없는 일이다.

시계를 보니 아직 다섯 시 55분이었다. 등교 시간까지 아직 두 시간 가까이 남아 있었다.

지난 한 달 동안 막일을 하느라 수련을 멈추었던 것이 생각났다. 간단히 세수를 마치며 문밖으로 나섰다.

9월이라지만 아직까지도 따듯했다. 해가 뜨기 직전인 듯 부연 동편 하늘로부터 온화한 바람이 불어온다.

안양천변의 조깅 코스를 따라 가볍게 달리던 한규는 몸이 따듯해진 듯하자 다리에 힘을 가했다. 천천히 흐르던 풍경이 속도를 더해간다.

바람이 얼굴에 기분 좋게 부딪친다. 폐가 뻐근해지며 숨도

가빠지기 시작했다. 하지만 기분은 날아갈 듯 좋았다.

종종 이른 아침부터 운동을 하는 아저씨, 아줌마들과 스쳐 지나갔다. 그들의 웃는 얼굴을 보자니 덩달아 기분이 좋아지는 듯했다.

30분가량 달려 한규가 도착한 곳은 안양천의 지류가 합쳐지는 한 공터였다. 여기서 동쪽으로 가면 백운호수가 있다고 한다, 가본 적은 없지만.

공터에서 스트레칭을 시작했다. 일곱 시에 가까워져서인지 제법 사람들이 늘었다. 개천 위로 지나는 다리에도 차가 그득했다.

이런 곳에서 주먹을 내지르고 하기는 힘들 것 같았다. 그냥 가볍게 펴고 오므리는 정도로 몸을 정리했다.

문득 샹그릴라에서의 일이 떠올랐다.

샹그릴라의 공격력을 계산하는 방법이 정말 현실의 운동 능력에서 따온 거라면? 거기서 최고의 데미지를 기록한 몸동작이 현실에서도 가장 높은 파괴력을 가지게 될 것이다.

그것을 토대로 수련을 쌓는다면 현실에서 몸을 움직이는 것과 비슷한 공부를 하게 되는 건 아닐까?

이런 생각을 떠올리며 한규는 웃음을 터뜨렸다.

"정말 뭐가 꿈이고 뭐가 현실인지……."

윤리 시간에 배웠던 기억이 있다. 꿈속의 나비인지 나비의 꿈인지 하는 이상한 이야기를.

“일단 글로브부터 장만해야겠다.”

팔을 꺾어 스트레칭하며 한규가 중얼거린다. 꿈속의 이야기였다.

“손이 아파서 싸울 수가 없으니……. 그나저나 글로브를 만들려면 뭘 사냥하지? 주위의 몹들은 너무 레벨이 높아서 상대할 수가 없으니. 잡화점에서 사야 하나?”

중얼거리며 생각을 정리하다 보니 앞으로 샹그릴라에서 해야 할 일들이 대강 보이는 듯했다.

오전 열 시 50분의 수업 시간. 한규는 빛이 잘 드는 창가 책상에 앉아 멍을 때리고 있었다.

이른 아침부터 한바탕 몸을 움직였더니 영 나른하다. 지금 잠들면 방과 후까지 깨지 못할 것 같아 억지로 잠을 쫓았다.

그런 한규에게 누군가 말을 걸었다.

“저기… 한규님.”

고개를 돌려보니 다름 아닌 짝이다. 운동과는 상당히 거리가 있어 보이는 그는 쭈뼛거리며 한규를 쳐다보고 있었다.

“뭐가 님이야, 같은 반 친구끼리?”

한규의 한마디에 갑자기 주변이 조용해진다.

사실 한규는 특별히 누구를 건드린다거나 한 적은 없었다. 다만 덤벼오는 놈들을 한 방에 보냈을 뿐. 그런 전설들이 전해지고 또 부풀려지다 보니 왕따 아닌 왕따가 되어 있는 상태였다.

　어느 누구도 한규에게 말을 걸지 않았다, 문기를 제외하고는.

　반대로 한규도 먼저 남에게 다가가는 성격은 아니었다. 자연스레 한규는 학교에서 붕 뜬 존재가 되어 있었다.

　"그렇지만……."

　"그냥 이름 불러. 그런데 왜? 무슨 할 말 있어?"

　한규도 한규 나름 왜 그가 자신을 불렀는지 이해 못하는 표정이었다. 그도 그럴 것이, 2학기에 새로 짝이 되어 이렇게 나란히 앉아 있은 지 이틀이 지났지만 그동안 단 한 번도 이야기를 나누어본 적이 없었다.

　몇몇 애들이 수군거린다. 잘 들리지 않았지만 '명철이 저 새끼, 미쳤나 봐', '그러게, 한큐한테' 같은 이야기가 주를 이루고 있었다.

　"한규야."

　한규의 짝 명철이의 이 짤막한 말에 다시 한 번 주변이 썰렁해졌다. 오히려 그런 과민반응이 짜증났지만 어쩌겠는가? 다 자신이 쌓아올린 업보인걸.

　"너도 샹그릴라 한다던데. 영석이가 그랬어."

　"아, 그 돼지? 맞아."

　"의외야. 한규는 게임 같은 거 싫어할 줄 알았는데……."

　명철이는 여전히 한규의 눈치를 살피며 이야기를 이어갔다.

"왜? 나 전에 무림혈비사도 했었어."

"정말?!"

놀랐다는 듯 명철이 외치고, 한규가 어깨를 으쓱했다.

"그래. 그것도 서버에서는 나름 유명한 캐릭터였는데?"

"대단하다! 아참, 나는 지금 케세린 공화국에 있어. 한규는 어디야?"

"나? 나는 그로얀 왕국."

"아! 서로 적이구나."

명철이의 목소리가 쪼그라든다.

"적이지. 나중에 국경에서 만나면 안 봐줄 거야."

"응, 그래야지. 서로 적이니까. 아참, 내 캐릭터 이름은 유리한이야. 상인 캐릭터를 키울 생각이고. 샹그릴라는 물가 시스템도 상당히 정밀한 편이라서 도시와 도시 사이를 돌아다니며 장사를 하면 꽤 큰 이익을 볼 수 있어."

샹그릴라의 이야기라면 한규도 관심이 많은 편이었다. 명철이의 이야기에 고개를 끄덕거리며 답한다.

"그게 대상(隊商) 시스템이지? 용병을 고용해서 짐을 지키며 먼 도시까지 장사를 간다는."

"맞아. 플레이어들을 용병으로 고용해 대상을 형성하면 대형 몬스터를 레이드하는 공격대(攻擊隊)와 비슷한 방식으로 경험치를 얻을 수 있어. 물론 내가 퀘스트를 만들어 사람을 모집하고, 그 보수를 정하는 것도 가능하고."

"상인도 나름 재미있겠네?"

"응, 상인뿐 아니라 생산직도 꽤 재미있는 모양이더라."

한규는 고개를 끄덕거리다가 문득 한 가지 생각을 떠올렸다. 애초에 상인 캐릭터를 할 마음을 먹은 걸로 보아 명철이는 경제에 제법 관심이 있는 모양이었다.

"아참, 너 혹시 샹그릴라 현거래, 어느 정도에 거래되는지 알아?"

"응? 아, 한규는 현거래를 할 생각이야?"

"그야, 뭐. 아무튼."

"음, 일단 돈은 10롬이 100원에 거래 중이야. 1로스가 천 원이지. 보통 상점제 무기들이 1로스에서 3로스 사이니까, 3천 원 정도면 상점제 무기는 살 수 있다고 봐야지. 아참, 무기는 레벨이 특별히 없다는 건 알고 있지? 힘과 민첩성 제한만 있고."

"아, 그래? 나는 격투가라 무기는 안 들어서 몰랐어."

"아아, 그렇구나. 아무튼 그래서 1레벨 때 살 수 있는 무기나 최고 레벨에 살 수 있는 무기나 비슷해. 그래서 무기 구분은 레어도로만 하고 있어."

한규가 고개를 끄덕거리자 명철이 말을 이었다.

"레어도는 보통의 상점제 무기보다 수준이 낮은 '낡은', 또는 '녹슨' 등급이 있어. 녹은 대장장이들의 재료가 되니까 나름 거래가 이뤄지고 있어. 그 위가 상점제, 그리고 명인급 무기들이 바로 위야. 현실로 치면 메이커 무기지. 메이커 무기는 보통 상점제 두 배 정도 가격이니까 검 한 자루에 현금으로 6천 원 정도?"

"아, 그런가?"

"응, 그리고 그 위가 마법 무구. 옵션에 따라서 가격 차이가 크기는 한데, 대개 명인급 무기의 두 배 정도 가격이야."

"그 위는?"

"글쎄, 아직은 서버에 등장한 적은 없어서 가격대는 모르지만 마법 무구 위 급이 '전설급'. 이건 따로 무기의 이름을 가지고 있어. 원 핸디드 소드 이런 게 아니라, 둠브링어 이런 식으로."

"아아, 알겠다. 음, 나오면 얼마쯤에 거래될까?"

"글쎄, 적어도 100만 원대는 될 거라고 생각해. 그냥 명인급 카타나 7 제련한 게 150만 원이라고 어제 신문에 나왔으니까. 만약 전설급보다 상위인 신기(神器)가 등장하면, 천만 원대도 우스울 거야. 어쩌면 1억을 넘길지도 몰라."

명철이의 말에 한규는 침을 꿀꺽 삼켰다. 그런 아이템을 하나 손에 넣으면 주위에 손을 벌리지 않고도 생활하는 게 가능했다.

바로 그때, 쉬는 시간이 끝나는 종소리가 교실에 울려 퍼졌다. 삼삼오오 모여 떠들던 애들이 천천히 자리로 돌아가 앉는다. 명철이도 책상 서랍에서 다음 시간의 교과서를 꺼내 책상에 올려놓았다.

"현거래라······."

학교 생활을 지속하면서 돈을 벌 방법으로 딱히 떠오르는 게 없었다. 형 한상을 돌보는 것까지 생각한다면 아르바이트는 엄두도 낼 수 없었다.

비록 성철이 형이나 매영이 누나, 문기같이 도움을 주는 사람이 있기는 했지만, 언제까지나 그들의 도움을 받을 수는 없는 일이었다.

문득 한규는 샹그릴라의 세계에서 해야 할 것이 너무나 많다는 생각이 들었다.

혜나 누나와 만날 날도 손꼽아 기다리고 있다. 그곳에서 좋은 아이템을 손에 넣어 생활비도 마련해야 한다. 게다가 형 한상이 남긴 유산과도 같은 그 게임 자체를 즐기는 것도 해야 할 일처럼 느껴졌다.

학교 갔다 집에 가 집안일을 조금 하고 잠들면 되는 현실 세계가 오히려 단순하게 느껴질 정도다.

한규는 그런 생각에 자신도 모르게 미소를 지었다.

"완전 게임 폐인이네."

조그맣게 중얼거렸다.

『카르마 마스터』 2권에서 계속···

天魔布

천산마제

일류 新무협 판타지 소설

내일을 기약할 수 없는 땅, 천산.
소녀로부터 은자 한 닢의 빚을 진 소년 용악.
청년이 된 용악은 천산의 하늘이 된다.

하늘을 가르고 땅을 뒤엎는다!
한 호흡에 만 개의 벽(壁)!!
지금껏 내게 이빨을 드러낸 것들은 모두 죽었다.

은자 한 닢의 빚을 갚으며 시작된
십천좌들과의 승부.
오너라! 천산의 제왕, 천산마제가 여기 있다!

유행이 아닌 자유추구 -
WWW. chungeoram.com
Book Publishing CHUNGEORAM